HELMUT SCHARNER

# Mostbarone

**BOTSCHAFTER DES MOSTS** Niederösterreich, August 2020: Franz Haider, Primus des Vereins Mostbarone, wird vor seinem Mostheurigen in Neuhofen an der Ybbs erschlagen aufgefunden. Die Tatwaffe liegt neben dem Toten, eine Flasche Most seines Vereinskollegen Martin Ebner. Ebner beteuert seine Unschuld, obwohl er sich jüngst mit dem Opfer überworfen hat. Der ermittelnde Major Brandner findet heraus, dass Haider sich als Vereinsprimus nicht nur Ebner zum Feind gemacht hat, sondern auch einem ehemaligen Weinbauern die erhoffte Mitgliedschaft bei den Mostbaronen verwehrte. Außerdem hatte Haider eine Affäre mit seiner Kellnerin. Ein verärgerter Mostbauer, ein geschmähter Winzer und eine betrogene Ehefrau – an Verdächtigen mangelt es nicht. Nur fehlt ein Beweis, der den Täter überführt. Da kommt es zu einem weiteren Mord, der neue Fragen aufwirft, und als der Fall sich zuspitzt, gerät auch Brandners Familie in Gefahr …

*Helmut Scharner, geboren 1975 in Niederösterreich, ist derzeit als Sales Manager für den größten österreichischen Stahlkonzern tätig. Seine beruflichen und privaten Reisen führten ihn bisher in über 50 Länder. Mit seiner Familie lebt er im niederösterreichischen Mostviertel. Bewacht werden sie von der stets kampfbereiten Schmusekatze Hexi. Helmut Scharner hat bereits drei Krimis geschrieben, die in seiner Heimat spielen. Er ist Mitglied der Autorenvereinigungen »Das Syndikat« und der österreichischen Krimiautoren.*

HELMUT SCHARNER

# Mostbarone

KRIMINALROMAN

GMEINER

Immer informiert

Spannung pur – mit unserem Newsletter informieren wir Sie
regelmäßig über Wissenswertes aus unserer Bücherwelt.

Gefällt mir!

Facebook: @Gmeiner.Verlag
Instagram: @gmeinerverlag
Twitter: @GmeinerVerlag

MIX
Papier aus verantwortungsvollen Quellen
FSC® C014496

Besuchen Sie uns im Internet:
www.gmeiner-verlag.de


Im Ehnried 5, 88605 Meßkirch
Telefon 07575/2095-0
info@gmeiner-verlag.de

2. Auflage 2022

Lektorat: Daniel Abt
Herstellung: Mirjam Hecht
Umschlaggestaltung: U.O.R.G. Lutz Eberle, Stuttgart
unter Verwendung eines Fotos von: © Weinfranz
Druck: GGP Media GmbH, Pößneck
Printed in Germany
ISBN 978-3-8392-0181-7

In der nachfolgenden Erzählung spielt der Verein »Mostbarone« eine Rolle. Diesen Verein gibt es tatsächlich im Mostviertel. Vom Primus des Vereins wurde die Erlaubnis für die fiktive Darstellung in diesem Werk erteilt. Die dargestellten Personen (speziell auch die Vereinsmitglieder), ihre Gedanken und Taten sind so wie die gesamte Handlung jedoch frei erfunden. Ähnlichkeiten mit lebenden oder toten Personen sind rein zufällig und nicht beabsichtigt.

# 1

**Neuhofen an der Ybbs**
**Donnerstag, 20. August 2020**

Rechts und links der Fahrbahn wuchsen Birnbäume, wie Brandner an den üppigen Früchten erkannte. Weit und breit waren nur Felder, Wiesen und Bäume zu sehen. Kein Haus, nicht einmal ein Bauernhof, störte die Idylle.

Doch die friedliche Szenerie täuschte, sonst wäre Brandner nicht mit seinem Dienstwagen die schmale asphaltierte Straße mitten im Mostviertel entlanggefahren.

Der Klingelton seines Smartphones übertönte das Motorengeräusch des Audi. Brandner drückte auf den Knopf am Lenkrad.

»Hallo, Leo!« Die Stimme seiner Frau Eva erklang über die Freisprechanlage im Innenraum des Autos.

»Hallo, Schatz!«

»Hast du es schon gehört?«

»Was?«

»Sie verhängen jetzt auch eine Reisewarnung für die Balearen!«

*Habe ich es euch nicht gesagt?*

Brandner schluckte seinen besserwisserischen Kommentar hinunter. Eva wusste ohnehin, dass er von Anfang an gegen den Urlaub auf Mallorca gewesen war, den sie für sich und ihre beiden Töchter gebucht hatte.

»Was macht ihr jetzt?«

»Die Reiseagentur lässt uns Gott sei Dank kostenlos umbuchen.«

»Wollt ihr wirklich ins Ausland?«

Vor Brandner tauchte ein großer Vierkanthof auf.

»Die Mädchen schon, ich bräuchte es nicht mehr unbedingt«, erwiderte Eva.

Zwei Streifenwagen, das Fahrzeug der Kriminaltechnik und das der Gerichtsmedizin standen auf dem Parkplatz.

»Sie haben ihr Ziel erreicht«, ließ ihn die Frau aus dem Navigationssystem wissen.

Brandner stellte den A 6 neben den Kombi der Rechtsmediziner.

»Überleg es dir gut, du kennst ja meine Meinung dazu«, sagte er zu Eva.

»Ja, die kenne ich nur zu gut.«

Sie klang zerknirscht, aber noch wollte sie ihm gegenüber offenbar nicht eingestehen, dass er recht gehabt hatte und sie dem Wunsch der Regierung hätten nachkommen sollen. Der Kanzler hatte in den vergangenen Monaten auf den Österreichurlaub gepocht. Eva war vehement dagegen gewesen. Ihre beiden Teenagertöchter hatten sich, natürlich nicht ganz uneigennützig, auf die Seite ihrer Mutter geschlagen. Gegen die geschlossene Front seiner drei weiblichen Familienmitglieder hatte Brandner sich bisher kaum durchsetzen können, so auch diesmal nicht.

Es war sowieso nicht sein Urlaub, die drei wären ohne ihn nach Mallorca geflogen, da er arbeiten musste. Eva hatte dagegen die klare Vorgabe von ihrem Vorgesetzten bekommen, möglichst rasch und möglichst viel Urlaub abzubauen. Brandner hatte grundsätzlich nichts dagegen, wenn die drei hin und wieder ohne ihn verreisten, allerdings war in Zeiten von Covid-19 Vorsicht geboten.

»Eva, ich muss jetzt aufhören, ich bin am Tatort angekommen. Wir reden später weiter, okay?« Brandner nahm seinen Kaffeebecher aus der Halterung und trank einen Schluck.

»Ist gut, pass auf dich auf!«, sagte Eva.

»Du auch!«

Sie beendeten das Gespräch und Brandner trank noch einmal vom Kaffee. Den Polizisten, der voller Elan auf das Auto zugelaufen war, als er eingeparkt hatte, ignorierte er bewusst. Er kannte den Uniformierten.

Statt den Polizisten zu begrüßen, musterte Brandner aus dem Auto die Umgebung. Zuerst landete sein Blick wieder auf dem imposanten Vierkanthof. Die Fassade leuchtete in einem kräftigen Gelb, die unzähligen Fenster waren weiß umrandet, sie wirkten ohne Blumen etwas lieblos. Das Dach war mit roten Ziegelsteinen gedeckt.

Linker Hand ragte ein Ahornbaum in die Höhe und auf der rechten Seite eine Trauerweide. Hinter der Trauerweide befand sich der Pferdestall, aus dessen Boxen ein Schimmel und ein Rappe interessiert in Brandners Richtung schauten. Neben dem Stall stand etwas abseits ein großes Wohnhaus mit mehreren Giebeln und einem Wintergarten. Brandner mutmaßte, dass dort Urlaubsgäste untergebracht wurden.

Einen Kilometer zuvor hatte ihn ein Hinweisschild am Straßenrand darüber informiert, dass die schmale Straße zum Mostheurigen »Hofbauer« führte und man dort Ferien auf dem Bauernhof bei Familie Haider verbringen konnte.

Er trank seinen Kaffeebecher leer, öffnete die Autotür und verließ den klimatisierten Innenraum. Es war erst 9 Uhr am Morgen und trotzdem schon brütend heiß. Früher hatte sich Ende August meist schon der Herbst angekündigt, davon spürte Brandner im Moment nichts.

Der Polizist wartete mit einem Respektabstand von mehreren Metern, einige Augenblicke musste er sich noch gedulden, denn Brandner zog sein dunkelblaues Sakko aus und warf es ins Wageninnere auf den Beifahrersitz.

In seinem weißen Kurzarmhemd ließ sich die Hitze besser ertragen, auf die Krawatte hatte er an diesem Morgen verzichtet, wie er es meistens tat. Falls ihn die Presse zu einer Stellungnahme samt Foto oder gar mit TV-Kamera nötigte, hatte er immer ein Langarmhemd und einen Schlips im Auto.

Brandner warf die Wagentür zu und begrüßte den Uniformierten.

»Major Brandner, gratuliere zu Ihrer Beförderung!«

»Danke schön, Herr Reitbauer!«

Brandner schüttelte die entgegengestreckte Hand, trotz Covid-19. Der neue Titel, Major, klang noch immer ungewohnt in seinen Ohren, aber nach mehreren erfolgreichen Jahren beim LKA Niederösterreich hatte er sich die Beförderung verdient und war stolz darauf.

Viel Freude bereitete es ihm nicht, dass er mit Reitbauer ausgerechnet jenen Polizisten am Tatort antraf, den er von früheren Mordfällen rund um die Statutarstadt Waidhofen an der Ybbs kannte, bei deren Ermittlungen er, Brandner, sich nicht gerade durch eine rasche und fehlerlose Aufklärung hervorgetan hatte.

*Egal, das liegt Jahre zurück,* sagte er sich. *Es war nicht Reitbauers Schuld, dass nicht alles glatt gelaufen ist. Die Vergangenheit abhaken. Konzentration auf den neuen Fall!*

»Fällt Neuhofen an der Ybbs in Ihre Zuständigkeit? Das war mir nicht bewusst.« Brandner konnte sich die Frage einfach nicht verkneifen, denn der Tatort lag geschätzte 30 Kilometer entfernt von Waidhofen im oberen Ybbstal und deutlich näher bei der Bezirkshauptstadt Amstetten.

»Seit etwa einem Jahr. Ich leite jetzt die Polizeiinspektion in Amstetten.«

Reitbauer hatte es also geschafft. Er hatte die nächste Sprosse der Karriereleiter innerhalb des Polizeiapparates in jungen Jahren erklommen. Immerhin würde er in der neuen Umgebung nicht jeden Tatverdächtigen und Zeugen persönlich kennen wie damals in Waidhofen, hoffte Brandner. Es hatte durchaus seine Vorteile gehabt, aber unkomplizierter war es dadurch nicht geworden.

*Vielleicht war es überhaupt keine Beförderung, sondern eine Versetzung, weil Reitbauer den Einheimischen zu nahe gestanden hat?* Zu schaden schien Reitbauer die neue Arbeitsstelle nicht, der Inspektionskommandant wirkte fit, wie Brandner ihn in Erinnerung hatte.

»Die Leiche liegt da vorn, gleich beim Eingang in den Hof«, erklärte der junge Polizist.

# 2

Der Tatort war mit rot-weißem Band abgesperrt, dahinter erkannte Brandner die Gerichtsmedizinerin Dr. Heiß. Seine bevorzugte Kriminaltechnikerin Elfriede Auer war ebenfalls schon mit drei Kollegen zugange. Brandner und Reitbauer warteten an der Absperrung und schlüpften darunter hindurch, als Auer ihnen winkte.

Dr. Heiß begrüßte Brandner und machte einen Schritt zur Seite.

»Kein schöner Anblick«, stellte sie fest. »Zertrümmerter Hinterkopf.«

Einer der Kriminaltechniker fotografierte eine volle Glasflasche, deren Inhalt gelblich schimmerte. Sie lag einen Meter neben der männlichen Leiche auf den Pflastersteinen am Boden.

»Die Tatwaffe?«, folgerte Brandner.

Heiß nickte. »Mit nahezu hundertprozentiger Wahrscheinlichkeit.«

Das war eine ungewöhnlich klare Aussage für die Gerichtsmedizinerin, normalerweise ließ sich Heiß immer eine deutlich größere Hintertür offen, doch in diesem Fall verschmierten Haare, Blut und eine klebrige Masse das Glas sowie das Etikett der mutmaßlichen Tatwaffe. Eindeutiger ging es kaum. Brandner sah sich den Toten genauer an.

Er trug eine dunkelrote Trachtenweste, darunter ein weißes Hemd, dunkle Stoffhosen und schwarze Lederschuhe. Das Gesicht konnte Brandner nicht erkennen, da das Opfer auf dem Bauch lag. Der Hinterkopf war stark deformiert, Gehirnmasse und Knochensplitter vermischten sich mit Blut und den braunen Haaren des Mannes. Um den Hals trug er eine goldene Kette, daran schienen lauter unterschiedlich geprägte Münzen befestigt zu sein. Den rechten Ringfinger zierte ein goldener Ehering, an der linken Hand trug er eine Armbanduhr mit schwarzem Lederband und silbernem Ziffernblatt mit römischen Zahlen. Die Arme des Mannes waren gebräunt.

Brandner hockte sich neben die Flasche. Auf der Schulter unter dem Flaschenhals war der Schriftzug »Most« in das Glas eingeprägt, der Boden der Ein-Liter-Flasche war quadratisch ausgeführt. Obwohl das Etikett verschmiert war, konnte Brandner den goldenen Schriftzug lesen. »Rote Pichlbirne, Birnbauer, Ab-Hof 2020« stand da geschrieben. Darunter folgte die Information »7,1 % vol. Bio-Birnenmost«. Zusätzlich zum Text zierte das Etikett eine Birne mit Stängel. Als Erzeuger wurde Familie Ebner in Euratsfeld angegeben, das Logo von »Bio-Austria« war ebenso aufgedruckt, daneben befand sich ein Barcode.

Brandner nahm sein Smartphone und schoss ein Foto des Etiketts.

»Ich bin hier fertig«, teilte Dr. Heiß mit.

Brandner richtete sich auf und steckte das Smartphone in die Tasche. »Todeszeitpunkt?«, fragte er.

»Zwischen Mitternacht und 3 Uhr früh. Enger kann ich es wegen der Hitze nicht eingrenzen, auch nicht, wenn ich ihn später bei mir in der Gerichtsmedizin untersuche.«

»Verstehe.«

Brandner wandte sich an Reitbauer.

»Die Identität wurde mit absoluter Sicherheit festgestellt?«

»Ja, es handelt sich um Franz Haider«, antwortete Reitbauer. »Ihm gehören der Hof und der Heurige. Seine Frau und seine Tochter haben ihn identifiziert.«

»Wo sind die Angehörigen jetzt?«

»Die werden drinnen von einer Psychologin betreut.«

Elfriede Auer trat an die Gruppe heran.

»Wenn die Kriminaltechnik alles erledigt hat, kann der Tote abtransportiert werden«, erklärte Brandner.

Auer und Dr. Heiß nickten.

»Brauchbare Spuren am Tatort?«, wollte er wissen.

»Das Opfer ist hier erschlagen worden. Wir haben auch Gehirnmasse und Blut an der Haustür sichergestellt.«

»Gute Arbeit, sonst noch etwas, das ich wissen sollte?«

»Fingerabdrücke wurden an der Tür genommen. Wir haben alles eingetütet, worauf DNA zu finden sein könnte, aber das ist der Haupteingang zum Mostheurigen.«

Brandner wusste, worauf sie hinauswollte.

»Aufgrund der Fingerabdrücke oder DNA können wir also nicht auf den Täter schließen«, stellte er fest. »Sicherstellen müssen wir sie trotzdem. Das macht ihr schon richtig. Am wichtigsten sind natürlich die Flasche, der Leichnam und sein Gewand. Da kann uns alles weiterhelfen, was wir finden.«

Auer nickte. »Darum kümmere ich mich im Labor.«

Brandner beobachtete, wie der Tote auf eine Bahre gehievt und in das Fahrzeug für den Transport zur Gerichtsmedizin geladen wurde.

»An der Eingangstür seid ihr fertig, oder?«, fragte Brandner zur Sicherheit.

»Ja, dort ist alles klar«, bestätigte Auer.

Brandner drehte sich zu Reitbauer.

»Wir reden mit den Angehörigen.«

Reitbauer trat vor, drückte die geschmiedete Türklinke hinunter und schob die Tür nach innen auf. Der Polizist trat ein und Brandner folgte ihm.

Der Vorraum war mit beigen Holzfliesen ausgelegt, im Gegensatz zu draußen war es einigermaßen kühl. An der Wand stand eine alte Kommode, darüber waren Schwarz-Weiß-Bilder vom Hof und mehrere alte Familienfotos aufgehängt. Eines zeigte Männer und Frauen mit Sensen in den Händen, sie standen inmitten einer frisch gemähten Wiese und blickten stolz in die Kamera.

»Hier entlang.« Reitbauer führte Brandner nach links in einen großen Raum mit einem grünen Kachelofen im Zentrum, um den sich mehrere Tische mit Bänken und Stühlen aus hellem Holz gruppierten. Die Wände und die Decke waren weiß gestrichen und von dunklen Holzbalken unterbrochen, sodass ein uriges Raumgefühl entstand, fast so als wäre man in einer Almhütte. Neben der Eingangstür sprang Brandner eine alte Obstpresse ins Auge.

Die Stimmung unter den Anwesenden passte nicht zur Umgebung, in der ansonsten sicher oft ausgelassen gefeiert wurde. Trauer, eine gewisse Unsicherheit, Nervosität und vielleicht sogar so etwas wie Ärger oder gar Hass lagen in der Luft. Brandners Magen drohte zu rebellieren, er schluckte die Magensäure bewusst hinunter und atmete einmal durch.

Der Anblick des Toten draußen hatte ihn vor keine großen Herausforderungen gestellt, viele Jahre Ermittlungsarbeit in Mordfällen hatten ihn abgehärtet, aber das hier war schwieriger zu bewältigen. Die Gespräche mit den Angehörigen der Ermordeten waren immer unangenehm und eine Gratwanderung. Sie wurden trotz jahrelanger Erfahrung nicht einfacher.

Viele Angehörige waren ehrlich erschüttert und trauerten, und doch musste er sie zu den Hauptverdächtigen zählen, da am häufigsten im engen Familienkreis gemordet wurde. Die Statistik war unerbittlich.

Immerhin brauchte er heute die schlechten Nachrichten nicht mehr selbst zu überbringen, der Tote war vermutlich von einem Familienmitglied gefunden worden. Wie genau das abgelaufen war und was sich in der vergangenen Nacht zugetragen hatte, galt es jetzt herauszufinden.

Drei der acht Tische der Heurigenstube waren besetzt. Brandner sah jede Menge Arbeit auf sich zukommen, aber auch die Chance, dass jemand brauchbare Informationen für ihn hatte.

Rasch verschaffte er sich einen Überblick: Eine Familie mit drei Kindern saß am Tisch rechter Hand, vermutlich machten sie Urlaub auf dem Bauernhof. Zwei weibliche Bedienstete blickten ihm vom Tisch nebenan entgegen. Die vermeintliche Hausherrin hatte links Platz genommen. Mit ihr am Tisch saßen zwei jüngere Frauen, ein Mann, kaum älter als die Frauen, und die Psychologin.

Die Witwe trug bereits ein schwarzes Kostüm. Eine der beiden anderen Frauen steckte in Tracht und wirkte nicht so mitgenommen wie die zweite, die in Jeans und

T-Shirt gekleidet war. *Vielleicht ist die Frau in Tracht gar keine Tochter des Ermordeten,* schlussfolgerte Brandner. Der Mann am Tisch trug ein weißes Trachtenhemd und eine Lederhose.

Die Psychologin stach mit ihrem eleganten lila-gelben Sommerkostüm und ihrem stark geschminkten Gesicht deutlich hervor. Brandner schätzte sie auf Mitte 40.

Reitbauer hatte seinen kurzen Auftritt und stellte Brandner den Anwesenden als den leitenden Ermittler des LKA Niederösterreich vor. Mehrmals betonte er Brandners neuen Rang – Major.

Brandner bekundete danach zuerst sein Beileid, das Wort »aufrichtig«, das bei dieser Floskel in Niederösterreich normalerweise üblich war, ließ er dabei bewusst weg, schließlich hatte er niemanden der Anwesenden persönlich gekannt und auch den Toten nicht.

Danach stellte Brandner seine erste Frage an die Runde: »Wer von Ihnen hat Herrn Haider gefunden?«

Er schaute zum Tisch, an dem die Witwe mit ihren nächsten Angehörigen saß, doch dort blieben alle stumm.

»Das bin ich gewesen.« Die Stimme einer Frau, etwas zaghaft, aus dem Hintergrund.

Brandner drehte seinen Kopf nach rechts, eine der beiden Bediensteten war aufgestanden. Sie hatte lange blonde Haare, die zu einem Pferdeschwanz zusammengebunden waren, und trug ein Hemd mit einem blauroten Karomuster. Sie sah aus wie Anfang 20.

»Und Sie heißen?«

»Karoline Unger, unsere Stallhilfe«, antwortete die Witwe anstelle der Angesprochenen.

»Ich bin heute früh kurz vor 5 Uhr auf den Hof gekommen, um mich um die Pferde zu kümmern, da habe ich den Chef gefunden«, erklärte Karoline Unger nun selbst.

»Danke.«

Brandner drehte sich wieder zur Hausherrin.

»Ich werde mit jedem hier einzeln reden müssen und Herr Reitbauer wird die Personalien von allen aufnehmen. Könnten Sie uns dafür bitte einen Raum zur Verfügung stellen, in dem wir ungestört sind und niemandem zur Last fallen?«

Die Witwe seufzte, als würde Brandner etwas Schwieriges von ihr verlangen, dann richtete sie ihren Blick zum Tisch der Bediensteten. »Sigrid«, kläffte sie, »zeig dem Herrn Major die Moststube, wird's bald?« Sie schaute wieder zu Brandner. »Dort sind Sie ungestört. Können wir Ihnen vielleicht etwas anbieten? Unser Birnensaft ist ganz vorzüglich!«

»Danke, das Angebot nehme ich gerne an. Bei der Hitze kann man gar nicht genug Flüssigkeit zu sich nehmen.«

»Karoline, kümmere dich darum, zack, zack!«

»Jawohl, Chefin.«

Die junge Frau lief eilig davon.

Anscheinend war Karoline nicht nur für die Pferde, sondern auch für die Gästebewirtung zuständig.

Brandner folgte der anderen Angestellten, die ein modernes Dirndl trug, dessen Rocksaum knapp über den Knien endete. Die Frau war schlank, groß gewachsen und hatte lange dunkle Haare. Sie schien etwas älter als Karoline Unger zu sein.

»Bitte schön, das ist unsere Moststube!«

# 3

In der Moststube hatten gut und gerne zehn Personen Platz an einem großen Tisch. Die Bänke und Stühle waren gepolstert. Zwei kleine Fenster, die in den Innenhof führten, ließen Licht herein, es war allerdings deutlich dunkler als in dem großen Raum mit dem Kachelofen.

»Wie war er denn so als Chef?«, fragte Brandner.

Die Bedienstete, Frau Haider hatte sie Sigrid genannt, hatte sich bereits umgedreht und die Stube verlassen wollen, die Frage hielt sie jedoch davon ab.

Eigentlich hatte Brandner vorgehabt, entweder zuerst mit der Witwe ausführlich zu sprechen oder mit Karoline Unger, die den Toten am frühen Morgen gefunden hatte. Er beschloss kurzfristig, die Gelegenheit beim Schopfe zu packen und die Angestellte spontan zu befragen.

»Setzen Sie sich bitte«, begann er.

Er bemühte sich um einen freundlicheren Tonfall, als ihn die Hausherrin zuvor ihr gegenüber angeschlagen hatte, und nahm selbst auf der Sitzbank Platz. Der Bediensteten war es sichtlich unangenehm, kurz zögerte sie sogar, dann setzte sie sich Brandner gegenüber.

Reitbauer schnappte sich notgedrungen den Sessel an der Längsseite des Tisches als Sitzgelegenheit und notierte sich den Namen der Frau: Sigrid Landsteiner, sie wohnte in der Bezirkshauptstadt Amstetten und war unverheiratet. Sie habe die vergangene Nacht allein in ihrer Wohnung verbracht.

»Was für eine Art Chef ist Herr Haider nun gewesen?«, fragte Brandner nach Erledigung der Formalitäten noch einmal.

Nach einigen Augenblicken entgegnete Sigrid Landsteiner: »Ein guter.«

Brandner registrierte die wässrigen Augen der Frau. Sie hatte sichtlich Mühe, nicht in Tränen auszubrechen.

»Können Sie etwas konkreter werden?«

»Er hat nie ein böses Wort gegenüber uns Angestellten verloren.«

»Verstehe.« *Ganz im Gegensatz zur Hausherrin,* mutmaßte Brandner. »Haben Sie einen Verdacht, wer ihn ermordet haben könnte?«, wollte er wissen.

Sigrid Landsteiner schluckte.

Die Tür wurde geöffnet, Karoline Unger trug ein Tablett, auf dem sich zwei Gläser Birnensaft befanden. Sie stellte eines vor Reitbauer ab, der sich artig bedankte.

»Nein«, antwortete Sigrid. »Ich habe keine Ahnung, wer das getan haben könnte, aber ich habe den Chef privat nicht allzu gut gekannt. Daher kann ich Ihnen nicht weiterhelfen.«

»Entschuldigung!« Wegen einer ruckartigen Bewegung hatte Karoline einige Tropfen des Birnensaftes vor Brandner verschüttet. »Ich wische das gleich weg.« Es war ihr sichtlich peinlich, mit hochrotem Kopf lief sie zur Tür hinaus.

»Gut, dann sind wir fertig. Danke, Frau Landsteiner.«

»Wenn Sie noch Fragen haben, kontaktieren Sie mich gerne jederzeit.«

Sigrid Landsteiner stand auf und verließ die Stube, kurz danach kam ihre Kollegin zurück und säuberte mit einem Wischtuch die Tischplatte vor Brandner.

»Entschuldigen Sie bitte nochmals, ich bin manchmal so ein Tollpatsch!«

»Nehmen Sie doch bitte gleich Platz, wo Frau Landsteiner gesessen hat.«

Reitbauer notierte sich ihre Personalien: Karoline Unger lebte im Nachbarort Hausmening bei ihren Eltern.

»Das muss heute Morgen ein Schock für Sie gewesen sein«, stellte Brandner fest.

»Ich bin nicht stolz darauf, aber ich habe tatsächlich geschrien wie am Spieß«, antwortete Karoline Unger. »Ich habe geglaubt, mein Herz explodiert, und dann, als mir eingefallen ist, dass der Mörder vielleicht noch in der Nähe herumläuft, habe ich am ganzen Körper gezittert. Gott sei Dank ist die Nina herausgekommen. Sie hat mich beruhigt, obwohl es für sie ein noch größerer Schock gewesen sein muss als für mich.«

»Nina, Nina Haider, so heißt die Tochter des Ermordeten?«, fragte Brandner.

»Genau, ich war so fertig mit den Nerven, das können Sie sich gar nicht vorstellen! Normalerweise bewahre ich einen kühlen Kopf, auch wenn irgendetwas mit den Pferden ist, aber heute war ich komplett von der Rolle. Nina hat sich um alles gekümmert, die Polizei gerufen und ihre Mutter aufgeweckt.«

»Verstehe.«

Brandner trank von seinem Saft. Der süß-säuerliche Geschmack war intensiv, als hätte er in eine frische Birne gebissen. Kurz schloss er die Augen, dann schluckte er und stellte das Glas zurück auf den Tisch.

»Schmeckt gut, der Birnensaft vom ›Hofbauer‹«, stellte Karoline Unger fest.

»›Hofbauer‹, das ist der Name des Bauernhofs und Heurigen, oder?«

»Ja, der Bauernhof hier heißt einfach nur ›Hofbauer‹. So kennt man ihn weit und breit. Sie machen die besten Säfte im Mostviertel und der Birnenmost ist auch nicht zu verachten. Unser Chef ist nicht umsonst der Primus der Mostbarone gewesen.«

»Mostbarone? Was versteht man darunter?«, fragte Brandner.

»Das ist der Verein im Mostviertel, der sich der Verbreitung der heimischen Mostkultur verschrieben hat, mit allem, was dazugehört, aber die Chefin kann Ihnen da sicher mehr darüber erzählen als ich.«

»Herr Haider war Primus, also der Vorsitzende des Vereins?«

»Soweit mir bekannt ist, ja, aber wie gesagt, besser weiß da die Chefin Bescheid.«

Brandner trank nochmals, diesmal nahm er zwei größere Schlucke, dann stellte er seine nächste Frage.

»Heute Morgen, als Sie Herrn Haider gefunden haben, ist Ihnen da irgendetwas aufgefallen? War außer Nina Haider noch jemand da?«

»Nein.« Karoline schüttelte energisch den Kopf, die Antwort war wie aus der Pistole geschossen gekommen. »Darüber habe ich schon länger nachgedacht, aber da war niemand, zumindest keiner, den ich gesehen habe. Andererseits war ich total durch den Wind.«

Brandner nickte verständnisvoll, auch wenn ihm Karoline Unger gar nicht so schreckhaft vorkam. Ihre Nerven waren eindeutig angespannt, deshalb hatte sie zuvor den Saft verschüttet.

*Oder hatte das einen anderen Grund? Vielleicht hat sie ja Sigrid Landsteiners Antwort aus der Fassung gebracht.* Brandner beschloss, dem nachzugehen.

»Wie eng war der Kontakt zwischen Sigrid Landsteiner und Ihrem Chef wirklich?«, fragte er sein Gegenüber.

Karoline Unger wirkte perplex. »Was meinen Sie damit?«, fragte sie.

»Sie haben den Saft genau zu dem Zeitpunkt verschüttet, als Frau Landsteiner mir gegenüber behauptet hat, sie hätte ihren Chef nicht gut gekannt.«

»Das … das war nur Zufall.« Karoline Unger verschränkte ihre Arme vor der Brust. »Es ist nur so«, sagte sie verschüchtert, »wir alle, die hier arbeiten, haben den Chef natürlich gekannt.« Sie presste die Lippen einen Augenblick aufeinander. »Ich bin der Meinung«, fuhr sie fort, »dass wir ihn auch gut gekannt haben. Das ist scheinbar Auslegungssache, wenn Sigrid anderer Meinung ist.«

Brandners Telefon vibrierte in seiner Hosentasche.

»Entschuldigen Sie einen Moment.«

Er nahm sein Smartphone heraus und sah, dass Eva ihn erreichen wollte.

»Danke, Frau Unger«, sagte er rasch. »Wir sind vorerst fertig.«

# 4

**Wien**
**Donnerstag, 20. August 2020**

»Hallo, Schatz!«

»Hallo, Leo!«

Eva Brandner war erleichtert, sie musste sich einfach mit ihrem Mann austauschen, auch wenn er gerade zu einem Tatort gerufen worden war. Sie saß auf dem Balkon ihres Einfamilienhauses, umgeben von rosa Pelargonien, Tomatenstauden, einer Zitruspflanze und einem Olivenbaum, ihrer neuesten Errungenschaft, auf die sie besonders stolz war. Doch im Moment hatte sie keine Augen dafür.

»Wir bekommen so kurzfristig keinen anderen Flug in den Süden«, informierte sie ihren Mann. »Zumindest in keine unbedenkliche Region.«

»Schade, was macht ihr jetzt?«

»Isabella und Selina wollen mich überreden, mit dem Auto in den Süden zu fahren.«

»Das ist nicht euer Ernst!«

»Ich weiß, ich weiß, Kroatien ist nicht mehr sicher, aber nach Italien könnten wir«, antwortete sie.

»Das kann sich jeden Tag ändern!«

Ihr Leo regte sich normalerweise nicht so leicht auf, aber jetzt war er hörbar außer sich.

»So schnell geht das auch wieder nicht«, versuchte sie ihn zu beruhigen.

»Und wie war das mit Spanien, den Balearen und Kroatien?«

Leo musste immer alles besser wissen! Eva schwieg bewusst einige Augenblicke, das würde ihn noch unruhiger machen. »Du hast ja recht«, räumte sie schließlich ein. »Aber die beiden wollen unbedingt ans Meer!«

»Zwölf Stunden an der Grenze im Stau!«

»Das war einmal, das wird nicht wieder vorkommen!«

»Das weißt du nicht. Willst du dir das wirklich antun?«

Wieder war Eva still.

Natürlich wollte sie nicht, aber die beiden Mädchen wünschten es sich so sehr, und nach diesem vollkommen verunglückten Frühling und dem bisherigen enttäuschenden Sommer hatten sie es sich mehr als verdient.

*Und ich selbst brauche diesen Urlaub! Vielleicht sogar mehr als die Mädchen.*

»Nein, aber was soll ich machen?«, spielte sie den Ball zu ihrem Mann zurück. Sollte ihm doch etwas einfallen.

»Urlaub in Österreich.«

»Den Gefallen wollte ich unserem Kanzlerbuben nicht machen.«

»Ich weiß, aber es ist euer Urlaub und eure gemeinsame Zeit, da solltet ihr das Beste daraus machen und nicht wegen einer Trotzreaktion darauf verzichten.«

*Flug bekommen wir keinen mehr. Stundenlang im Auto sitzen? Österreich ist eigentlich die einzige Alternative, bei der ich einigermaßen ausgeruht nach Hause komme.*

»Gut, ich schaue, ob ich etwas finde, aber das muss schon was hermachen, damit die Mädels mitspielen.«

Sogar durchs Telefon hörte sie ihren Mann erleichtert ausatmen.

»Gut«, sagte er, »schau in Ruhe und gib mir bitte Bescheid. Ich habe hier sicher noch den ganzen Tag zu tun.«

Sie wünschte ihm viel Erfolg und legte auf.

Aus Erfahrung wusste sie, dass ihr Mann mit Hochdruck an der Lösung des Falls arbeiten würde. Sie rechnete nicht damit, ihn viel zu Gesicht zu bekommen, bevor sie mit ihren Töchtern in den Urlaub fahren würde. Egal, wohin.

*Auf ein Neues, dann suche ich eben in Österreich.*

Ihren beiden Töchtern würde sie die Neuigkeit erst präsentieren, nachdem sie eine akzeptable Urlaubsresidenz gefunden hätte, sonst wäre der Streit vorprogrammiert. Sie hatte keine Ahnung, wo sie in Österreich auf die Schnelle eine schöne Reise organisieren sollte, aber versuchen würde sie es.

# 5

**Neuhofen an der Ybbs**
**Donnerstag, 20. August 2020**

Brandner stand draußen im Schatten der Trauerweide. Bereits jetzt deutete nichts mehr darauf hin, dass hier erst vor wenigen Stunden ein Mord verübt worden war. Die Idylle war zurück, nur der Mörder lief noch frei herum.

Das musste Brandner so schnell wie möglich ändern. Er schüttelte die Gedanken an das Telefonat mit seiner Frau ab, und auch das kurze, aber intensive Bedürfnis, das er während des Gesprächs verspürt hatte, begrub er tief in seinem Inneren. Noch war es viel zu früh für ein alkoholisches Getränk.

Ja, die Bauern hatten früher Most zur Vormittagsjause und zu Mittag getrunken, aber diese Zeiten waren vorbei. Für ihn als Beamten herrschte sowieso striktes Alkoholverbot, wenn er im Dienst war.

Er musste sich zusammenreißen und die wichtigen Gespräche mit der Witwe und der Tochter des Ermordeten führen. Bisher hatte er keine Ahnung, was Franz Haider spätnachts vor seinem Haus zu suchen gehabt hatte.

Brandner wischte sich mit einem Papiertaschentuch den Schweiß aus der Stirn und trat unter dem Baum hervor. Sofort spürte er die heißen Sonnenstrahlen auf seinem Rücken. Rasch flüchtete er wieder ins Innere des Vierkanthofes, dort war es zwar mittlerweile nicht mehr kühl, aber immerhin nicht annähernd so heiß wie draußen.

»Frau Haider, dürfte ich Sie bitten, mit mir mitzukommen?«

Euphorie löste er mit seiner Bitte bei der Hausherrin nicht aus. Als sie sich ihm gegenüber in der Moststube an den Tisch setzte, wirkten ihre Gesichtszüge grimmig.

*So ganz passt ihr Gesichtsausdruck nicht zu dem einer trauernden Witwe.*

»Warum haben Sie vor mir mit Sigrid und Karoline gesprochen?«

*Das ist also ihr Problem?*

»Frau Haider, ich habe Sie dadurch keinesfalls vor den Kopf stoßen oder übergehen wollen«, begann Brandner.

»Haben Sie aber!«

Maria Haider saß kerzengerade da und sah ihn tadelnd an.

Brandner musste so schnell wie möglich klarstellen, wer hier das Sagen hatte, sonst würde die Befragung zu nichts führen.

»Frau Haider, wie ich meine Ermittlungen führe, überlassen Sie mir. Es gibt gute Gründe dafür, warum ich mit einigen Personen früher spreche und mit anderen später.«

»Na, die würde ich gerne hören!«

»Die gehen Sie aber rein gar nichts an.«

Maria Haiders linkes Auge zuckte mehrmals. Ihr Mund war nur ein schmaler Strich.

Reitbauer kritzelte etwas in sein Notizbuch und mied den Blickkontakt mit Brandner, auch die Witwe sah er nicht an. Mehrere Sekunden sagte keiner der drei Anwesenden etwas, dann nahm Brandner bewusst langsam sein Glas und trank es leer.

»Ihr Birnensaft schmeckt fantastisch!«, stellte er fest. »Ich glaube, ich habe noch nie in meinem Leben einen besseren getrunken.«

»Möchten Sie noch einen?« Maria Haider griff sich sein Glas und verließ eilig die Moststube.

»Da haben Sie ja gerade noch die Kurve gekriegt«, stellte Reitbauer fest.

»Was hätte ich machen sollen? Die hat doch glatt geglaubt, sie hat hier das Zepter in der Hand.«

»Die Hofbäuerin ist bekannt dafür, etwas kratzbürstig zu sein.«

*Also hat Reitbauer auch schon rund um Amstetten seine Kontakte zu den Einheimischen geknüpft.*

Maria Haider kam mit leeren Händen zurück in die Moststube. Sie setzte sich, ohne ein Wort über den Birnensaft zu verlieren, den sie Brandner zuvor versprochen hatte. »Fragen Sie mich doch endlich, wer meinen Franz ermordet hat!«

*Jetzt versucht sie schon wieder, das Heft in die Hand zu nehmen.*

Brandner schüttelte demonstrativ seinen Kopf.

»Die Frage kommt noch«, sagte er. »Zuerst sagen Sie mir bitte, wann Sie Ihren Mann zuletzt gesehen haben.«

Die Witwe schaute beleidigt drein und antwortete: »Das war so gegen 8 Uhr am Abend.«

»Was hat er danach gemacht?«

»Franz ist zum Vereinstreffen der Mostbarone gefahren.«

»Wo hat das stattgefunden?«

»In Stift Ardagger im ›Mostbirnhaus‹.«

»Ist er allein gefahren?«

Maria Haider schüttelte ihren Kopf. Bevor sie antworten konnte, wurde die Tür geöffnet und Sigrid Landsteiner streckte ihren Kopf herein.

»Der Birnensaft für Herrn Brandner.«

»Das hat aber lange gedauert!«, tadelte die Hausherrin.

»Entschuldigung.« Sigrid Landsteiner ging mit gesenktem Blick zum Tisch und stellte das volle Glas vor Brandner ab.

»Vielen Dank!« Brandner lächelte sie aufmunternd an.

»Gerne.« Sigrid Landsteiner lächelte nicht zurück und verließ eilig die Stube.

»Gutes Personal ist heutzutage schwer zu finden«, erklärte Maria Haider.

*Vor allem wird es bei der Behandlung auch nicht lange bleiben.*

»Ihr Mann hatte also Mitfahrer?«, kam Brandner wieder auf das ursprüngliche Thema zurück.

»Ja, sie wechseln sich immer ab, diesmal war Franz dran mit dem Fahren. Er müsste Elisabeth Furtner und Martin Ebner mitgenommen haben.«

*Das ist doch was!*

»Diese beiden sind auch Mostbarone?«

»Ja sicher, die Elisabeth ist natürlich eine Baronin, oder wie sie selbst gerne sagt: eine Baroness. Franz war der Primus der Mostbarone, er hat gestern die Primus-Kette getragen, mit je einem geprägten Taler von jedem Mostbaron. Die Kette ist das Amtszeichen des Vorstands. Franz musste sie bei öffentlichen Auftritten tragen, aber er war so stolz darauf, dass er jede Gelegenheit genutzt hat, sie sich um den Hals zu hängen, so auch gestern.«

»Haben Sie gehört, wann ihr Mann heimgekommen ist?«

»Natürlich nicht! Dann hätte ich ja nachgeschaut, warum er nicht zu mir ins Bett kommt, aber ich schlafe wie ein Igel im Winter.«

»Den Zeitpunkt werde ich also nur weiter eingrenzen können, wenn ich mit seinen Mitfahrern spreche.«

»Jetzt fragen Sie mich schon, wer ihn ermordet hat! Ich habe keine Lust, hier länger herumzusitzen, wenn es so klar auf der Hand liegt! Sie brauchen ihn nur zu verhaften!«

Brandner beugte sich nach vorn. Er war gespannt, wen ihm die Witwe als Mörder ihres Mannes präsentieren würde. »Wer hat Ihren Mann erschlagen?«

»Martin Ebner ist es gewesen! Es war seine Mostflasche, die neben meinem Franz gelegen hat. Das habe ich gleich erkannt. Außerdem hat Franz sicher Elisabeth zuerst heimgebracht und am Schluss den Martin. Dazu kommt, dass er ein Motiv hatte!«

# 6

**Neuhofen an der Ybbs**
**Donnerstag, 6. August 2020**

Jeder Tisch im Innenhof des »Hofbauer« war besetzt. Drei Monate zuvor hatte Franz Haider stark daran gezweifelt, dass das möglich sein würde, aber die Mostviertler hatten nach den Entbehrungen des Frühlings nur darauf gewartet, endlich ihre beliebten Mostheurigen wieder aufzusuchen.

Zumindest diejenigen, bei denen die Qualität der Produkte, das Ambiente und der Service stimmten. Da musste alles passen, und darauf achteten er und seine Familie. Nur so war der große Andrang zu erklären.

Es war 8 Uhr abends und die letzte Mostprobe für die Gäste aus Wien stand an. Sigrid schenkte jedem der Gäste ein. Hinter ihr stand seine Nichte Melanie mit den Bauernkrapfen bereit, die sie denjenigen servierte, die sich bereits an der Meterjause satt gegessen hatten.

Franz Haider hätte am liebsten selbst in einen der Krapfen hineingebissen, war sich jedoch sicher, dass seine Frau Maria das nicht gutheißen würde. Sie kassierte gerade am Nachbartisch ab, trotzdem würde es ihr nicht entgehen, wenn er in aller Öffentlichkeit schwach würde.

Auf einen Anpfiff vor den Gästen konnte er verzichten. Was er hingegen im Geheimen trieb, wenn sie nicht in der Nähe war, davon hatte sie keine Ahnung.

Die Wiener hatten die Verkostung der »Gourmet-Moste« der Mostbarone gebucht.

»Liebe Gäste! Nach dem spritzig leichten ›Brous‹ zu Beginn und dem eleganten ›Preh‹ genießen Sie nun den kraftvollen ›Exibatur‹.«

Sigrid hielt die beiden Flaschen mit dem lila Etikett in die Höhe, sodass alle am Tisch den Schriftzug lesen konnten.

»Auch der ›Exibatur‹ ist ein Cuvée-Most«, fuhr Franz Haider fort. »Er setzt sich aus ausgewählten Sorten zusammen, und zwar aus Dorschbirne und grüner Pichlbirne.«

Sigrid füllte das Glas des Hausherrn zu einem Viertel.

»Der Name ›Exibatur‹ wurde aus dem Mostviertler Dialekt übernommen, übersetzt bedeutet der Name ›Ackergerät‹, was gut zum erdigen Geschmack dieses Mosts passt.«

Der Mostbaron hob sein Glas. Die Gäste taten es ihm gleich.

»G'sundheit! Sollts leb'n!«

Die Wiener prosteten mit demselben Trinkspruch zurück, den er ihnen zu Beginn der Verkostung beigebracht hatte.

»Du nimmst mir alle Gäste weg!«

Franz Haider hielt in seiner Trinkbewegung inne.

Martin Ebner stand nur wenige Schritte von ihm entfernt. Auch er trug die Tracht der Mostbarone; dunkle Hose, rote Kurzarmweste und dunkles Jackett. Sogar den schwarzen Hut mit dem roten Band und der weißen Feder hatte er auf seinem Kopf.

Franz Haider wandte sich nochmals seinen Gästen

zu. »Sollts leb'n!«, wiederholte er und trank sein Glas mit einem Zug leer.

»Du ruinierst mich!« Martin Ebner kam näher.

Der Hausherr stellte sein Glas auf dem Tisch der Wiener ab. »Entschuldigen Sie mich bitte. Ich muss hier etwas klären«, sagte er zu seinen Besuchern. Dann drehte er sich zu seinem Vereinskollegen um. »Martin, komm, gehen wir hinein.«

»Warum ins stille Kämmerlein? Es können ruhig alle hören, was ich zu sagen habe!«

»Nicht vor meinen Gästen.« Haider versuchte, ihn am Unterarm Richtung Hauseingang zu ziehen, doch Martin Ebner schüttelte seine Hand ab.

»Was willst du verheimlichen? Es können doch ruhig alle wissen, wie gut du auf deine Vereinskollegen schaust! Ein Mostbaron ruiniert den anderen! Da gibt es keine Rücksicht, sondern nur beinharten Wettbewerb, so ist das bei uns auf dem Land!«

»Martin, beruhig dich, du hast zu viel getrunken, morgen bereust du es sicher!«

»Nichts werde ich bereuen! Dir wird es leidtun, wenn du weiter deinen Heurigen jede Woche offen hast. Das garantiere ich dir! Ich lasse mir nicht einfach so die Gäste wegnehmen!« Martin Ebner fuchtelte am Ende seiner Tirade mit dem Zeigefinger vor Franz Haiders Gesicht herum. Seine Aussprache war feucht, sodass der Hausherr mehrere Tröpfchen auf seinem Gesicht spürte. Er wischte sie mit dem Ärmel seines Jacketts weg.

Maria Haiders Augen funkelten zornig, sie war fuchsteufelswild, das erkannte ihr Mann sofort. Sie wollte

Martin Ebner ihre Meinung in sein hochrotes Gesicht schreien, doch ihre Tochter Nina hielt sie zurück.

»Lass es gut sein, ich kümmere mich um ihn«, beschwor sie ihre Mutter.

Im Innenhof waren sämtliche Stimmen verstummt, alle verfolgten die Auseinandersetzung.

»Martin, komm mit, ich spendiere dir einen Schnaps.«

Nina Haiders Lächeln besänftigte Martin Ebner so weit, dass er der jungen Frau tatsächlich ins Innere des Mostheurigen folgte und Franz Haider sich wieder seinen Gästen aus Wien zuwenden konnte. Maria Haider blieb einige Augenblicke stehen. Sie war sichtlich versucht, ihrer Tochter und dem konkurrierenden Mostbaron zu folgen, entschied sich dann aber dagegen und nahm eine weitere Bestellung an einem Tisch auf.

# 7

**Neuhofen an der Ybbs
Donnerstag, 20. August 2020**

Brandner solle endlich Martin Ebner festnehmen und nicht ihre Tochter mit unnötigen Fragen belästigen. Was wolle er überhaupt noch hier? Der Fall liege doch glasklar vor ihm.

»Ich werde Ihrem Hinweis nachgehen, nachdem ich hier mit allen Anwesenden gesprochen habe«, hatte Brandner zur Hausherrin gesagt und einen sehr bestimmten Tonfall gewählt.

Maria Haider hatte trotzdem keine Ruhe gegeben, deshalb hatte Reitbauer interveniert.

»Beruhigen Sie sich bitte!«, hatte der Inspektionskommandant gesagt. »Herr Major Brandner macht nur seine Arbeit. Dabei folgt er dem üblichen Ablauf, indem er mit allen Anwesenden in Tatortnähe und den nächsten Angehörigen redet. Es ist keine Gefahr im Verzug. Martin Ebner läuft uns nicht weg.«

»Aber es ist reine Zeitverschwendung!«

Mit diesen Worten auf den Lippen war die Witwe aus der Moststube gestürmt und hatte sich seither nicht mehr blicken lassen. Reitbauer hatte darauf ihre Tochter, Nina Haider, zur Einvernahme in die Stube gebeten. Nina war dem Wunsch bereitwillig gefolgt.

Brandner saß der jungen Frau gegenüber, die er zuvor am Tisch der Witwe gesehen hatte.

Nina Haider bestätigte die Geschichte, die Karoline Unger erzählt hatte. Sie sei als Zweite am Tatort gewesen, da sie Karoline Ungers Schreie gehört habe. Die Tochter des Ermordeten habe die Polizei gerufen und danach ihre Mutter geweckt. »Es war schrecklich! Vater hat dagelegen, tot. Karoline konnte sich nicht mehr auf den Beinen halten, so fertig war sie. Sie kauerte auf dem Boden, mit dem Rücken gegen die Hausmauer gelehnt.«

»Sie haben also alles erledigt, was zu tun war?«

»Mir blieb nichts anderes übrig.«

»Das war sicher schwer für Sie.«

Nina Haider tat Brandner leid. Sie hatte ihren Vater verloren, den sie geliebt hatte. Das sah er ihr an.

Brandner musste an seine Töchter denken. Sie waren manchmal schwierig, aber sie liebten ihre Eltern, daran hatte er nicht den geringsten Zweifel. Niemals.

Nina Haider hatte ihren Vater nicht ermordet, da war er sich sicher, doch wusste sie vielleicht, wer es getan hatte, daher fragte er auch sie danach.

Die junge Frau blickte an ihm vorbei. »Meine Mutter hat es Ihnen schon gesagt«, antwortete sie.

»Ihre Mutter hat eine klare Meinung dazu, das stimmt, aber ich will wissen, was Sie denken.«

»Martin Ebner war richtig sauer auf Vater«, sagte Nina Haider. »Vor zwei Wochen ist er plötzlich hier aufgetaucht. Er war angetrunken und hat Vater gedroht.«

Brandner richtete sich auf. »Was genau hat er gesagt?«

»Wenn du deinen Heurigen weiterhin jede Woche öffnest, wirst du es bereuen.«

»Warum regen ihn die Öffnungszeiten derart auf?«

Die junge Frau seufzte. »Wir haben die Zeiten geändert. Normalerweise haben wir immer nur jede zweite Woche im Sommer und Herbst aufgehabt, doch heuer hatten wir im Frühling monatelang zwangsläufig komplett geschlossen.« Sie wischte sich eine Träne von der rechten Wange. »Vater wollte den Rückstand bei den Einnahmen wieder aufholen, so gut das eben ging. Mein Gott! Wenn ihn das nun das Leben gekostet hat!« Nina Haider wischte sich die nächste Träne von der Wange.

Brandner trank von seinem Birnensaft. »Warum sind diese Öffnungszeiten für Martin Ebner ein Problem?«, fragte er, nachdem er hinuntergeschluckt hatte.

»Martin hat vor einigen Jahren umgebaut. Er braucht das Geld dringender als wir. Wenn wir geöffnet haben, kommen die Gäste zu uns und nicht zu ihm. Sie lieben unseren Heurigen.« Die Tochter des Opfers sah Brandner direkt in die Augen. »Ich kenne Martin Ebner, seit ich ein Kind war«, sagte sie. »Ich glaube es einfach nicht, der Ebner ist kein Mörder!«

*Interessant, die Tochter und die Mutter haben vollkommen unterschiedliche Auffassungen.* Martin Ebner hatte ein Motiv, was das betraf, hatte die Mutter eindeutig recht. Ob er deswegen auch der Mörder war, würde Brandner herausfinden. Er war versucht, die Befragungen beim »Hofbauer« abzubrechen und gleich Martin Ebner einen Besuch abzustatten, doch dann würde es so wirken, als hätte er sich von der Witwe in seiner Ermittlung beeinflussen lassen. Diesen Eindruck musste er vermeiden, daher blieb er in der Moststube beim »Hofbauer«, nachdem er Nina Haiders Befragung abgeschlossen hatte.

Er verspürte langsam so etwas wie ein Hungergefühl, und er stellte sich die Frage, ob er gegen eine der unzähligen Beamtenregeln verstoßen würde, wenn er hier beim Heurigen zu Mittag aß.

Brandner kam zu dem Schluss, dass nichts dagegensprach, solange er darauf bestand, das Essen zu bezahlen. Einladen durfte er sich natürlich nicht lassen.

»Hat der Heurige schon offen?«, wollte er von Nina Haider wissen.

»Wir sperren normalerweise erst um 15 Uhr auf, heute wahrscheinlich gar nicht, warum?«

»Nur aus Interesse«, beschied Brandner. Keinesfalls wollte er der Familie zur Last fallen. »Wer sind denn der junge Herr und die junge Dame, die sich bei Ihnen am Tisch befunden haben, als ich heute Morgen den Gastraum betreten habe?«, wechselte er das Thema.

»Mein Cousin und meine Cousine, Harald und Melanie helfen uns regelmäßig aus«, antwortete Nina. »Wen von den beiden soll ich Ihnen zuerst schicken?«

# 8

**Neuhofen an der Ybbs**
**Donnerstag, 6. August 2020**

»Obstler?«, fragte Nina Haider.

Die Tische um den Kachelofen und die Theke waren nicht besetzt, sie waren allein in dem großen Raum. Martin Ebner hielt sich an der Theke fest. Seinen Mostbaronshut und seine Jacke hatte er an den Kleiderhaken an der Wand gehängt. Die wenigen Haare, die ihm geblieben waren, trug er kurz geschoren, die Kopfhaut war rötlich verfärbt.

Nina konnte schwer einschätzen, ob Martin Ebner zu lange in der Sonne gewesen war oder ob es sich einfach um eine Hautreizung handelte, die durch zu viel Hitze und Alkohol ausgelöst worden war.

»Ja gerne«, antwortete Martin Ebner mit einigen Sekunden Verspätung.

Natürlich sollte sie ihm eigentlich keinen Alkohol mehr ausschenken, doch wenn sie ihm nur Saft oder Wasser anbot, würde er noch wütender werden, was sie vermeiden wollte. Nina hoffte darauf, ihn durch den hochprozentigen Schnaps so weit zu beruhigen, dass er zu müde sein würde, um weiterzustreiten.

Sie kannte den Mostbaron schon seit ihrer Kindheit. Alkohol machte ihn normalerweise nicht aggressiv. Sein ungebührliches Verhalten an diesem Tag musste einen anderen Grund haben.

Sie stellte das Stamperl vor ihm auf die Theke.

»Trinkst du keinen mit?«

»Ich würde ja gerne, aber ich muss noch fahren.«

»Du wohnst doch hier auf dem Hof, oder nicht?«

Nina wollte ihm nicht sagen, dass sie nichts trank, weil sie vorhatte, ihn später selbst nach Hause zu bringen. Sie hoffte, dass er nach zwei oder drei weiteren Schnäpsen sein eigenes Auto stehen lassen würde.

»Dann Prost!«

»Zum Wohl!«

Martin Ebner kippte den Schnaps hinunter und verzog das Gesicht, bevor er zum ersten Mal lächelte, seit er beim »Hofbauer« angekommen war.

»Euer Selbstgebrannter passt genau!«

»Danke.«

*Ich werde es Papa ausrichten,* hatte ihr auf der Zunge gelegen, doch sie verkniff es sich. Es war heute besser, mit Ebner nicht über ihre Eltern zu reden, das hatte sie schon begriffen.

Martin Ebners Lächeln erlosch so schnell, wie es gekommen war. Nina reagierte geistesgegenwärtig: »Möchtest du noch einen? Geht aufs Haus!«, bot sie an.

»Da sag ich nicht Nein.« Ebner schob ihr sein leeres Schnapsglas über die Theke zu. »Wenn das so weitergeht, muss ich bald Konkurs anmelden.«

»Kriegst du keine Förderung oder andere Staatshilfen?«

Nina schob das frisch gefüllte Glas vor ihn.

»Schon«, sagte Ebner, »die reichen aber nicht bei dem Kredit, den ich für den Umbau laufen habe.«

»Und die Bank?«

»Lässt nicht mit sich reden. Sie wollen zumindest etwas Geld sehen, aber da brauche ich mehr Einnahmen vom Heurigen, sonst bleibt uns nichts zum Leben.«

Nina schluckte. »Ist es wirklich so schlimm?«

Ebner trank den Schnaps auf Ex. »Die nehmen mir den Hof weg! Kannst du nicht mit deinen Eltern reden? Wenn ihr nicht dauernd aufhättet, wären viel mehr Gäste bei mir.«

»Noch einen?«

»Gerne.«

Nina füllte das Glas wieder auf. »Wir hatten auch extreme Einbußen im Frühling. Ich kann nichts versprechen, aber ich spreche mit Papa und Mama.«

»Danke, Nina, bist ein guter Mensch!«

Erneut trank er seinen Schnaps in einem Zug leer.

»So«, sagte Nina, »bei dir daheim warten sie sicher schon auf dich. Ich fahre dich jetzt am besten nach Hause.«

Martin Ebner nickte. »Bist wirklich ganz a Brave!«

# 9

**Neuhofen an der Ybbs**
**Donnerstag, 20. August 2020**

Geselchtes, Schinken, Kren, Essiggurken, Tomaten und dazu ein frisch gebackenes Bauernbrot. Brandner ließ sich die Brettljause schmecken.

Nina Haider hatte darauf bestanden, Reitbauer und ihn mit einem Mittagessen zu versorgen. Letztendlich hatte sich Brandner breitschlagen lassen und das Angebot angenommen. Natürlich hatte er darauf bestanden, den üblichen Preis gemäß der Preisliste des Heurigen zu bezahlen.

Daher plagte ihn kein schlechtes Gewissen und er genoss jeden Bissen. Auch Reitbauer widmete sich voll und ganz seinem Essen.

Melanie Haider saß den beiden gegenüber. Die Nichte des Ermordeten hatte nichts zu essen vor sich und klopfte nervös mit ihren Fingern auf die Tischplatte. Ihre Befragung nahm am meisten Zeit in Anspruch, aber nicht, weil die junge Frau so gesprächig war, sondern weil das Essen die Befragung ins Stocken gebracht hatte.

Erneut trafen ihre Fingerknöchel auf das Holz.

*Ist das normal, weil sie warten muss, oder ist sie nervös, weil sie etwas zu verbergen hat?*

Melanie Haider ließ das Getrommel bleiben und schaute schuldbewusst.

»Soll ich gehen und später wiederkommen?«, fragte sie. »Dann können Sie in Ruhe essen.«

Brandner kaute und schluckte das Stück Brot hinunter, das er zuvor mit einem Eier-Aufstrich beschmiert hatte. »Wie kommt es eigentlich dazu, dass Sie und Ihr Bruder für Ihren Onkel arbeiten?«, fragte er. Das Angebot der jungen Frau ignorierte er ganz bewusst.

Richtig glücklich schien Melanie Haider über Brandners Neugier nicht zu sein.

»Meine Eltern haben in Ferschnitz einen Heurigen betrieben. Das ist nicht weit weg von Neuhofen.« Melanie Haider stockte kurz, ehe sie fortfuhr. »Meine Mutter wollte schon länger keine Fremden mehr im Haus haben, daher haben wir den Heurigen ihr zuliebe im vergangenen Winter endgültig geschlossen.«

Das konnte Brandner nachvollziehen. Fremde im eigenen Haus wären das Letzte, was er haben wollte. Die eigenen vier Wände waren ihm heilig, die bekamen nur die engste Familie und die besten Freunde zu sehen.

»Die Einnahmen aus der Landwirtschaft sind zu gering, um uns alle zu ernähren. Als wir geschlossen haben, war von Corona noch keine Rede, jetzt ist es für junge Leute wie meinen Bruder und mich aber fast aussichtslos, im Gastgewerbe Arbeit zu finden, außer man hat Beziehungen.«

Brandner trank etwas Birnensaft. »Da kommen Ihr Onkel und Ihre Tante ins Spiel«, schloss er.

»Richtig«, bestätigte Melanie Haider. »Onkel Franz wollte den Heurigen sogar mehr Tage offen halten, dazu hat er ohnehin mehr Hilfe gebraucht. Harald und ich wissen, was zu tun ist, und wir packen beide gerne an. Das passt daher für beide Seiten gut.«

Brandner verstand die junge Frau und auch Franz Haiders Beweggründe nur zu gut. Es sprach nichts dagegen, sich im erweiterten Familienverbund gegenseitig zu unterstützen. Das war sogar wünschenswert – solange dadurch niemand übervorteilt wurde.

*Und vor allem, solange dabei keiner ums Leben kommt.*

»Ist Ihnen irgendetwas Verdächtiges aufgefallen, als Sie hier gearbeitet haben?«

»Sie meinen, ob ich mitbekommen habe, wer meinen Onkel ermordet hat?«

»Das würden Sie mir hoffentlich sowieso sagen, wenn Sie es wüssten, davon gehe ich aus. Nein, was ich meine, ist, ob Sie etwas Ungewöhnliches beobachtet haben.«

Brandner schien es so, als wolle Melanie Haider etwas erwidern, dann zögerte sie, bevor sie antwortete: »Dass Martin Ebner verärgert war, weil Onkel Franz den Heurigen so oft aufgesperrt hat, das haben Ihnen ja Tante Maria und Nina schon erzählt. Ich habe Martin Ebner auch gesehen vor zwei Wochen, als er da war. Nach ein paar Schnaps mit Nina hatte er sich beruhigt und sie hat ihn nach Hause gefahren. Ich habe da wirklich keine Gefahr gesehen, und ich kann es mir schwer vorstellen, dass Martin Ebner meinen Onkel erschlagen haben soll.« Melanie seufzte. »Onkel Franz hat auch wegen mir und Harald öfter den Heurigen aufgesperrt als früher. Er hat uns ja eingestellt. Wenn wir mit unserer Arbeit hier ein Einkommen erzielen wollen, von dem wir ein normales Leben führen können, müssen wir mehrere Tage in der Woche arbeiten, und das regelmäßig.« Sie schaute auf die Tischplatte, dann blickte sie Brandner in die Augen. »Glauben Sie, Martin Ebner hat Onkel Franz ermordet?«

»Ich weiß es nicht, aber ich werde es herausfinden.«

Melanie ballte ihre Hände zu zwei Fäusten. »Dann wäre ich mit schuld an seinem Tod.«

Brandner schüttelte den Kopf. »Solange Sie Ihrem Onkel nicht die Flasche über den Kopf gezogen haben, sind Sie sicher nicht schuld an seinem Tod!«

»Es fühlt sich aber so an.«

»Machen Sie sich nicht selbst das Leben schwer!«, antwortete Brandner. »Noch wissen wir nicht, ob Martin Ebner der Mörder ist. Und wenn er es war, können Sie nichts dafür! Jetzt schicken Sie bitte Ihren Bruder zu mir.«

# 10

**Wien**
**Donnerstag, 20. August 2020**

Eva Brandner telefonierte mit dem Reisebüro. Neben ihr stand ein alkoholfreier Cocktail aus Ananas- und Orangensaft mit etwas Kokosmilch auf dem Beistelltisch im Wohnzimmer.

»Okay, dann stellen Sie mir einen Gutschein aus!« Den letzten Satz hatte sie lauter ausgesprochen, als sie es gewollt hatte. Sie atmete daher einmal kurz durch und schaffte es, das Gespräch in normalem Tonfall zu beenden. Ihr Puls war deutlich über 100, obwohl sie nur auf der Couch lag.

Das Reisebüro war auf Flug- und Busreisen spezialisiert. Mit einer anderen Flugdestination als Mallorca hatte ihr die zwar nette, aber nicht übermäßig kompetente Dame nicht weiterhelfen können, und das Letzte, was Eva und ihre Töchter brauchen konnten, war eine Busreise. Eine Kreuzfahrt wäre eher im Sinn der Mädels gewesen, aber bei allem, was in den letzten Monaten mit dem Virus auf Schiffen passiert war, kam das natürlich nicht infrage.

*Dann eben doch Österreich. Tue ich Leo, dem Kanzler und unserem Tourismus eben den Gefallen.*

Sie würde selbst nach einem passenden Ort suchen, so kurzfristig in ein Reisebüro zu laufen, machte keinen Sinn. Eva hatte nämlich bereits Urlaub. Die Mädchen hatten ohnehin Ferien, und eigentlich wären sie am nächsten Tag in aller Früh auf die spanische Insel geflogen, aber das würde nicht passieren.

Trotzdem mussten sie so schnell wie möglich weg aus der aufgeheizten Stadt.

»Wohin fahren wir morgen?« Selina, ihre jüngste Tochter, streckte ihren Kopf zur Tür herein.

»Ich weiß es noch nicht, nach Mallorca fliegen wir jedenfalls nicht.«

Ein großer Strohhut bedeckte das Haupt ihrer Tochter und eine eisblaue Sonnenbrille verschleierte den Blick auf ihre Augen. »Ist nicht so wichtig«, sagte sie. »Solange es einen Strand gibt und ich schwimmen kann, bin ich glücklich!«

*Gut! Immerhin ist Selina noch in Urlaubsstimmung, aber sie muss sich auch nicht damit herumschlagen, innerhalb von wenigen Stunden ein neues Reiseziel zu finden.*

Sollte sie Selina sagen, dass es mit dem Urlaub am Meer nichts werden würde? Dann hätte sie Zeit, sich darauf einzustellen, doch die gute Stimmung wäre zerstört. Selina würde es Isabella erzählen, und damit wäre Feuer unterm Dach. Das Temperament ihrer älteren Tochter war so furchterregend, dass Eva sich manchmal fragte, ob sie in der Erziehung versagt hatten.

Bei dem Gedanken daran bekam Eva Lust, sich einen Schuss Wodka oder Rum in ihren Cocktail zu gießen, allerdings brauchte sie für das Gespräch mit ihren Töchtern einen klaren Kopf. Bisher hatte sie diesem Bedürfnis nie nachgegeben, und sie würde auch jetzt, da die beiden fast erwachsen waren, nicht damit anfangen.

»Noch habe ich leider nichts Passendes gefunden, auch das Reisebüro nicht, aber ich suche weiter!«, beschwichtigte Eva.

Damit hatte sie ihre Tochter nicht angelogen und war gleichzeitig nicht mit der Hiobsbotschaft herausgerückt. Vorher brauchte sie unbedingt eine passende Alternative, die sie ihren Töchtern gut verkaufen könnte.

Selina sagte nichts dazu, und Eva nutzte die Gelegenheit, um das Thema zu wechseln: »Ich habe frischen Ananas- und Orangensaft gepresst«, sagte sie, »und einen Schuss Kokosmilch hineingegeben. Nimm dir was davon, zur Einstimmung auf den Urlaub, er ist im Kühlschrank!«

»Super, mache ich, danke!«

Selina verschwand in Richtung Küche und Eva tippte auf ihr Tablet ein. Ein Vier- oder Fünfsternehotel an einem See in Kärnten oder im Salzkammergut, damit würde sie nach einigem Zureden und einer Erklärung bei ihren Töchtern auf offene Ohren stoßen. So wählerisch waren sie nicht, sie hatten sich nur schon so auf die Zeit am Meer gefreut.

Eva begann ihre Suche am Wörthersee.

# 11

**Neuhofen an der Ybbs**
**Donnerstag, 20. August 2020**

Nach dem Mittagessen brauchte Brandner frische Luft. Etwas Bewegung würde nicht schaden, daher beschloss er, mit Harald Haider, dem Neffen des Opfers, einen Spaziergang zu unternehmen. Dabei konnte er den jungen Mann genauso gut befragen wie in der Stube des Mostheurigen.

Reitbauer ließ er in der Stube zurück. Der Polizist tippte die zuvor handschriftlich notierten Daten in seinen Laptop. *Selber schuld*, dachte Brandner. *Da Reitbauer nicht früher daran gedacht hat, seinen Computer ins Haus zu holen, muss er auf den Spaziergang verzichten.* Harald Haiders Aussage würde Brandner dann selbst protokollieren.

Brandner trat hinter dem jungen Mann ins Freie. Vielleicht war es doch kein Verzicht für Reitbauer, denn die Nachmittagssonne brannte unbarmherzig vom Himmel. Trotzdem kehrte er nicht um.

»Am besten gehen wir den Feldweg entlang. Da werfen die Bäume zumindest ein bisschen Schatten«, schlug Haider vor.

Brandner stimmte zu und folgte ihm rechts um den Vierkanthof herum. Dahinter verlief entlang eines kleinen Baches der erwähnte Weg. Traktorspuren waren in der Erde zu erkennen, hin und wieder wich Brandner Kuhfladen aus. Rechts am Wegrand befanden sich Birnbäume, links das Bachbett.

»Onkel Franz und Tante Maria können sich einfach nicht entscheiden«, sagte Harald Haider, nachdem sie schon über 100 Meter zurückgelegt hatten. »Sie halten Kühe und Pferde, neben den Wiesen haben sie auch Äcker und bauen Getreide an. Und natürlich die vielen Obstbäume für den Most und den Saft.«

Hinter den Birnbäumen und einem Elektrozaun, der die Rinder davon abhielt, zum nahe gelegenen Maisfeld zu laufen, grasten Kälber.

»Die Einkünfte dürften passen, sonst könnten sie nicht so viele Beschäftigte bezahlen.« Brandner konnte sich den kleinen Seitenhieb nicht verkneifen. Harald Haider war kaum älter als Brandners Tochter Isabella, und auch sie glaubte, alles besser zu wissen als die ältere Generation. *Ich war auch nicht anders, das ist nun einmal so, wenn man jung ist,* rief sich Brandner in Erinnerung.

»Onkel Franz hätte es auch einfacher haben können«, sagte Harald Haider.

»Sie meinen, wie beim Hof seines Bruders, Ihres Vaters?«

Haider blieb stehen und sah Brandner an, der einen Bogen um einen weiteren Kuhfladen machte und ebenso stoppte.

»Der Vergleich hinkt. Onkel Franz und Tante Maria haben dreimal mehr Grund als wir. Ihr Hof ist einfach deutlich größer.«

*Interessant*, dachte Brandner, *Franz Haider hat es durch seine Hochzeit mit Maria also deutlich besser erwischt, als wenn er den kleineren Hof der Eltern übernommen hätte.*

»Wenn ich das richtig mitbekommen habe, hat Ihre Tante mehrere Schwestern, aber keine Brüder, richtig?«

»Ja, zwei Schwestern, keine Brüder.«

*Was, wenn eine der Schwestern, deren Männer oder die erwachsenen Kinder plötzlich draufgekommen wären, dass mit dem Bauernhof und Heurigen gutes Geld zu verdienen sei? Aber was hätten sie von Franz Haiders Tod? Zwar wäre der Schwager aus dem Weg geräumt, doch seine Tochter Nina und seine Frau Maria erben, was auch immer ihm gehört hat. Außerdem sind Hof und Heuriger wahrscheinlich ohnehin Maria Haiders Eigentum.*

»Wie war Ihr Onkel?«, wollte Brandner wissen. »Als Mensch?«, fügte er hinzu.

Harald Haider ging langsam vorwärts. Scheinbar musste er über die Frage ausführlich nachdenken, bevor er sie beantwortete. Brandner wäre eine spontane Antwort lieber gewesen. Er folgte dem jungen Mann mit etwas Abstand.

Schließlich blieb Haider dort stehen, wo das Maisfeld begann und die Wiese endete. Eine Hummel labte sich an einem der Gänseblümchen, die am Wiesenrand blühten.

»Onkel Franz konnte gut mit Menschen umgehen. Er war ein geselliger Typ. Die meisten mochten ihn.« Brandner wandte den Blick von der Hummel ab und sah seinem Gegenüber in die Augen.

»Aber nicht alle.«

»Genau. Onkel Franz hat immer sehr auf seinen eigenen Vorteil geschaut, gleichzeitig wollte er bei niemandem anecken, aber das funktioniert natürlich nicht.« Harald Haider hielt kurz inne, bevor er weitersprach. »Ich weiß, das klingt jetzt undankbar, aber wenn für Onkel Franz bei einer Sache nichts für ihn selbst herausgeschaut hat, dann hat er es nicht gemacht. Das war bei Melanies und meiner Anstellung so und bei den Mostbaronen kann es nicht anders gewesen sein.«

»Wie meinen Sie das genau?«

Brandner schirmte seine Augen vor der Sonne ab. Harald Haider drehte sich um und ging wieder Richtung Vierkanthof zurück. Brandner machte einige schnelle Schritte, bis er wieder zu Haider aufgeschlossen hatte. Mittlerweile klebte sein Hemd feucht am Rücken.

»Um den Stundenlohn, den Melanie und ich hier erhalten, würden keine Kellner arbeiten. Es ist alles ganz legal, sie zahlen uns den Mindestlohn, aber da macht normalerweise niemand mit. Vor allem, weil Tante Maria und Onkel Franz immer selber abkassieren, nur ein Bruchteil des Trinkgeldes landet bei uns Angestellten.«

*Er ist verbittert, kein Wunder, aber den Studierenden und Universitätsabsolventen geht es mit ihren Praktika nicht anders. In der Arbeitswelt ist es derzeit alles andere als leicht, durchzustarten. Das wird leider auch für Isabella und Selina gelten.*

Einige Meter gingen sie still nebeneinanderher. Irgendwo tuckerte ein alter Traktor, zu sehen war er nicht.

»Nur mit wirklich vielen Stunden kommen wir zu einem Einkommen, das höher ist, als wenn wir das Geld gleich vom Staat kassieren würden.«

»Verstehe.«

Brandner überlegte einige Sekunden. »Sie haben angedeutet, Ihr Onkel hätte sich bei den Mostbaronen einen Vorteil verschafft.«

»Sonst hätte er das Amt des Primus sicher nicht angenommen. Das wäre zusätzliche Arbeit für nichts gewesen.«

»Wissen Sie dazu Genaueres?«

Haider schüttelte den Kopf. »Da müssen Sie die anderen Barone fragen.«

*Das werde ich sicher tun.* »Haben Sie für die vergangene Nacht ein Alibi?«, wollte Brandner wissen.

»Ich war daheim am Hof in Ferschnitz, habe in meinem Zimmer ferngeschaut und dann geschlafen.« Er zögerte kurz. »Im Zimmer war ich allein, ich habe derzeit keine Freundin.« Er schluckte. »Ich hatte mal eine, wollte sie sogar heiraten.« Noch mal ein Schlucken. »Aber darum geht es nicht, Sie haben nach meinem Alibi gefragt. Ich bin da ganz ehrlich zu Ihnen. Meine Mutter oder meine Schwester würden es nicht mitbekommen, wenn ich mich mitten in der Nacht hinausschleichen und mein Auto starten würde. Ich habe also kein Alibi, aber warum sollte ich meinen Onkel und Arbeitgeber töten?«

*Gute Frage, das Motiv ist vollkommen unklar. Er ist ziemlich mitteilsam geworden. Was so ein Spaziergang alles ausmacht.*

»Werden Sie den Hof Ihrer Eltern einmal übernehmen?«, wechselte Brandner das Thema.

Haider schüttelte erneut den Kopf. »Meine Mutter ist da nicht so traditionell. Es muss nicht unbedingt der älteste Sohn alles bekommen. Melanie wird einmal Bäuerin werden, mich stört das nicht. Unser Hof wirft zum Leben zu wenig ab, aber zum Sterben zu viel.«

*Die Mutter entscheidet also, wie es weitergeht, sie ist auch dafür verantwortlich, dass der Heurige geschlossen worden ist und die Kinder händeringend Arbeit suchen. Hier beim »Hofbauer« hat wahrscheinlich auch die Frau das Sagen gehabt, Maria Haider ist sehr bestimmend.*

Sie erreichten die Hausmauer des Vierkanthofes. Brandner hatte wieder Asphalt unter seinen Schuhen, dann Pflastersteine.

»Bitte schön.« Haider hielt Brandner die Tür auf.

Sie traten ein, Brandner wischte sich erneut mit einem Taschentuch den Schweiß von der Stirn.

*Eigentlich bräuchte ich eine Dusche und frische Kleidung.* Auf beides musste er verzichten.

»Wollen Sie ein Wasser?«, bot Haider an.

»Gerne!«

Brandner war am Verdursten. Der junge Mann nahm zwei frische Gläser und füllte sie hinter der kleinen Bar im Kachelofenzimmer mit Leitungswasser.

»Kann ich Ihnen sonst noch irgendwie weiterhelfen?«, fragte er, als er Brandner sein Glas reichte.

Brandner antwortete nicht sofort, sondern trank in einem Zug leer. Die Erfrischung tat ihm unglaublich gut.

*Ihn wegen Martin Ebner zu befragen, macht wenig Sinn.*

»Danke, vorläufig sind wir hier fertig«, erklärte Brandner. »Ich melde mich, falls weitere Fragen auftauchen. Halten Sie sich bitte zu unserer Verfügung.«

»Jederzeit gerne.«

Harald Haider verließ mit halb vollem Glas den Raum.

*Mal sehen, wie weit Reitbauer mit seinen Einträgen ist.*

Brandner öffnete die Tür zur Moststube.

# 12

**Wien**
**Donnerstag, 20. August 2020**

Es war wie verhext, keines der Resorts, die infrage kamen, hatte zwei Zimmer für die nächsten Tage frei. Eva erweiterte die Suche auf der Internetseite auf ganz Österreich. Als Wunschkriterien hatte sie ein Vier- oder Fünfsternehotel, Saunalandschaft, Fitnessstudio, Bademöglichkeit und Pferdesport ausgewählt und diese Einstellung behielt sie bei. Wenn jetzt kein Vorschlag erscheinen würde, wüsste sie nicht mehr weiter.

Eva nippte an ihrem Cocktail, dann klickte sie den Such-Button an. Gespannt wartete sie auf das Ergebnis.

*Zwei Treffer. Immerhin, besser als nichts.*

Ganz oben gelistet wurde ein Hotel im Burgenland, das nicht allzu weit von Wien entfernt lag und relativ einfach mit dem Auto zu erreichen wäre. Allerdings hatten die Brandners schon mehrmals im Burgenland ihren Urlaub verbracht. Eva bezweifelte, dass ihren Mädels diese Destination exotisch genug war.

Das zweite Hotel auf der Liste befand sich in Niederösterreich, in Blindenmarkt. Der Ort sagte Eva nichts, die Fotos vom Hotel sahen vielversprechend aus. Die Zimmer waren liebevoll und heimelig eingerichtet, der Boden war aus Holz und nicht aus Teppich, was Eva bevorzugte. Den Eingangsbereich zierten weiße Säulen, sie wirkten fast so, als wären sie aus Marmor.

*Zumindest kurze Zeit könnten uns die Säulen die Illusion vermitteln, in Griechenland oder in Italien zu sein, ging es Eva durch den Kopf.*

Das Resort in Blindenmarkt kooperierte mit einem nahe gelegenen Reiterhof und hatte ein Angebot namens »Reit- und Genusspaket« im Programm. Dem von Selina gewünschten Badespaß mit Strand stand nichts im Weg. Innerhalb von fünf Minuten waren drei kleine Seen zu erreichen. Diese sogenannten Auseen gefielen ihr auf den Fotos gut.

»Ungarn schließt wieder Grenzen zu Österreich zum Schutz vor Covid-19.«

Der Newsfeed blinkte kurz am unteren Rand des Tablets auf, das Eva zur Suche verwendete.

Wenn das stimmte, würde es die Hoteliers im Burgenland vor große Herausforderungen stellen. Eva erinnerte sich von ihren früheren Aufenthalten im Burgenland gut daran, dass die Kellner und Zimmermädchen meist aus dem Nachbarland gekommen waren und zwischen Ungarn und ihrer Arbeitsstätte hin- und herpendelten.

Noch mehr Unsicherheiten, als es ohnehin in diesem Jahr schon gab, konnte sie in ihrem Urlaub nicht gebrauchen. Kurz entschlossen reservierte sie zwei Zimmer und das Reit- und Genusspaket für sich und ihre beiden Töchter im Resort Furtner in Blindenmarkt.

Sie hörte, wie die Eingangstür aufgesperrt, geöffnet und wieder geschlossen wurde. Isabella war daheim.

Eva klickte auf das Feld für Reservierung abschließen, damit war es erledigt, und jetzt war es an der Zeit, ihren Töchtern reinen Wein einzuschenken. Sie hoffte, dass die Aussicht darauf, mehrere Stunden mit Pferden zu verbringen, ihre Töchter überzeugen würde. Das Gespräch könnte genauso gut böse enden. Die beiden waren immerhin fast erwachsen und hatten es schon als Kleinkinder nicht gemocht, bevormundet zu werden. Hatte sie einen Fehler begangen, das Hotel einfach zu buchen, ohne sich vorher mit Isabella und Selina abzustimmen?

*Geschehen ist geschehen,* sagte sie sich in Gedanken vor und stand auf.

»Isabella! Selina!«, rief sie, »Kommt bitte ins Wohnzimmer, es geht um unseren Urlaub!«

# 13

**Neuhofen an der Ybbs**
**Donnerstag, 20. August 2020**

»Wie gefällt Ihnen der Urlaub im Mostviertel?«, fragte Brandner.

»Bis heute Morgen war er fantastisch! Die Kinder lieben es hier!«, antwortete die Frau.

Familie Walgundi stammte eindeutig aus Wien. Die

Kinder waren mit Karoline Unger im Pferdestall, deshalb konnte sich Brandner in Ruhe mit den Eltern im Gästehaus unterhalten, das neben dem Vierkanthof und dem Stall erbaut worden war. Die Einrichtung des Hauses war rustikal, aber aufgrund der großen Fensterfront war das Wohnzimmer sonnendurchflutet.

»Was haben Sie den Kindern erzählt?«

»Dass der Bauer plötzlich gestorben ist. Von einem Mord haben wir nichts gesagt, das Drama wollen wir den Kindern unbedingt ersparen. Vor allem, weil es uns ja gar nichts angeht. Die Psychologin hat gemeint, das wäre okay.«

Brandner verstand die Vorgehensweise natürlich, die Kleinen mussten geschützt werden, andererseits konnte es durchaus sein, dass eines der Kinder etwas von Bedeutung gesehen hatte. Falls nötig, würde er später darauf zu sprechen kommen. »Wie lange sind Sie schon hier?«, fragte er.

Die Frau war eindeutig das Sprachrohr der Familie. Auch jetzt war sie es, die antwortete. »Seit Samstag, wir hatten vor, eine Woche zu bleiben. Nun wissen wir nicht, was wir tun sollen.«

Woanders würden die Walgundis jedenfalls nicht so leicht für die zwei verbleibenden Nächte unterkommen, mutmaßte Brandner und dachte dabei an Eva, die eine passende Bleibe für sich und ihre beiden Töchter suchte.

»Was sagt die Hausherrin dazu?«

»Maria Haider ist eine ganz abgebrühte Geschäftsfrau«, antwortete die Mutter. »Wir können ruhig bleiben, hat sie gesagt. ›Wir schaukeln den Hof auch ohne Franz. Der war eh keine große Hilfe!‹ Das waren ihre Worte.«

*Noch nicht einmal unter der Erde und sie redet bereits*

*schlecht über ihren Mann.* Brandner machte sich gedanklich dazu eine Notiz. Die Aussage der Witwe konnte natürlich aus dem Verlustschmerz heraus entstanden sein. Möglicherweise war es Maria Haiders Art, so mit dem gewaltsamen Tod ihres Mannes umzugehen, um nicht zusammenzubrechen.

»Das hat sie doch gesagt, nicht wahr?«, fragte die Frau ihren Mann und zwang ihn dadurch, erstmals den Mund aufzumachen.

»Schon, ja, aber das musst du doch nicht gleich brühwarm dem Herrn Major erzählen.« Herr Walgundi hob beide Arme. »Nichts für ungut, Herr Brandner, aber die Frau hat gerade ihren Mann verloren.«

»Na, hör mal, Ewald, wenn du so über mich reden würdest, falls mich jemand umbringt, dann sind wir geschiedene Leute.«

»Dich bringt schon niemand um.«

Frau Walgundi zog einen Schmollmund.

»Und natürlich würde ich nie so etwas Böses über dich sagen«, beschwichtigte ihr Mann. »Herr Brandner hat sicher selbst herausgefunden«, fuhr er fort, »dass die Hausherrin nicht zimperlich ist. Wie die mit dem Personal umgeht, ist nicht gerade die feine Art.«

»Maria Haider hat es sicherlich nicht leicht, immerhin muss sie sich um alles kümmern!«

»Stimmt, aber vor allem die eine Kellnerin, Sigrid heißt sie, die wird von Maria Haider ziemlich schikaniert.«

»Manche brauchen das einfach.«

»Also den Eindruck hatte ich nicht von Sigrid. Wenn die Maria nicht da ist, läuft alles wie geschmiert, Sigrid hat uns bisher immer bestens bedient.«

»Außer der Franz war da, dann haben wir extra auf uns aufmerksam machen müssen, damit die Sigrid uns nicht verdursten lassen hat«, erwiderte Frau Walgundi, dann schaute sie zu Brandner. »Entschuldigen Sie, Herr Major«, sagte sie. »Jetzt sind wir abgeschweift. Der Ewald und ich lieben es einfach, unterschiedlicher Meinung zu sein und darüber zu diskutieren. Unsere Kinder mögen das überhaupt nicht. Die befürchten immer gleich, wir würden uns scheiden lassen. Daher nutzen wir jede Gelegenheit, uns auszutoben, wenn sie nicht da sind.«

»Schatz, Herr Brandner ist nicht dein Therapeut, du musst ihm nicht alles über uns erzählen!«

»Aber er will doch sicher wissen, wie wir so ticken. Immerhin sind wir Zeugen in einem Mordfall.«

»Sind wir das?«

»Aber sicher, Ewald! Franz Haider ist erschlagen worden, oder etwa nicht?«

Die Frage war an Brandner gerichtet, der hatte es sich auf seinem Stuhl im Wohnzimmer gemütlich gemacht. Er nickte, sagte aber nichts dazu, da er den Redeschwall der beiden nicht unterbrechen wollte. Vielleicht kam er ja zu mehr Informationen über die Menschen, die auf dem Bauernhof und Heurigen ein und aus gingen. Ihm wurde in diesem Moment klar, dass die Urlauber wussten, wie Franz Haider ermordet worden war. Jemand hatte es ihnen erzählt. Eine der Bediensteten oder Maria Haider selbst.

Wenn die Kinder nichts von dem Mord mitbekommen hatten, hatte man die Eltern vermutlich in ihrem Ferienhaus vorgewarnt und durch den Hintereingang ins Kachelofenzimmer gebracht. Damit sie den Ermordeten nicht sehen mussten.

»Haben wir etwas zu berichten?«, fragte Ewald Walgundi seine Frau. »Etwas, das für Herrn Brandner von Bedeutung ist? Ich jedenfalls nicht! Unsere Kinder haben in der Nacht gut geschlafen und nichts Ungewöhnliches bemerkt, die haben wir schon gefragt.«

Der Mann stand auf. Seine Frau tat es ihm gleich, ganz offensichtlich mochte sie es nicht, dass ihr Gatte auf sie hinabblickte. Er hatte scheinbar kein Problem damit, denn er setzte sich wieder, was die Frau dazu brachte, im Wohnzimmer hin und her zu laufen. Schließlich blieb sie stehen und schaute Brandner direkt an. »Wissen Sie den genauen Tatzeitpunkt?«, fragte sie.

Brandner hatte die Show des Ehepaares mitverfolgt, ohne etwas zu sagen. Er überlegte kurz und kam zu dem Schluss, dass er den beiden bedenkenlos den Stand der Ermittlung mitteilen konnte. Vielleicht bekam er ja von der Frau einen brauchbaren Hinweis. »Die Gerichtsmedizin schätzt den Todeszeitpunkt zwischen Mitternacht und 3 Uhr morgens«, sagte Brandner daher.

»Ein ziemlich langer Zeitraum«, erwiderte die Frau.

»Wenn wir ihn enger eingrenzen könnten, würde uns das helfen«, räumte Brandner ein.

Frau Walgundi ging ein paar Schritte von Brandner weg und kam wieder retour. Sie haderte sichtlich damit, was sie Brandner erzählen sollte. Er verhielt sich bewusst still und drängte sie nicht.

»Ich habe um zehn vor drei ein Auto gehört.«

»Du hast was?« Für Ewald Walgundi war die Information offenbar genauso neu wie für Brandner.

»Ich kann in fremden Betten nicht gut schlafen«, erklärte seine Frau. »Definitiv wurde ich um 2.50 Uhr von einem Motorengeräusch geweckt. Auf dem Nachttisch steht ein Wecker mit Digitalanzeige«, fuhr sie fort. »Das Fahrzeug ist vom Heurigen weggefahren, so hat es sich für mich jedenfalls angehört.«

*Manche Menschen muss man nur reden lassen, eine alte Weisheit, die sich wieder einmal bewährt hat.*

Immerhin konnte Brandner den Todeszeitpunkt jetzt auf wenige Minuten eingrenzen und das war bei der Klärung von Kapitalverbrechen immens wichtig. Denn wer außer dem Mörder hätte sonst um diese Zeit vom Heurigen wegfahren sollen? Und zwar unmittelbar nachdem er den Mord begangen hatte.

»Haben Sie noch irgendetwas gehört? Vor dem Motorengeräusch?«, forschte er weiter. »Stimmen vielleicht?«

Frau Walgundi schüttelte bedauernd den Kopf. »Ich habe mir darüber das Hirn zermartert, aber da war nichts. Ich bin erst aufgewacht, als das Fahrzeug weggefahren ist.«

»Wie hat es sich angehört?«

»Ganz normal.«

»Irgendetwas Markantes?«

Die Frau überlegte, während sie weiter umhertigerte. »Es könnte ein Kleinwagen oder ein Familienauto gewesen sein. Jedenfalls kein Sportwagen und auch kein größerer Jeep.«

»Das kannst du doch gar nicht beurteilen!«, fiel ihr ihr Mann ins Wort.

»Kann ich sehr wohl!«

*Und schon geht das Geplänkel zwischen den Eheleuten weiter ... Aber das Gespräch war hilfreich.*

# 14

**Wien**
**Donnerstag, 20. August 2020**

Selina trug ihren Strohhut und die Sonnenbrille, sie lehnte lässig auf der Couch und wartete.

»Isabella, ich habe dir auch einen Cocktail hergerichtet, hier, sogar mit Schirmchen.« Eva reichte ihrer ältesten Tochter das Glas. »Natürlich alkoholfrei«, fügte sie hinzu.

»Mama, ich darf Alkohol trinken.«

»Aber nur Wein und Bier, keine harten Getränke.«

»Schmeckt wirklich gut und ist sehr erfrischend!«, kam Selina ihrer Mutter zu Hilfe. »Auch ohne Wodka!«

»Du hast keine Ahnung! Bist ja noch ein Kind.«

»Bin ich nicht!«

»Bist du doch!«

Irgendwie lief das nicht, wie Eva beabsichtigt hatte. Das Getränk hätte die beiden Töchter in positive und entspannte Stimmung versetzen sollen, das genaue Gegenteil schien einzutreten.

»Auf unseren Urlaub!« Eva übertönte Selinas »Blöde Kuh«, das diese ihrer älteren Schwester an den Kopf warf, und hob ihr Glas. Selina und Isabella musterten Eva irritiert, dann hoben auch sie ihre Gläser. Sie klirrten, als sie mit Eva und anschließend miteinander anstießen.

»Auf unseren Urlaub!«, wiederholten sie dabei.

»Mhm! Schmeckt wirklich gut!«, gab Isabella nach ihrem ersten Schluck zu.

*Na, geht doch.*

»Wohin fliegen wir überhaupt? Mallorca geht ja nun nicht mehr, oder?«, fragte Evas ältere Tochter und setzte sich neben ihrer Schwester auf die Couch.

*Zeit für die Wahrheit.* »Eine Flugreise habe ich leider nicht mehr buchen können.«

»Fahren wir eben mit dem Auto nach Italien, das ist auch okay«, tat Isabella ab.

»Was haltet ihr von einer Woche mit Reiten und Schwimmen?«

»Ja, toll!« Selina strahlte übers ganze Gesicht.

»Mama, wo fahren wir hin?« Isabella ließ sich nicht so einfach abspeisen.

»Fast alle guten Hotels sind ausgebucht, aber ich habe ein Viersterneresort in der Nähe mehrerer Seen und in einer Kooperation mit einem Reiterhof gefunden. Ich musste schnell zuschlagen, sonst wäre das auch weg gewesen.«

Isabellas Miene verfinsterte sich.

Eva fuhr unbeirrt fort: »Da habe ich es einfach für uns gebucht.«

»Mama, wohin fahren wir?«

Eva schluckte, ehe sie antwortete: »Blindenmarkt.«

Die beiden Mädchen schauten Eva fragend an.

»Mostviertel«, erklärte sie.

»Niederösterreich? Ist das dein Ernst?«, fragte Isabella. »Da kann ich ja gleich in Wien bleiben.«

# 15

**nahe Neuhofen an der Ybbs**
**Donnerstag, 20. August 2020**

Brandner folgte mit seinem Audi Reitbauers Polizeiauto. Der Polizist kannte Nebenstraßen, die sie an diesem späten Nachmittag möglichst schnell von Neuhofen in den nahe gelegenen Ort Euratsfeld bringen sollten.

Rote Lichter leuchteten vor Brandner am Heck des Einsatzfahrzeugs auf. Er stieg auf sein Bremspedal. Nach der Rechtskurve beschleunigte Reitbauer nicht, denn vor ihm tuckerte ein Traktor, der eine Heuballenpresse hinter sich herzog. Die asphaltierte Straße war schmal, an ein Überholen der Landmaschine war nicht zu denken.

Das Tachometer zeigte 25 Stundenkilometer. Brandner klopfte nervös mit beiden Zeigefingern auf das Lenkrad. Fast schien es ihm so, als hätte er dadurch das Läuten des Telefons ausgelöst, das ihn in diesem Moment zusammenzucken ließ. Er prüfte die Anzeige.

*Der hat mir gerade noch gefehlt.*

Natürlich blieb Brandner nichts anderes übrig, er musste das Gespräch annehmen.

»Guten Tag, Herr Direktor Böck!«

»Den wünsche ich Ihnen auch, Herr Major!«

»Was kann ich für Sie tun?«

»Ich wollte nur hören, wie Sie mit ihrem neuen Fall vorankommen. Schon irgendwelche Erkenntnisse?«

»Wir haben die genaue Tatzeit. Das Opfer ist gegen 3 Uhr morgens heimgekommen und ermordet worden. Eine Frau, die mit ihrer Familie Ferien auf dem Bauernhof macht, hat da jedenfalls ein Auto vom Hof wegfahren gehört. Gesehen hat sie leider nichts. Zwei Stunden später wurde die Leiche von einem Stallmädchen gefunden, mit einer Mostflasche erschlagen. Kein schöner Anblick.«

»Ist es nie«, sagte Böck.

*Da hat er recht. Die Geschichten mit den schönen Leichen, die gibt es nur im Film, nicht im wahren Leben.*

»Verdächtige?«, fragte Böck.

»Die nächsten Angehörigen haben von einem Streit mit einem Heurigenbesitzer aus einem der Nachbarorte berichtet. Mit einer seiner Mostflaschen ist Franz Haider erschlagen worden. Ich bin gerade auf dem Weg dorthin.«

»Gut, brauchbare Spuren an der Flasche?«

»Wissen wir noch nicht. Elfriede Auer kümmert sich darum.«

»Ich rede mit ihr«, sagte Böck.

Was das bedeutete, wusste Brandner aus eigener Erfahrung. Der Direktor würde Auer unter Druck setzen, er konnte richtig penetrant sein. Das half bei manchen Kollegen, bei Elfriede Auer war das jedoch nicht notwendig, daher wollte Brandner ihr das so weit wie möglich ersparen.

*Aber ich musste Böck etwas liefern, sonst setzt er mir zu. Sorry, Elfriede.*

»Sonst noch etwas?«, wollte Böck wissen.

»Im Moment nicht.«

Sie beendeten das Gespräch, endlich bog der Traktor rechts auf einen Feldweg ab. Brandner roch frisches

Heu und ließ sein Seitenfenster herunter. Er liebte den Duft, sofort fühlte er sich ruhiger, beinahe entspannt, was auch daran lag, dass Reitbauer deutlich schneller fuhr und Brandner das Gaspedal nach unten drücken konnte, damit der Fahrtwind ihm die Haare zerzauste.

Nach einer Minute erreichten sie Euratsfeld. Reitbauer fuhr erst gar nicht in den Ortskern, sondern bog sofort erneut ab. Sie ließen den Ort hinter sich, diesmal fuhren sie bergab, dann wieder durch hüglige Landschaft. An der linken Straßenseite stand ein Schild mit dem Aufdruck »Mostheuriger Birnbauer«, zusätzlich war ein Hinweis mit »geöffnet« angebracht.

Sie folgten der Zufahrtsstraße. Nach 200 Metern tauchte der Hof auf. Drei Autos parkten auf dem Gästeparkplatz. Neben dem Vierkanthof war ein großer Neubau, der Blickfang für jeden Neuankömmling.

Brandner stieg aus, Reitbauer wartete schon neben seinem Wagen und deutete auf das frisch gebaute Gebäude.

»Das ist der Laufstall«, informierte der Polizist Brandner. »Ich habe gerade ein paar Telefonate geführt. Der Stall ist der Hauptgrund, weswegen Martin Ebner so dringend höhere Einnahmen braucht. Der Bau hat ein Vermögen gekostet und Ebner hat ihn rein auf Pump finanziert.«

»Interessant.«

*Schauen wir mal, was unser Mostbaron dazu sagt.*

Vor dem Vierkanthof waren sechs Tische mit Holzbänken aufgestellt. Zwei davon besetzten Besucher, sie wurden von Sonnenschirmen vor der Abendsonne geschützt. Brandner ging neben Reitbauer auf die Tische zu. Nur einer der Männer stand, er trug ein weißes Kurzarmhemd, eine schwarze Hose und am Gürtel hatte er eine große Geldbörse befestigt.

*Das muss der Hausherr sein.*

Bevor Reitbauer und Brandner die Heurigengäste erreichten, kam der Mann auf sie zu. Er wischte sich, während er ging, mit seiner rechten Hand über die Halbglatze.

»Ich habe mir schon gedacht, dass ich heute noch Besuch von der Polizei bekomme«, begrüßte er Brandner. Er stellte sich als Martin Ebner vor und streckte seine Hand aus.

Brandner schüttelte entschuldigend seinen Kopf. »Covid-19, Hygienemaßnahmen, Sie wissen schon.«

»Entschuldigung! Alte Gewohnheit von mir, ist ganz automatisch, gehen wir doch hinein, da können wir ungestört reden.«

Brandner und Reitbauer folgten Ebner ins Haus. Rechter Hand war alles für den Ab-Hof-Verkauf eingerichtet. Säfte, Moste, Marmeladen, Brote und sogar Schafskäse konnte man erstehen. Der Hausherr führte die Beamten nach links in den leeren Gastraum des Heurigen.

*So urig wie beim »Hofbauer« ist es hier nicht. Kein Wunder, dass nicht so viel los ist.*

Ebner bat sie, an einem der Tische Platz zu nehmen, und brachte rasch drei Gläser und eine Karaffe Leitungswasser.

»Warum haben Sie uns erwartet?«, wollte Brandner von Ebner wissen, als sie sich gegenübersaßen.

»Der Franz ist erschlagen worden.« Ebner schaute Brandner, dann Reitbauer und nochmals Brandner in die Augen. »Die Maria hat da sicher nicht lange gefackelt und mich als seinen Mörder hingestellt.«

»Waren Sie es?«

Das eine oder andere Mal war Brandner mit dieser direkten Frage bei früheren Ermittlungen erfolgreich gewesen und hatte ein schnelles Geständnis bekommen. Manche Mörder litten so unter ihrer Tat, dass man ihnen nur eine Gelegenheit bieten musste, sie zu gestehen und ihr Gewissen zu erleichtern. Diese Verbrecher waren für Brandners direkte Frage empfänglich.

*Mal sehen, ob das auch heute klappt.*

# 16

**Wien**
**Donnerstag, 20. August 2020**

»Stell dir vor, Mama will nach Blindenmarkt!« Isabellas schrille Stimme war deutlich durch ihre geschlossene Zimmertür zu hören.

»Sie beruhigt sich schon wieder«, redete Selina ihrer Mutter gut zu.

Evas jüngste Tochter lümmelte noch immer auf der Couch herum. Strohhut und Sonnenbrille schmückten ihr Gesicht.

*Kann Isabella nicht ein bisschen mehr wie ihre Schwester sein? Alles wäre viel einfacher.*

»Niederösterreich, ich hab es gerade gesucht. Blindenmarkt gehört zum Bezirk Melk, liegt aber näher bei Amstetten, das heißt, irgendwo im Mostviertel!«

Mehrere Sekunden war es still, kein Laut drang aus Isabellas Zimmer.

Dann wieder Isabellas Stimme: »Das weiß ich doch nicht.«

Pause.

»Am liebsten würde ich in Wien bleiben.«

Pause.

»Ein Viersternehotel.«

Pause.

»Mehrere Seen und ein Reiterhof.«

Pause.

»Meinst du wirklich?«

Selina sprang auf, Eva erschrak und verschüttete ein paar Tropfen ihres Cocktails. Der Strohhut ihrer Tochter fiel auf den Boden.

»Ich muss neu packen!«, rief Selina.

Schnell hob sie ihren Hut auf und beförderte ihn wieder auf ihren Kopf, sodass die lockigen dunklen Haare bedeckt waren. Eva wischte die Tropfen mit einer Serviette von der Lehne des Couchsessels.

»Ich muss meine Reiterhosen, Stiefel und den Helm suchen. Danke, Mama!«

Eva bekam einen Schmatz auf die Wange, dann verschwand ihre jüngste Tochter in ihrem Zimmer. Durch Isabellas Tür drang kein Ton mehr nach draußen.

*Ich sollte Leo Bescheid geben. Der weiß noch gar nicht, wohin wir fahren.*

Eva holte ihr Smartphone und tippte auf »Leo« und anschließend auf »Anrufen«.

# 17

**Euratsfeld**
**Donnerstag, 20. August 2020**

Brandners Telefon klingelte zur ungünstigsten Zeit. Martin Ebner hatte gerade etwas auf seine Frage erwidern wollen, das hatte er deutlich erkannt. Der Klingelton brachte Ebner dazu, seinen Mund wieder zu schließen.

»Entschuldigung!« Brandner griff in seine Hosentasche, den seitlichen Knopf am Handy fand er mittlerweile, ohne hinzuschauen. Mehrmals hintereinander drückte er darauf. Der störende Ton wurde leiser und verstummte schließlich komplett.

Martin Ebner sah Brandner fragend entgegen. Auch Reitbauer beobachtete ihn und sagte nichts.

*Wenn ich die Frage wiederhole, bekomme ich vielleicht nicht dieselbe Antwort, die er mir zuvor gegeben hätte. Blödes Telefon! Mein Fehler, aber mir bleibt nichts anderes übrig. Zurück zum Start.* »Haben Sie Franz Haider ermordet?«

Ebner räusperte sich und richtete sich auf. »Nein, das habe ich nicht. So etwas könnte ich nie tun!«, lautete seine Antwort.

»Das behaupten die meisten.«

»Bei mir stimmt das aber!« Martin Ebner wischte sich wieder über seine Halbglatze.

»Sie haben uns erwartet. Völlig überraschend ist unser Besuch für Sie jedenfalls nicht gekommen.«

»Das stimmt, ich habe angenommen, dass die Polizei mich befragen wird.«

»Und warum?«

»Na ja, die Karoline Unger ist eine Freundin von der Yvonne, die bei uns im Heurigen hilft. Karoline hat Yvonne schon am Vormittag erzählt, was passiert ist. Der Franz ist erschlagen worden.«

»Hat sie gesagt, womit?«

»Mit einer Mostflasche.«

»Wissen Sie auch, von wem der Most stammt?«

»Nein, woher soll ich das wissen?«

»Auf der Flasche klebt ein Etikett mit der Aufschrift ›Birnbauer‹. Mit Ihrem Namen und Ihrer Adresse.«

»Was?« Wieder wischte sich Ebner über den Schädel. »Das kann nicht sein!« Er sah Hilfe suchend zu Reitbauer.

»Martin, es stimmt«, sagte der jüngere Polizist. »Franz Haider ist mit einer deiner Mostflaschen erschlagen worden.«

»O Gott! Was für ein Albtraum!«

*Ob er wirklich so gut schauspielern kann? Ich nehme es ihm fast ab, dass er entsetzt ist. Doch allein wegen seiner oscarreifen Leistung wird er nicht von meiner Liste der Verdächtigen gestrichen.*

Ebner wischte sich weiterhin mit der Hand über den Schädel. Das schien ihn einigermaßen zu beruhigen. Er fragte: »Was für ein Most war es denn?«

»Rote Pichlbirne«, antwortete Reitbauer.

Brandner holte sein Smartphone aus der Hosentasche und entsperrte es.

*Eva hat angerufen. Sorry, Schatz, du musst leider warten.*

Er tippte auf die Fotogalerie, dann auf das Bild, das er am Morgen vom Etikett der Tatwaffe gemacht hatte, und zeigte Martin Ebner das Display.

»Ja, das ist eindeutig mein Etikett, von unserem Vorzeigemost. Keine Nachahmung«, bestätigte Ebner. »Und der Franz wurde damit erschlagen? Auf den Kopf?«

Reitbauer wollte etwas sagen, doch Brandner unterbrach ihn: »Bei der Mostflasche handelt es sich aller Voraussicht nach um die Mordwaffe. Wie genau Herr Haider damit erschlagen worden ist, obliegt der Geheimhaltung.«

*Karoline Unger hat das zwar vielleicht auch brühwarm ihrer Freundin erzählt, aber wir müssen ja nicht gleich alle Einzelheiten hinausposaunen.*

»Ist klar, ich muss diese Details gar nicht wissen, ist vielleicht sogar besser so. Sonst kann ich nicht mehr schlafen«, gestand Ebner ein.

»Ihnen ist bewusst, dass Sie das zum Hauptverdächtigen macht?«

Ebner hob beide Arme. »Aber ich tue niemandem etwas zuleide, den Franz habe ich nicht erschlagen!«

»Sie hatten Streit mit dem Ermordeten, dafür gibt es Zeugen.«

»Das stelle ich gar nicht in Abrede. Der Franz und die Maria haben ihren Heurigen einfach zu oft offen. Das ruiniert mich, und das habe ich dem Franz auch gesagt.«

»Sie haben ihm gedroht.«

Ebner zuckte mit den Schultern. »Das war doch nicht ernst gemeint.«

»Was man mir erzählt hat, klang anders.«

»Ich gebe es ja zu, ich bin aufgebracht gewesen und auch wütend. Vor zwei Wochen habe ich beim ›Hofbauer‹ einen richtigen Radau gemacht, bin laut geworden, das war der Maria und dem Franz ganz schön peinlich, aber ich habe mich wieder beruhigt. Reden Sie mit Nina Haider. Sie wird es Ihnen bestätigen.«

*Hat sie bereits, aber das braucht Ebner nicht zu wissen.* »Wann haben Sie Franz Haider zuletzt gesehen?«

»Gestern.« Ebners Antwort kam schnell. »Beim Vereinstreffen der Mostbarone«, fügte er hinzu.

*Immerhin lügt er mich nicht an, was das betrifft.* »Dabei hat es wieder Streit zwischen Ihnen gegeben.«

»Nein!« Ebner streckte seinen Rücken durch und ballte seine Hände zu Fäusten. »Sie können gerne die anderen Barone fragen. Jeden einzelnen, wenn Sie wollen. Da wird Ihnen keiner etwas von einem Streit zwischen mir und dem Franz erzählen.«

»Wie lange hat das Treffen gedauert?«

»Um halb zwölf war es vorüber.«

*Mal schauen, ob er so ehrlich bleibt, wenn es um die Heimfahrt geht.*

»Also haben Sie Franz Haider um 23.30 Uhr zuletzt gesehen.«

Ebener schüttelte energisch seinen Kopf. »Nein, das habe ich nicht gesagt, um diese Zeit war nur das Vereinstreffen vorbei. Der Franz hat die Elisabeth Furtner und mich heimgebracht. Wir wechseln uns immer mit dem Fahren ab.«

*Von der Fahrgemeinschaft weiß ich schon, und ihm ist klar, dass ich dahinterkommen würde, wenn er log. Am Ende hat der Hauptverdächtige den Ermordeten als Letzter lebend gesehen! Das sieht wirklich nicht gut für ihn aus.*

Ebner fuhr fort: »Nach meinem Auftritt vor zwei Wochen war ich mir gestern nicht sicher, ob der Franz mich mitnehmen würde. Meine Frau hat daher ihr Handy neben das Nachtkästchen gelegt, als sie schlafen ging. Der Franz hat nur gesagt: ›Schwamm drüber, sicher bring ich dich heim!‹ Das waren seine Worte, daher habe ich meine Frau nicht aufwecken müssen.«

»Wann hat Franz Haider wen genau wo abgeliefert?«, wollte Brandner wissen.

»Zuerst hat er die Elisabeth nach Blindenmarkt gebracht. Elisabeth Furtner, ihr gehört das gleichnamige Hotel. Sepp, du kennst es?«

»Sicher.« Reitbauer nickte.

»Gegen Mitternacht war ich dann daheim«, erzählte Ebner weiter.

»Daheim heißt hier am Hof in Euratsfeld?«, fragte

Brandner zur Sicherheit nach, um ein Missverständnis zu vermeiden.

»Ja, wo sonst?«

»Kann das jemand bezeugen?«

Ebner überlegte für seine Antwort nicht lange. »Gäste waren schon lange keine mehr da«, sagte er. »Und meine Frau, die Hermi, hat geschlafen.«

»Also kann Ihre Geschichte niemand bestätigen.«

»Ich habe extra aufgepasst, dass ich leise bin und die Hermi nicht aufwecke. Sie muss immer ganz früh raus in den Stall. Und sie hat nichts mitbekommen, aber sie ist ja so eine Gute! Stellen Sie sich bloß vor, meine Frau wäre bereit gewesen, für mich auszusagen. Die Hermi hätte Ihnen glatt bestätigt, dass ich um Mitternacht daheim war und bis zum Morgen dageblieben bin.«

»Das wäre eine Falschaussage gewesen.«

»Sie hätte gestimmt, denn so war es ja, aber die Hermi hat das nicht mitbekommen. Und dass sie vielleicht später sogar einen Meineid leisten muss, das wollte ich nicht«, sagte Ebner. »Daher habe ich meiner Liebsten ihre Idee gleich wieder ausgeredet. Wir brauchen nämlich nicht zu lügen. Ich bin es nicht gewesen und das wird sich auch ohne Zutun meiner Frau bestätigen. Da vertraue ich auf unser Rechtssystem.«

»Sie stehen aber jetzt noch weiter oben auf meiner Liste der Verdächtigen. Sie hatten ein Motiv, und Sie waren der Letzte, der Franz Haider lebend gesehen hat. Nach Ihnen kommt lange kein anderer Name, das ist Ihnen hoffentlich bewusst«, sagte Brandner.

»Franz hatte nicht nur Freunde. Das werden Sie bald herausfinden.«

*Mit so kryptischen Aussagen fange ich wenig an.* »Wie meinen Sie das?«, fragte Brandner.

»Ich schwärze niemanden an, so einer bin ich nicht.«

»Etwas konkreter müssen Sie schon werden, sonst kann ich Ihnen nicht helfen.«

»Ich nenne Ihnen keine Namen, so bin ich einfach nicht!«

»Martin«, mischte sich Reitbauer ein. »Wenn du etwas weißt, musst du es uns sagen. Es macht keinen Sinn, wenn du weiter in der Schusslinie stehst, es aber nicht gewesen bist. Damit ist niemandem geholfen!«

Brandners Handy vibrierte in seiner Hosentasche. Er nahm es heraus. Elfriede Auer hatte ihm eine SMS geschickt. »Ein brauchbarer Fingerabdruck.« Mehr stand da nicht. Kein *Hallo,* kein *Liebe Grüße*, kein weiteres Wort, nicht einmal *Elfriede* hatte sie ans Ende der Nachricht geschrieben.

*Böck muss ihr ganz schön zugesetzt haben, deshalb ist sie sauer auf mich. Das muss ich wiedergutmachen. Aber wir haben einen Abdruck! Das ist doch schon mal was. Wenn er sich mit einem von Ebners Fingern deckt, bin ich gespannt, wie er sich rausredet.*

# 18

**Wien**
**Donnerstag, 20. August 2020**

Leo war nicht bei der Sache, das hörte Eva sofort, als sie mit ihm telefonierte. Seine Gedanken kreisten wie üblich um den Mordfall und wie er ihn möglichst schnell lösen konnte. Dass er sich so in einen Fall verbeißen konnte, das liebte sie an ihm, gleichzeitig hasste sie es ein klein wenig. *Dann komme ich nämlich zu kurz.*

Eva schämte sich für dieses Gefühl. Ihr Körper reagierte, indem er sie noch forscher den Gehsteig entlanglaufen ließ.

Die Koffer waren gepackt und die Mädchen hatten sich nach der ersten Aufregung beruhigt. Sogar Isabella flippte bei dem Gedanken an den Inlandsurlaub nicht mehr vollkommen aus. *Bis morgen hat sie sich hoffentlich ganz damit angefreundet.*

Evas Nerven waren überstrapaziert, das hatte sie gemerkt und ihre Töchter allein im Haus zurückgelassen, als sie losmarschiert war.

*Frei bewegen in Wien. Gehen, wohin ich will. Wer weiß, wie lange das noch erlaubt ist. Das Virus wird im Herbst zurückschlagen.*

Sie bog auf den Gehweg in den Park ab, lief die letzten Meter und setzte sich auf eine Bank vor einem Brunnen. »Ich habe den Urlaub gebucht. Reiterhof, Schwimmen, ein Viersternehotel in Niederösterreich.«

»Hört sich doch gut an.«

»Ist es auch«, antwortete Eva.

Sie hatte den Lautsprecher eingeschaltet, da sie sich ihr Smartphone nicht andauernd gegen das Ohr drücken wollte, um ihren Mann zu verstehen, der ungewöhnlich leise sprach.

*Wahrscheinlich ist er mit einigen Kollegen im selben Raum. Oder gar mit Verdächtigen.*

Wenige Meter von Eva entfernt sammelte ein Eichhörnchen unter den Bäumen Vorräte für den Winter.

»Wie hat Isabella es aufgenommen?«, fragte Leo.

*Jetzt ist er ganz bei mir, nicht mehr nur mit einem Ohr.* »Zuerst gar nicht gut. Sie ist auf ihr Zimmer, wollte nicht mehr mit mir reden und hat gemeint, sie würde in Wien bleiben.«

»Und später?«

»Hat sie lange telefoniert, ich weiß nicht, mit welcher Freundin, aber danach ist sie rausgekommen und hat gesagt, sie kommt doch mit ins Mostviertel.«

Kurz war es still am anderen Ende. Eva hörte nur das Atmen ihres Mannes.

»Schatz, hast du Mostviertel gesagt?«, fragte Leo nach einigen Sekunden.

Eva lächelte, sie merkte an seiner Stimme und an der Art, wie er sprach, dass er sich sehr bemühte, ruhig zu bleiben.

*Schlimmer als mit Isabella kann es mit Leo nicht werden.*

»Ja genau, wir werden ganz in deiner Nähe sein.«

»Du weißt aber, dass ich für euch keine Zeit haben werde. Ich ermittle in einem Mordfall.«

»Das eine oder andere gemeinsame Essen wird sich trotzdem ausgehen.«

»Erwarte nicht zu viel.«

*Blödmann. Dann erzähle ich dir eben nichts vom schönen Hotelzimmer und dem großen Bett darin, das wir nur für uns haben würden, weil die beiden Mädels in ihrem eigenen Doppelzimmer schlafen.*

# 19

**Sankt Pölten**
**Donnerstag, 20. August 2020**

Brandner parkte seinen Audi vor dem LKA Sankt Pölten. Seine Beförderung hatte ihm einen Parkplatz unmittelbar vor dem Gebäude eingebracht, der immer frei war.

Es war bereits 19 Uhr und er hätte daher ohnehin keine Probleme gehabt, einen Platz für seinen Audi in Eingangsnähe zu bekommen. Meist war ihm der Platz so wie jetzt nicht von Nutzen, aber er war ein Privileg, dem er sich nicht verschließen durfte.

*Eigentlich sollte ich heimfahren zu Eva und den Mädchen, aber Elfriede Auer erwartet mich.*

Wenige Minuten zuvor hatte Brandner mit der Kriminaltechnikerin telefoniert. Sie arbeitete noch und ließ den sichergestellten Fingerabdruck durch die Datenbank des Kriminalamts laufen.

*Vielleicht haben wir ja bald unseren Täter.*

Er betrat das Gebäude, einige Kollegen kamen ihm entgegen, die gerade Feierabend machten. Er grüßte sie und lief durch die Gänge zu Auers Büro.

Sie saß vor ihrem Bildschirm. Als er hereinkam, nahm sie ihre Lesebrille ab und stieß sich leicht von der Tischkante ab. Der Sessel führte eine halbe Umdrehung aus, wodurch sie ihm zugewandt war.

Die junge Frau überkreuzte ihre Beine, die ihr kurzer dunkelblauer Rock freigelegt hatte. Auer reckte ihren Kopf nach oben. Ihre blonden Haare waren zu einem Dutt hochgesteckt, dadurch erschien ihr Hals noch länger als sonst.

»Noch eine halbe Stunde, dann ist der Abgleich durch«, informierte sie Brandner.

»War Böck sehr …«

»… bestimmt? Ja, das war er.« Auer lächelte ihn an und zeigte dabei ihre makellosen Zähne.

»Ich wollte nicht …« Auch diesen Satz beendete Brandner nicht.

»Ist schon klar«, erwiderte Auer. »Ich komme damit zurecht. Böck ist der Boss, und ich bin dazu da, möglichst rasch Ergebnisse zu liefern.«

»Man kann aber auch freundlich miteinander umgehen und das bekommen, was man will.«

»Böck ist sauer, dass da zwischen mir und Martin was gelaufen ist. Compliance und so.«

Brandner dachte an seinen Kollegen Huber, mit dem

er sich früher ein Büro geteilt hatte. »Ich habe euch gedeckt.«

Elfriede Auer nickte. »Du hast uns nicht verpfiffen. Dafür bin ich dir ewig dankbar.«

Verdient hatte sein Kollege die Kriminaltechnikerin in Brandners Augen nicht gehabt, aber das war ohnehin vorbei. Seine Beförderung hatte Brandner ein eigenes Büro eingebracht, das er mit niemandem teilen musste, und Elfriede Auer war wieder Single. Zumindest soweit Brandner wusste. Wenn es nicht so war, konnte es ihm auch egal sein, solang Auer ihre Arbeit machte und nicht vor seinen Augen mit einem Kollegen herumschmuste.

»Ich komme in einer halben Stunde wieder vorbei.«

»Okay, ich werde da sein.«

Auer wandte sich wieder dem Bildschirm zu und Brandner verließ ihr Büro, um sein eigenes aufzusuchen. Während er durch den Gang lief, wurde ihm wieder einmal bewusst, wie viele andere Kollegen regelmäßig eine Spätschicht einlegten. Kriminelle waren vor allem nachts aktiv und daher hatten auch die Kriminalisten keine Arbeitszeiten, die mit einem normalen Bürojob vergleichbar waren.

Brandner betrat sein Reich. Die größte Errungenschaft seiner Beförderung war – neben dem höheren Einkommen – zweifellos der höhenverstellbare Schreibtisch. Mit Ausnahme der kurzen Wanderung mit Harald Haider rund um die Mittagszeit beim »Hofbauer« hatte Brandner den Tag größtenteils sitzend verbracht, daher drückte er auf einen der Taster, die rechts vorn an der Tischplatte angebracht waren, und die Platte fuhr automatisch bis an die voreingestellte Position nach oben.

Neben dem Bildschirm lächelten ihm Eva, Isabella und Selina entgegen. Seine Töchter hatten Eva in die Mitte genommen. Das Foto war ein Jahr alt. Sie hatten einen ihrer schönsten gemeinsamen Urlaube auf Korsika verbracht. Die Temperaturen waren angenehm gewesen, die Sonne hatte geschienen, sie hatten gebadet, aber auch Ausflüge ins bergig-grüne Hinterland unternommen. Für jeden von ihnen war etwas dabei gewesen. Alle vier hatten sie die frischen Croissants geliebt, die sie jeden Morgen zum Frühstück verspeist hatten.

*Heuer ist ein solcher Urlaub nicht möglich. Obwohl es meine Damen versucht haben.*

Brandner griff sich seinen Schreibblock und den Kugelschreiber. Noch immer schrieb er sich Notizen zu einem Fall lieber mit der Hand auf. Dabei konnte er einfach besser nachdenken, oft sah er danach klarer.

Ein langer Tag lag hinter ihm, er hatte viele Personen befragt, dabei konnte man leicht den Überblick verlieren. Natürlich hatte er ein Tonband mitlaufen lassen. Wenn es notwendig wäre, konnte er sich die Aufnahmen jederzeit wieder anhören.

Brandner schrieb:

*Martin Ebner :*
*Motiv:* ++
*Tatwaffe:* +?
*der Letzte, der das Opfer lebend gesehen hat!* ++

Eindeutig war Ebner Brandners Hauptverdächtiger. Er hatte Franz Haider bedroht, die Öffnungszeiten von

Haiders Heurigen waren für ihn ruinös. Das hatte Ebner selbst zugegeben. Die Tatwaffe war eine Mostflasche mit einem Most aus Ebners Produktion, die natürlich jeder kaufen konnte. Daher das Fragezeichen neben der Tatwaffe, und natürlich musste noch geklärt werden, wem der Fingerabdruck gehörte.

Brandner schrieb mit etwas Abstand unter Martin Ebner weiter:

> *Maria Haider, Ehefrau:*
> *Motiv?*
> *belastet Martin Ebner – Ablenkung?*
> *ihr Mann war keine große Hilfe +*
> *Trauer hält sich in Grenzen +*
> *die Urlauber können bleiben +*

Maria Haider war für Brandner auf den ersten Blick die einzige Person neben Ebner, die so etwas wie ein Motiv hatte. *Immerhin hat sie gesagt, ihr Mann sei keine Hilfe und er gehe ihr nicht ab. Vielleicht will sie ja den Hof allein führen? Das ist natürlich sehr an den Haaren herbeigezogen, aber ich darf mich nicht nur auf Martin Ebner konzentrieren. Immerhin wurde Franz Haider vor seiner Haustür erschlagen. Maria Haider wusste von Ebners Drohung. Sie hätte sich eine seiner Mostflaschen besorgen und im Dunkeln vor dem Haus auf ihren Mann warten können. Auch eine Frau kann mit dieser Flasche einen gestandenen Mann erschlagen. Wenn er sie entdeckt hätte, wäre das kein Problem gewesen. Sie hätte sich leicht herausreden können, nie und nimmer wäre ihr Mann auf die Idee gekommen, dass seine Frau ihn mit einer Mostflasche erschlagen will, bevor sie zur Aktion geschritten wäre. Frau Walgundi hat allerdings ein Auto wegfahren hören. Trotzdem sollte ich Maria Haider nicht ganz außer Acht lassen.*

Brandner schrieb unter Maria Haiders Namen auf dem Zettel weiter.

> *Nina Haider, Tochter:*
> *Motiv??*
> *anständig, hat Polizei gerufen, sich um alles gekümmert*
> *zweifelt an Martin Ebners Schuld*
>
> *Karoline Unger, Stallhilfe:*
> *hat den Toten gefunden*
> *tratscht mit Freundin über Mord*
> *Motiv??*

Brandner erinnerte sich, dass die junge Stallgehilfin zwar recht resolut gewirkt hatte, allerdings war sie zusammengebrochen, nachdem sie den Toten gefunden hatte. Er hatte noch mit der Kellnerin gesprochen, die sichtlich mitgenommen vom Tod ihres Chefs war und der die Chefin es nicht gerade leicht machte, wenn man der Urlauberfamilie glauben konnte. Er hatte es selbst erlebt.

Brandner schrieb:

> *Sigrid Landsteiner, Kellnerin*
> *Maria Haider setzt ihr zu*
> *gutes Verhältnis zum Opfer, zu eng??*

*sagt selbst, sie habe ihn kaum gekannt??*
*Motiv??*

Nach Sigrid Landsteiner hatte er mit der Nichte und dem Neffen des Opfers gesprochen. Beide hatten von Franz Haider profitiert, da er ihnen eine Arbeit verschafft hatte, zu einer Zeit, in der es in ganz Österreich keine neuen Stellen im Servicebereich gab, sondern nur Arbeitsplätze gestrichen wurden.

*Melanie Haider, Nichte:*
*dankbar für Anstellung? Motiv?*

*Harald Haider, Neffe:*
*dankbar für Anstellung? Motiv?*

Dann war da noch die Urlauberfamilie gewesen, die Walgundis.

Brandner schrieb:

*Familie Walgundi:*
*Frau hört Auto kurz vor 3 Uhr wegfahren*
*kein Motiv absehbar*

*Elisabeth Furtner, Hotelinhaberin, Mostbaronin:*
*Vorletzte, die Franz Haider lebend gesehen hat*
*bisher nicht gesprochen*

Mit Elisabeth Furtner musste Brandner unbedingt am nächsten Tag persönlich reden. Von ihr hoffte er, mehr darüber zu erfahren, wie gut oder schlecht sich Haider und Ebner vergangene Nacht verstanden hatten. Vielleicht war es nochmals zum Streit zwischen den beiden gekommen und sie hatte es mitgekriegt. Das würde Brandner ungemein helfen, damit könnte er deutlich mehr Druck auf Ebner ausüben.

Auch mit den anderen Mostbaronen musste er sprechen.

Brandner griff zum Hörer seines Festnetzanschlusses, um Reitbauer anzurufen, doch es klingelte zuerst bei ihm. Auf dem Display stand »E. Auer«.

»Ich komme gleich rüber zu dir.« Brandner ließ die Kriminaltechnikerin gar nicht erst zu Wort kommen und legte auf. Dann stürmte er aus seinem Büro und lief durch den Gang, bis er bei ihrem Arbeitsplatz angekommen war.

»Du hättest dir den Weg sparen können.«

»So schlimm?«

Elfriede Auer schlüpfte in ihre Stöckelschuhe.

»Kein Treffer?«

»Leider.«

»Dann steht dir morgen eine Menge Arbeit bevor.«

»Gibt es so viele Verdächtige?«

»Verdächtige vielleicht nicht gerade, aber doch Menschen, die mit dem Opfer knapp vor seinem Tod in Kontakt waren.«

»Aber zumindest einen Verdächtigen hast du doch, oder habe ich das falsch verstanden?«

Brandner nickte. »Martin Ebner, ein Mostbaron und Heurigenbesitzer, mit einer seiner Flaschen ist Franz Haider erschlagen worden.«

»Seine Fingerabdrücke werde ich zuerst überprüfen.«

»Wir werden ihn gleich morgen herbestellen.«

»Ich werde da sein.«

Elfriede Auer nahm ihre Handtasche.

»Ich werfe dich ja ungern aus meinem Büro, aber ich muss jetzt wirklich los.«

Brandner hielt Auer die Tür auf.

»Noch etwas vor?«

»Yogastunde, und du?«

»Zur Familie, meine Mädels hatten Zoff wegen dem Urlaub, sie müssen in Österreich bleiben. Ich hoffe, die Stimmung ist nicht allzu schlecht.«

»Immerhin haben sie Urlaub im Gegensatz zu uns.«

Auer schloss mit ihrem Chip die Tür ab.

»Stimmt.«

Brandner ging neben ihr her und verabschiedete sich. »Ich rufe Reitbauer an und sage ihm, wen er morgen wegen der Fingerabdrücke einbestellen soll.«

»Bleib nicht zu lange«, sagte Elfriede Auer und ließ ihn stehen.

*Werde ich nicht. Hoffentlich.*

# 20

**Wien**
**Freitag, 21. August 2020**

Sonnenstrahlen kitzelten Evas Nase und sie zog sich die Decke über den Kopf. Sie wollte nicht aufstehen, und das Gute an diesem Tag war, sie musste auch noch nicht aus dem Bett.

Nicht so wie ihr Leo, der erst heimgekommen war, als sie schon geschlafen hatte, und bereits wieder unter der Dusche stand.

*So lange wie Leo heute duscht, hat er sicher wieder Verspannungen, der Arme.*

Das Prasseln des Wassers verstummte, die Tür der Dusche quietschte und nach einigen Sekunden ertönte das vertraute Geräusch des Elektrorasierers aus dem Badezimmer.

*Ich sollte ihm Frühstück machen. So ein Blödsinn! Er sollte mir Frühstück ans Bett bringen. Dafür hat Leo keine Zeit. Jetzt habe ich Hunger bekommen. Das habe ich davon!*

Eva streckte ihren Rücken durch und schloss bewusst ihre Augen, dann rollte sie sich unter der Decke hervor und genoss die Morgensonne auf ihrem Gesicht.

*Am besten zeige ich Leo, wo die Mädels und ich die nächste Woche verbringen werden. Vielleicht hat er ja doch einmal Zeit für uns, oder für mich, auch wenn sich das gestern nicht danach angehört hat und er ganz spät heimgekommen ist. Die Hoffnung stirbt zuletzt! Unpassendes Sprichwort, wenn der eigene Mann in einem Mordfall ermittelt …*

Eva musste schmunzeln, obwohl es eigentlich nicht zum Lachen war. Mit Schwung beförderte sie ihre Beine auf den Fußboden und stand endgültig auf.

In den Zimmern der Mädchen war alles ruhig. Isabella und Selina waren wahre Weltmeisterinnen im Langschlafen. Eva ging davon aus, dass ihre Teenagertöchter spät einschliefen. Lesen, Musikhören oder in einem der sozialen Netzwerke herumsurfen – mit irgendetwas in der Art verbrachten sie ihre Abende und die frühen Nachtstunden. Eva würde nicht mehr herausfinden, was davon gerade bei welcher der beiden angesagt war. Der Zug war abgefahren. Solange sie im normalen Leben zurechtkamen, bestand kein übermäßiger Grund zur Sorge.

Auch Eva war einmal ein Teenager gewesen. Damals hatte sie ihren Eltern sicher nicht alles erzählt. Natürlich hatte sie darauf gehofft, einen viel besseren Draht zu ihren Kindern zu haben, als ihre Eltern damals zu ihr gehabt hatten. Viel Zeit hatte sie dafür investiert. Wertvolle Familienzeit, die sie nicht missen wollte. Und viele Bücher über Kindererziehung hatte sie gelesen und versucht, deren Ratschläge zu befolgen.

*Und was hat es mir gebracht? Schöne Erinnerungen. Das ist doch was!*

Eva trabte in die Küche, langsam öffnete sie dabei ihre Augen, den Weg kannte sie blind. Leo und sie waren vor einigen Jahren wieder auf den Geschmack von Filterkaffee gekommen. Vor allem liebte sie das Geräusch und den herrlichen Geruch, den die Maschine verströmte, wenn frischer Kaffee durch den Filter in die Glaskanne darunter tropfte.

Sie füllte den gemahlenen Kaffee in den Filter, danach folgte die richtige Menge Wasser für sie und Leo. Isabella trank zwar auch Kaffee, aber sie bevorzugte den aus der Espressomaschine.

Noch hatte sie die Umweltbewegung nicht erfasst. Was hieß, dass sie weiterhin um die Erde jetten wollte und auch kein Problem damit hatte, mit den Kaffee-Tabs einen Extraberg Müll zu erzeugen.

»Guten Morgen!« Leo umarmte Eva von hinten und küsste sie auf den Hinterkopf. Sie liebte den Duft seines herben Rasierwassers fast so wie den des Kaffees.

Sie drückte die Starttaste an der Kaffeemaschine.

# 21

**Wien**
**Freitag, 21. August 2020**

Brandner biss in sein mit Butter und Nutella dick beschmiertes Roggenbrot. Der süße Geschmack verteilte sich auf seinem Gaumen. Er kaute langsam, schluckte hinunter und trank von seinem Kaffee.

So ließ sich ein Freitagmorgen beginnen, auch wenn er sich auf kein arbeitsfreies Wochenende freuen konnte. Er musste den Spuren im Mordfall Franz Haider folgen. Je mehr Zeit verging, ohne dass der Fall geklärt war, desto unwahrscheinlicher wurde es, den Täter zu überführen. Das wusste jeder im Polizeiapparat und es war natürlich auch ihm als Ermittler beim Landeskriminalamt nur zu klar.

*Wir haben einen Fingerabdruck. Vielleicht ist das ja schon der Durchbruch!*

So bald wie möglich musste er Reitbauer anrufen und mit ihm durchgehen, welche der infrage kommenden Personen der Inspektionskommandant Amstettens bereits ins LKA einbestellt hatte und wann diese dort eintreffen würden.

Brandner riss sich von seinen Gedanken los, Eva saß ihm gegenüber am Frühstückstisch und er wollte mit ihr reden und sich nicht mit seiner Arbeit befassen.

»Wann fahrt ihr los?«, fragt er sie.

Eva hatte ihr kleines Stück Brot, das sie mit Frischkäse bestrichen hatte, bereits aufgegessen. Eine halb volle Kaffeetasse stand vor ihr.

»Noch am Vormittag«, antwortete sie. »Nachdem die Mädels aufgestanden sind. Wir können zwar die Zimmer erst ab 3 Uhr am Nachmittag beziehen, das macht aber nichts.«

»Wo genau seid ihr untergebracht?«

»Ich hab es für dich ausgedruckt.«

Eva stand auf, verließ die Küche und kam nach wenigen Sekunden mit einem Blatt Papier in der Hand zurück. Sie legte es vor Brandner auf die Tischplatte. Es handelte sich um die Reservierungsbestätigung für zwei Doppelzimmer im »Hotel und Resort Furtner« in Blindenmarkt.

*Blindenmarkt. Furtner. Den Namen habe ich gestern im Büro auf meinen Notizblock geschrieben. Elisabeth Furtner, Mostbaronin und Hotelbetreiberin, die von Franz Haider gemeinsam mit Martin Ebner vom Treffen der Mostbarone heimkutschiert worden ist.*

Brandner faltete den Zettel zusammen.

»Passt dir etwas nicht?«, fragte Eva.

*Ich bin wieder einmal ein offenes Buch für sie.* »Ich ermittle ganz in der Nähe in meinem Mordfall«, antwortete Brandner. »Ich muss sogar die Inhaberin des Hotels befragen. Sie hatte Kontakt zum Mordopfer, ist aber nicht verdächtig.«

»Sag jetzt aber bitte nicht, dass wir uns ein anderes Hotel suchen sollen!«

*Besser wäre es.*

»Ich bin so froh, diese Unterkunft in letzter Minute ergattert zu haben, und die Mädels haben es jetzt auch akzeptiert! Noch mal tue ich mir das Drama nicht an!«

Brandner hob beide Hände. »Schon gut!«, beschwichtigte er. »Du brauchst nichts anderes zu suchen.« Er stand auf. »Ich muss los, passt auf euch auf!«

»Machen wir.«

Brandner gab seiner Frau einen Schmatz auf den Mund. »Versuch, den Urlaub zu genießen und dich zu entspannen.«

»Werde ich! Ich melde mich, wenn wir angekommen sind.«

*Mir wäre zwar wohler, wenn ihr woanders hinfahren würdet, aber bitte, immerhin sehen wir uns so sicher bald wieder.*

Brandner ging nochmals ins Schlafzimmer. Eilig packte er Unterwäsche und Socken in seine Sporttasche. Er lief ins Badezimmer und warf Toilettensachen und den Elektrorasierer dazu. Danach nahm er drei Kurzarmhemden samt Kleiderhaken aus dem Kasten und hängte sie im Vorraum kurz auf. Dann zog er seine Lederschuhe und seine Jacke an und verließ mit der Tasche und den Hemden so leise wie möglich das Haus, um seine Töchter nicht zu wecken.

Die Hemden hing er zum Langarmhemd an den Haltegriff neben der Rückbank seines Audis. Die Tasche beförderte er in den Kofferraum. Dann setzte er sich in den Fahrersitz, startete den Motor, und bereits als er ausparkte, rief er Reitbauer an.

»Gut geschlafen?«, fragte Brandner zur Begrüßung.

»Vor allem kurz«, antwortete der Inspektionskommandant. »Dafür habe ich gute Nachrichten«, fügte er hinzu. »Martin Ebner und alle, die ihm am Hof und im Heurigen helfen, kommen am Vormittag ins LKA. Er sperrt extra den Hof ab und der Heurige hat um die Zeit sowieso noch nicht auf. Und alle, die wir gestern beim ›Hofbauer‹ getroffen haben, kommen auch, außer den Walgundis. Die haben darum gebeten, dass sie das mit den Fingerabdrücken morgen auf der Heimfahrt nach Wien erledigen können. Ich war so frei und habe es ihnen zugesagt.« Reitbauer machte eine Pause und wartete auf einen Kommentar.

»Geht klar«, sagte Brandner. »Die Walgundis sind in keiner Weise verdächtig. Wie sieht es mit Elisabeth Furtner aus? Kommt sie heute ins LKA? Ich habe nämlich einige Fragen an die Dame.«

»Elisabeth Furtner habe ich nicht erreicht. Ich werde es aber gleich wieder versuchen.«

*Am Ende treffen Eva und die Mädels die Frau Mostbaronin noch vor mir.* »Gut, bleiben Sie bitte dran«, sagte Brandner. »Und Herr Reitbauer?«

»Ja?«

»Danke für den Einsatz heute Nacht! Ich weiß das sehr zu schätzen!«

»Für Sie jederzeit!«

Brandner legte auf und lenkte seinen Audi auf die Stadtautobahn. Bald würde er die Ortstafel Wiens hinter sich lassen. Er war versucht, das Gaspedal durchzudrücken, um möglichst schnell ins Büro nach Sankt Pölten zu kommen. Doch es war keine Gefahr im Verzug. Eine Blaulichtfahrt war nicht zu rechtfertigen, daher musste er wie all die anderen Verkehrsteilnehmer die Geschwindigkeitsbeschränkungen einhalten.

Er reihte sich hinter einem Kleinbus in der zweiten Spur ein. Der Verkehr wurde langsamer, schließlich stand er vollkommen still. Im Verkehrsfunk wurde ein Unfall mit einem Lkw und einem Pkw durchgesagt.

»Der Stau baut sich rasch auf«, erklärte der Mann im Radio.

»Das sehe ich selber«, stellte Brandner fest.

Im Schritttempo ging es vorwärts. Er konnte nicht viel unternehmen, außer im LKA anzurufen und Bescheid zu geben, dass er später als erwartet eintreffen würde.

Statt einer knappen Stunde Fahrzeit brauchte er letztendlich zwei. Entnervt stellte er den Audi auf seinem Parkplatz vor dem LKA ab.

*Mal sehen, ob schon jemand da ist, um die Abdrücke abzugeben.*

Brandner rechnete mit Beschwerden. Schon früher war es vorgekommen, dass sich jemand über den relativ langen Anfahrtsweg nach Sankt Pölten beschwert hatte. Natürlich hätte auch die Polizeidienststelle oder die Bezirksbehörde in Amstetten die Fingerabdrücke nehmen können. Bei den biometrischen Daten für den Reisepass und Personalausweis funktionierte das ja auch, aber Brandner ließ diese für seinen Ermittlungserfolg so wichtige Arbeit lieber von Technikern aus seinem Team erledigen. Schlamperei konnte er damit praktisch ausschließen.

Er kam in sein Büro. Das Lämpchen am Telefon blinkte. Brandner drückte auf »Rückrufen« und kam direkt zu Böcks Büromanagerin.

»Der Direktor will Sie sofort sehen.«

»Ich komme.«

Brandner legte auf. Er hatte nicht gefragt, worum es ging, es konnte sich sowieso nur um seinen neuen Fall handeln. Warum sich der Direktor so früh einmischte, war ihm ein Rätsel. Mit gestrafften Schultern marschierte Brandner durch die Gänge.

»Gehen Sie gleich rein, er erwartet Sie.«

Anhand des Gesichtsausdrucks von Böcks Gehilfin konnte er nicht ablesen, was ihn erwartete. Gespannt öffnete er die Tür.

»Einen schönen Vormittag, Herr Major Brandner«, begrüßte Böck ihn. Der Direktor stand auf und blieb dennoch über einen Kopf kleiner als Brandner. Trotz der Hitze trug Brandners Chef ein dunkelblaues Langarmhemd. Rote Hosenträger spannten sich über seinen voluminösen Bauch, sie hielten seine Stoffhose in Position.

»Sie kennen Frau Haider ja von gestern.«

»Ja«, bestätigte Brandner. »Guten Morgen, Frau Haider.«

Vor über einem halben Jahr hätte er ihr und Böck die Hand zur Begrüßung gereicht, das war mittlerweile wegen des Risikos einer Ansteckung verpönt.

Die Witwe trug wieder ein schwarzes Kostüm, sie war dezent geschminkt, ihr Gesicht wirkte ernst, versteinert. Der Blick war starr geradeaus gerichtet, sie schien durch Brandner hindurchzuschauen.

»Frau Haider wollte ursprünglich nochmals mit Ihnen sprechen. Da Sie nicht im Büro waren, habe ich mich um sie gekümmert.«

Es klang nicht nur in Brandners Ohren wie ein Vorwurf, es war einer. Böck hasste nichts so sehr, als von Angehörigen eines Mordopfers belästigt zu werden. Es war nicht die Aufgabe des Direktors, sich um deren Anliegen zu kümmern.

Maria Haider musste sehr hartnäckig und trickreich gewesen sein, wenn sie es geschafft hatte, bis zu ihm vorzudringen.

»Frau Haider hat mir davon berichtet, dass der Fall für sie als Witwe des Opfers glasklar ist. Wenn die Details stimmen, die sie mir erzählt hat, frage ich mich, warum Sie Martin Ebner nicht gleich im Verhörraum festsetzen und ihn erst wieder aus dem Zimmer lassen, nachdem er gestanden hat.«

Brandner glaubte, sich verhört zu haben. Eine derartige Aussage seines Chefs vor der Witwe des Ermordeten, die noch dazu zu Brandners Verdächtigen zählte, war höchst unprofessionell. Er wog seine Optionen ab.

*Böck ist sauer, weil er mit Maria Haider selber reden musste. Dafür bin ich der Sündenbock. Er ist der Chef. Auch wenn es nicht zielführend ist, was er verlangt, macht es keinen Sinn, auf Konfrontation mit ihm zu gehen.*

»Ich kümmere mich darum«, antwortete Brandner. »Sobald Martin Ebner eingetroffen ist und er seine Fingerabdrücke abgegeben hat, landet er im Verhörraum.«

Böck nickte. »Dann gehen Sie! Ebner ist vielleicht schon hier und kann das Gebäude jeden Augenblick wieder verlassen.«

Brandner verabschiedete sich. Er sprach Frau Haider sogar ein weiteres Mal seine Anteilnahme für ihren Verlust aus. Die Miene der Witwe veränderte sich dabei. *Leg dich nicht mit mir an*, stand für Brandner deutlich sichtbar in ihr Gesicht geschrieben.

*Wir werden noch sehen, wer zuletzt lacht und vor allem, wer recht behält,* dachte Brandner und schloss die Tür etwas lauter als beabsichtigt hinter sich. Böcks Gehilfin fiel vor Schreck der Kugelschreiber aus der Hand und rollte auf den Boden. Rasch bückte sich Brandner und hob ihn auf.

»Vielen Dank!«

Das Lächeln der Frau hellte Brandners Stimmung an diesem Vormittag im LKA auf. »Gerne!«

Ihm blieb keine Zeit für Small Talk, daher verabschiedete er sich möglichst schnell von ihr. Er musste sich sputen, wenn er seine Zusage gegenüber Böck einhalten wollte. Noch wusste er nicht, ob Martin Ebner tatsächlich schon im LKA eingetroffen war, doch das würde er herausfinden.

# 22

**Wien**
**Freitag, 21. August 2020**

»Wann fahren wir endlich?«

Selina trug wieder ihre Sonnenbrille und den Strohhut. Sie war wie ihre Mutter mit dem Frühstück fertig, aus Isabellas Zimmer hörte Eva noch immer keinen Laut.

»Wir geben deiner Schwester noch eine halbe Stunde, dann klopfen wir an ihre Tür, okay?«

Selina zog einen Schmollmund. »Ich will in den See springen und schwimmen!«

»Was schlägst du vor?«, fragte Eva.

»Ich habe eine Idee!« Selina sprang auf und lief zur Stereoanlage. Über den Boxen befanden sich Regale mit einer Unzahl an CDs. Sie fuhr mit ihrem Zeigefinger entlang der Stirnseiten der Hüllen, nach einigen Sekunden stoppte sie und zog eine heraus. Triumphierend hob sie die Hülle in die Höhe. »Darf ich?«

Eva zuckte mit den Achseln und ließ Selina gewähren. *Wenn ich Nein sage, ist Selina sicher sauer. Vielleicht sieht es Isabella ja nicht so eng, wenn sie aufgeweckt wird. Früh ist es jedenfalls nicht mehr.*

Evas jüngste Tochter öffnete die CD-Hülle und nahm die Scheibe heraus. Sie legte sie in die Stereoanlage ein und drehte den großen Knopf für die Lautstärke eine halbe Umdrehung im Uhrzeigersinn.

»Komm, steh auf!«, forderte Selina ihre Mutter auf.

Eva zuckte nochmals mit ihren Achseln und folgte dem Wunsch ihrer Tochter. Die beiden stellten sich mit einem Meter Abstand nebeneinander. Aus dem Lautsprecher dröhnte die Musik und schon bald war Shakiras Stimme zu ihrem Hit »Whenever, Wherever« zu hören.

Selina und Eva ließen ihre Hüften kreisen und immer wieder stießen sie spaßeshalber aneinander. Eva lachte, so jung und so fröhlich hatte sie sich lange nicht mehr gefühlt.

Vor Freude und Übermut sprang sie sogar in die Höhe, danach drehte sie sich im Kreis, bis ihr schwindlig wurde.

Plötzlich stand Isabella im Raum. Mit einem Mal war Eva nicht mehr nach Luftsprüngen zumute.

# 23

**Sankt Pölten**
**Freitag, 21. August 2020**

Martin Ebner wirkte im Vergleich zum Vortag entspannt und war in guter Verfassung. Jedenfalls schwitzte er nicht, aber das war kein Wunder, im LKA kühlte die Klimaanlage sämtliche Räume.

»Ich habe Ihnen gestern alles gesagt, was ich weiß.«

»Das hat sich, ehrlich gesagt, für mich nicht so angehört«, erwiderte Brandner.

Die beiden saßen sich im Verhörraum gegenüber. Brandner mochte das Zimmer nicht, da man vom Nebenraum aus beobachtet werden konnte, ohne die Zuschauer selbst zu sehen. Da Direktor Böck durch Maria Haider in den Fall hineingezogen worden war, bestand durchaus die Möglichkeit, dass er sich ohne Brandners Wissen in den Nebenraum begeben hatte und die Vernehmung mitverfolgte.

Das Gespräch wurde zwar auf Video aufgenommen, sodass es später ohnehin angesehen und bis ins kleinste Detail analysiert werden konnte – auch und vor allem von Böck –, aber wenn der Chef gleich selbst nebenan zuhörte, war das doch etwas anderes. Das rief so etwas wie Unbehagen in Brandner hervor.

»Ich bin mit meiner Frau und zwei meiner Helfer gemeinsam hergefahren, die will ich nicht unnötig warten lassen. Also legen Sie los!« Martin Ebner lehnte sich zurück und verschränkte die Hände vor seiner Brust.

*So entspannt, wie er sich geben will, ist er nicht. Wenn es nach Böck ginge, sollten sich seine Mitfahrer besser eine andere Möglichkeit überlegen, um heimzukommen.*

»Sie hatten Streit mit Franz Haider und Sie haben ihm gedroht, das streiten Sie nicht ab, oder?«

»Das habe ich Ihnen gestern gesagt. Ich war verärgert und betrunken, da sagt man manchmal Dinge, die man nicht so meint.«

»Vorgestern hat das Treffen der Mostbarone stattgefunden. Sie mussten nicht selbst fahren und haben daher sicher die Gelegenheit genutzt und einige Gläser Most konsumiert, richtig?«

»Worauf wollen Sie hinaus?«

»Sie hatten in der Mordnacht wieder getrunken und waren zum Schluss allein mit Franz Haider im Auto. Betrunken tut man manchmal auch Dinge, die man später bereut. War es so, Herr Ebner?«

Martin Ebner richtete sich auf. »Jetzt hören Sie mir einmal gut zu, ein für alle Mal!« Ebners Zeigefinger der rechten Hand war auf Brandner gerichtet, die Linke zur Faust geballt. »Ich habe Franz nicht umgebracht! Ich bin es nicht gewesen!« Ebner verschränkte die Arme wieder vor seiner Brust und lehnte sich zurück. »Ich habe ihm gedroht«, räumte er mit ruhiger Stimme ein. »Das war dumm von mir, aber ich habe ihn nicht erschlagen. Das müssen Sie mir glauben.« Den letzten Satz hatte Ebner geflüstert.

»Es ist wirklich nicht meine Aufgabe, jemandem zu glauben«, entgegnete Brandner. »Was ich tun muss, ist, diesen Fall aufzuklären, und zwar möglichst schnell.«

Ebner trank von dem Wasserglas, das vor ihm auf dem Tisch stand.

*Wenn er ausgetrunken hat, bekommt er kein neues, bis er mir gesagt hat, was er weiß! Das ist grausam. Wir foltern niemanden. Wir leben nicht in Amerika. Natürlich bekommt er zu trinken und zu essen.*

»Gestern haben Sie gesagt, dass Franz Haider nicht nur Freunde hatte. Bisher sind Sie jedoch mein einziger Verdächtiger. Wenn ich Ihnen helfen soll, müssen Sie mir mehr erzählen. Dann müssen Sie mit uns kooperieren!«

Ebner wollte etwas erwidern, doch im selben Moment wurde die Tür des Verhörraums geöffnet.

Direktor Böck streckte seinen Kopf herein.

»Herr Major Brandner, ich brauche Sie kurz!«

*Eindeutiger geht es wohl nicht! Kaum frage ich Ebner nach anderen Verdächtigen, unterbricht Böck mein Verhör. Der will möglichst schnell Ebner überführen. Die Möglichkeit eines anderen Täters interessiert ihn überhaupt nicht.*

»Ich bin gleich zurück. Sie warten bitte hier.«

»Ich laufe nicht weg.«

Brandner konnte erkennen, dass Ebner noch etwas sagen wollte, sich aber zurückhielt.

*Wahrscheinlich wollte er nochmals auf seine Mitfahrer hinweisen und darauf, dass er sie nicht zu lange warten lassen will …*

Betont langsam stand Brandner auf. Er konnte sehen, wie es in Ebner rumorte. Direktor Böck schien ungeduldig zu werden, hielt sich aber ebenso wie Ebner zurück und kommentierte Brandners Zeitlupenbewegungen nicht. Brandner verließ schließlich den Raum und Böck schloss die Tür hinter ihm.

Neben Böck wartete Elfriede Auer. Damit hatte Brandner nicht gerechnet.

»Frau Auer, sagen Sie es Herrn Brandner.«

Böck grinste, als wäre heute Weihnachten und Ostern an einem Tag. Er steckte seine Daumen in seine Hosenträger und zog daran, dann ließ er sie gegen seinen Brustkorb schnalzen.

»Wir haben eine Übereinstimmung bei den Fingerabdrücken«, stellte Auer fest und reichte Brandner einen Computerausdruck. »Es gibt praktisch keinen Zweifel«, fügte sie hinzu.

# 24

**irgendwo zwischen Wien und Linz**
**Freitag, 21. August 2020**

*Isabella hat mitgetanzt!*

Eva lenkte ihren Renault auf der dreispurigen Autobahn, in Gedanken hatte sie noch immer die Szene vom frühen Vormittag vor Augen: Isabella in ihrem blauen Schlafanzug, die Augen verschlafen, doch dann hatte auch sie ihre Hüften zur Musik kreisen lassen und schließlich waren alle drei Brandner-Ladys zu Shakiras Lied durch das Haus getanzt.

Eva war eine Last von den Schultern gefallen. So leichtfüßig wie an diesem Vormittag hatte sie sich seit ewigen Zeiten nicht mehr bewegt.

Sie setzte den Blinker und fuhr an der Ausfahrt »Amstetten-Ost« ab. So kurz vor dem Ziel hoffte Eva nur noch, keine böse Überraschung zu erleben.

Das Navigationssystem ließ sie an der Bundesstraße, in die die Ausfahrt mündete, links abbiegen. Sie folgte dem Straßenverlauf und bald entdeckte sie das Hinweisschild »Hotel Furtner« neben der Fahrbahn. Sie befanden sich bereits mitten im kleinen Ort Blindenmarkt, zu dem das Hotel, die drei Auseen und der Reiterhof gehörten.

Mehrmals musste Eva abbiegen, ehe sich die Häuserreihen lichteten. Der Weg war von Maisfeldern gesäumt, die hin und wieder von kleinen Wäldchen unterbrochen wurden.

»Wie schön!« Selina auf dem Beifahrersitz klang begeistert. Isabella hatte ihr Smartphone gezückt und fotografierte von der Rückbank aus.

Das Hotel wirkte fast wie ein Schloss.

*Wäre es direkt am See gelegen, würde es gut für einen Disney-Film als Vorlage passen und die eine oder andere berühmte Prinzessin könnte darin wohnen … Man kann nicht alles haben. Die drei Auseen sollen ja nur wenige Minuten entfernt sein.*

Eva parkte ihren Renault vor dem Hotel.

*Nein, die Fotos im Internet werden dem wirklich nicht gerecht. Wir werden uns hier zwar nicht wie auf einer griechischen Insel fühlen, aber wie in einem Märchenschloss.*

Selina sprang förmlich aus dem Auto, Isabella war schon im Freien. Evas ältere Tochter stellte sich mit dem Rücken zum Hoteleingang, hielt ihr Smartphone mit ausgestrecktem Arm und schaute kokett in die Kamera. Eva öffnete unterdessen den Kofferraum.

»Bitte helft mir mit dem Gepäck!«

»Einen Moment, ich poste das noch schnell auf Insta.«

»Lasst uns ein Gemeinschaftsfoto machen!«, schlug Eva vor. »Eine Vorher-Nachher-Aufnahme bei der Ankunft und dann bei der Abfahrt.«

Isabella verzog ihr Gesicht. »Mit euch beiden?«, fragte sie. »Nein, das ist mir zu spießig.«

»Ich mache gerne ein Foto mit dir, Mama!«, rief Selina und stellte sich in Position.

»Du musst nicht mit aufs Foto, aber dann fotografierst du uns beide!«, sagte Eva zu Isabella und stellte sich neben ihre Jüngste.

»Gepostet«, stellte Isabella fest. »Okay, ich mache das Foto von euch beiden.« Sie ging einige Schritte zurück, hielt das Smartphone hochkant, dann wieder quer.

»Herzlich willkommen im Hotel Furtner!«

Eine Frau mit blonden Haaren, die zu einem Dutt hochgesteckt waren, kam ihnen vom Hoteleingang im rosa-blauen Dirndl entgegen. Sie wirkte attraktiv, wegen der starken Schminke konnte Eva jedoch schwer einschätzen, wie alt die Dame war.

»Elisabeth Furtner«, stellte sie sich vor, als sie bei den drei Brandners ankam. »Ich mache gerne ein Foto von euch dreien gemeinsam!«

Isabellas Lächeln gefror förmlich in ihrem Gesicht.

»Nur wenn ihr das wollt natürlich«, fügte die Hotelchefin schnell hinzu.

Eva zuckte mit ihren Schultern. *Dafür lohnt es sich nicht zu kämpfen.*

»Ja!«, rief Selina.

»Hier, bitte.« Isabella ging auf Frau Furtner zu, gab ihr das Smartphone und stellte sich neben Eva, sodass die beiden Töchter ihre Mutter flankierten.

»Lächeln!«, forderte die Hotelbetreiberin sie auf.

# 25

**Sankt Pölten**
**Freitag, 21. August 2020**

*Stefan Heiligenbrunner.*

Wenn Brandner nach der Auswertung der Fingerabdrücke ging, war der Mann nicht einmal annähernd ein Heiliger.

»Wir haben ihn. Ich beantrage sofort einen Haftbefehl!«

*Böck denkt wieder einmal nur daran, einen Fall möglichst schnell abzuschließen. Ob der Schuldige nun Martin Ebner oder Stefan Heiligenbrunner heißt, ist ihm vollkommen egal.*

»Herr Direktor«, sagte Brandner, »ich werde Heiligenbrunner sofort vernehmen. Soweit ich weiß, arbeitet er für Martin Ebner, und er könnte daher eine ganz einfache Erklärung dafür parat haben, wie sein Fingerabdruck auf die Tatwaffe gekommen ist.«

»Papperlapapp!«

Böck stellte sich auf die Zehenspitzen und steckte seine Daumen in die Hosenträger. Brandner erkannte, dass sein Chef sich alle möglichen Vorgehensweisen durch den Kopf gehen ließ.

*Wenn er ehrlich zu sich selbst ist, dann muss er zum gleichen Ergebnis kommen wie ich.*

Nach einigen Sekunden löste Böck endlich seine Daumen von den Hosenträgern und trat näher an Brandner heran. Der herbe Duft von Böcks Parfum reizte Brandners Nase. Er versuchte, den Niesreiz zu unterdrücken. In Zeiten von Covid-19 wollte niemand von einem Kollegen angehustet werden, und sein Vorgesetzter schon gar nicht, das war Brandner bewusst.

»Okay«, sagte Böck. »Sie befragen umgehend diesen Heiligenbrunner im zweiten Verhörraum. Ich habe dafür gesorgt, dass man ihn dorthin bringt. Vorerst unternehme ich nichts. Wir warten das Ergebnis Ihres Verhörs ab. Üben Sie ruhig Druck aus!«

»Wird erledigt«, erwiderte Brandner. »Gute und vor allem schnelle Arbeit, danke!«, sagte er zu Elfriede Auer.

»Jederzeit gerne wieder.« Die Kriminaltechnikerin drehte sich mit einem Lächeln auf den Lippen um und stapfte in ihren Stöckelschuhen davon.

Brandner öffnete die Tür zum zweiten Verhörraum. Noch war das Zimmer leer, aber sein Verdächtiger würde bald hereingeführt werden.

Der zweite Verhörraum war deutlich angenehmer für die Verdächtigen als das Zimmer, in dem Martin Ebner auf Brandners Rückkehr wartete. Der Raum war wegen der breiten Fensterfront von Tageslicht durchflutet und auf dem Fensterbrett blühten zwei rosa Blumenstöcke. Normalerweise standen eine Schüssel mit Keksen und eine Schale mit frischem Obst auf dem Tisch. Diese beiden Annehmlichkeiten waren jedoch den Präventionsmaßnahmen gegen die Ausbreitung der Pandemie zum Opfer gefallen.

Brandner setzte sich auf seinen bevorzugten Sessel, von dem er nach draußen blicken konnte.

Nach einer knappen Minute hörte er Schritte, stand auf und drehte sich Richtung Tür.

Hinter dem uniformierten Polizisten betrat der Jesus des 21. Jahrhunderts den Verhörraum. Zumindest hatte Brandner sich das Gesicht des Heilands immer so vorgestellt. Braune längere Haare, Bart und ebenmäßige Gesichtszüge, dazu vertrauenerweckende Augen.

*Würde man Stefan Heiligenbrunner eine Dornenkrone aufsetzen und ihn in das passende Gewand stecken, könnte er sofort an der Osterprozession in Jerusalem teilnehmen.*

Brandner schob seinen Gedanken beiseite. Er stellte sich Stefan Heiligenbrunner als der Ermittler im Mordfall Franz Haider vor und bat ihn, sich ihm gegenüberzusetzen. Danach informierte er ihn darüber, dass ihr Gespräch aufgezeichnet wurde.

»Kein Problem, ich habe nichts zu verbergen.«

*Du wäschst deine Hände in Unschuld, schon klar.*

Brandner forderte Heiligenbrunner auf, Namen, Geburtsdatum und seinen Wohnort zu nennen.

»Wissen Sie, weswegen Sie hier sitzen?«, fragte er danach seinen neuen Hauptverdächtigen.

»Franz Haider ist mit einer Mostflasche vom ›Birnbauer‹ erschlagen worden, für den ich arbeite.«

»Wir haben auf der Mordflasche einen Fingerabdruck sichergestellt.«

»Schon klar, deshalb haben Sie die Abdrücke von uns allen überprüft.«

Brandner nickte und beugte sich nach vorn. »Blöderweise für Sie«, sagte er, »deckt sich der Abdruck auf der Flasche mit dem Ihres rechten Mittelfingers.«

»Ist nicht wahr!«

»Doch.«

Stefan Heiligenbrunner spreizte alle fünf Finger seiner rechten Hand und legte sie flach auf die Tischplatte. Mehrere Sekunden betrachtete er sie. »Das hat nichts zu bedeuten«, stellte er schließlich fest.

»Das sehe ich anders.«

»Ich arbeite auf dem Hof und auch beim Verkauf. Da greife ich zwangsläufig immer wieder einmal eine der Flaschen an. Das gehört zu meiner Aufgabe.«

*Diese Erklärung habe ich befürchtet. Sie ist auch nicht von der Hand zu weisen.* »Dem gehen wir später nach«, entgegnete Brandner. »Sagen Sie mir bitte zuerst, wo sie sich in der Nacht vom 19. auf den 20. August aufgehalten haben.«

Heiligenbrunner musste nicht lange überlegen. »Nach der Arbeit beim ›Birnbauer‹ bin ich zuerst ins Feuerwehrhaus, dort bin ich bis 10 Uhr gewesen. Wir waren sicher acht oder neun Männer. Von dort bin ich zu Fuß zu meiner Wohnung, ist nicht weit entfernt. Kurz nach zehn war ich daheim, habe noch etwas ferngeschaut und bin dabei eingeschlafen. Gegen sieben am Morgen bin ich aufgestanden und habe mein Auto vom Feuerwehrhaus geholt.«

»Gibt es Zeugen, dass Sie zwischen 22 Uhr und 7 Uhr daheim waren?«

»Nein, ich bin geschieden. Meine beiden Buben waren bei meiner Ex.«

*Also kein Alibi.* »Ihre Wohnung, ist das eine Eigentumswohnung?«

»Ja, 90 Quadratmeter, warum?«

»Sie haben doch sicher einen Kredit laufen und zahlen Alimente.«

»Beides richtig, worauf wollen Sie hinaus?«

»Wenn Martin Ebner pleitegeht, dann haben Sie keine Arbeit mehr und geraten in finanzielle Schieflage.«

»Ja, und?«

Brandner stand auf und blickte auf Heiligenbrunner hinab. »Sie haben sicher mitbekommen, wie sehr sich Herr Ebner über die Öffnungszeiten von Haiders Heurigen aufgeregt hat. Oder etwa nicht?«

»Ja, davon habe ich gewusst, war ja kein Geheimnis. Aber was hat das mit mir zu tun?«

*Jetzt stellt er sich bewusst dumm.* Brandner stützte sich mit beiden Armen auf der Tischplatte ab und schaute seinem Gegenüber in die Augen. »Herr Heiligenbrunner, wir haben ein Problem. Ein großes Problem. Sie haben kein Alibi, Sie hatten ein Motiv, da Sie Ihre Arbeit nicht verlieren wollten, und Ihr Fingerabdruck ist auf der Tatwaffe. Am besten legen Sie gleich ein Geständnis ab!«

Auch Heiligenbrunner erhob sich nun und baute sich zur vollen Körpergröße auf. Er überragte Brandner um mehrere Zentimeter. Nichts mehr erinnerte beim Anblick des Verdächtigen an Jesus. Er bebte vor Zorn.

»Das können Sie vergessen!«, schrie er Brandner an. »Ich habe niemanden umgebracht! Da gibt es nichts zu gestehen! Merken Sie sich das!«

*Das kann ich mir nicht bieten lassen.* Brandner atmete einmal aus, dann formulierte er seine Erwiderung. »Ich werde Untersuchungshaft für Sie beantragen«, sagte er. »Nach Hause kommen Sie so schnell nicht mehr.« *Böck wird jubilieren.*

Heiligenbrunner sank auf seinen Sessel. »Das können Sie nicht machen.«

»Doch, kann ich.«

»Dann will ich mit einem Anwalt reden.«

»Den bekommen Sie.«

Brandner verließ den Verhörraum. Ihm war bewusst, dass er soeben die Show abgezogen hatte, die Böck von ihm erwartete, obwohl er selbst Zweifel an Heiligenbrunners Schuld hatte. Wenn sein Chef die Aufzeichnung von der Vernehmung ansehen würde, wäre er mit Brandners Verhalten zufrieden. Er selbst schämte sich fast dafür.

*Ich darf nicht aufhören, nach anderen Spuren und Verdächtigen zu suchen, sonst sperren wir am Ende einen Unschuldigen weg.*

Er beschloss, nochmals mit Martin Ebner zu reden. Vielleicht war der Mostbaron mitteilungsbedürftiger als zuvor, da Brandner seinen Mitarbeiter in Gewahrsam genommen hatte.

Bevor er mit Ebner sprechen konnte, musste er jedoch zu Böck und für die Beantragung der Untersuchungshaft sorgen.

# 26

**Blindenmarkt**
**Freitag, 21. August 2020**

Elisabeth Furtner scheuchte die junge Dame hinter der Rezeption zur Seite und machte selbst ein paar Klicks mit der Maustaste. »Die beiden Zimmer sind in einer Stunde bezugsfertig«, informierte die Hotelbetreiberin Eva und ihre Töchter. »Wenn Sie wollen, bewahren wir Ihr Gepäck gerne so lange auf.«

Isabellas Miene verfinsterte sich. »Was machen wir jetzt?«, wollte sie von Eva wissen.

»Heute ist so ein schöner Tag!« Elisabeth Furtner strahlte Evas Töchter an. »Also, wenn ich heute nicht arbeiten müsste, würde ich sofort zu den Auseen fahren und dort baden!«

»Ja, ich will schwimmen!« Selina war sofort begeistert.

»Passt das auch für dich?« Eva blickte zu Isabella.

Ihre älteste Tochter nickte kaum erkennbar.

»Gut, dann ist es ausgemacht. Ihr holt am besten eure Bikinis aus euren Koffern und zieht sie an. Handtücher und die Liegedecke habe ich extra in eine eigene Tasche gepackt. Die ist im Auto.«

»Die Luftmatratze?«, fragte Selina.

»Auch die und die Luftpumpe haben wir mit«, bestätigte Eva.

Die Mädchen öffneten jeweils ihren Koffer und kramten ihre Bikinis heraus, danach gingen sie gemeinsam zu den Damentoiletten, um sich umzuziehen. Eva hatte in weiser Vorausschau ihren Badeanzug vor der Abfahrt angezogen, daher blieb sie an der Rezeption stehen.

»Entschuldigen Sie bitte, dass Sie das vorhin mit anhören mussten«, sagte Eva zu Elisabeth Furtner. Auch wenn sie es selbst gewohnt war, so war ihr das Benehmen ihrer Töchter peinlich, wenn fremde Personen es mitbekamen. »Unsere Älteste hat gerade eine schwierige Phase«, fügte sie hinzu. *Eine Phase, die gefühlt schon ihr ganzes Leben dauert.*

Furtner nickte verständnisvoll. »Für junge Mädchen ist es heutzutage nicht einfach«, stellte die Hotelbetreiberin fest.

»War es auch nicht, als ich jung gewesen bin«, erwiderte Eva.

Furtner lachte und nickte. »Das war es wahrscheinlich noch nie.« Die Hotelinhaberin kam hinter der Rezeption hervor und legte wie selbstverständlich einen Arm um Evas Schulter. »Wissen Sie was, Frau …«

»Für Sie einfach Eva«, unterbrach sie die Hotelbetreiberin.

»Gut, duzen wir uns, ich bin die Elisabeth!«

Furtner nahm ihren Arm von Evas Schulter und streckte ihr die rechte Hand entgegen. Mit einem Mal erstarrte sie jedoch in der Bewegung, dann klopfte sie sich gegen die Stirn. »Entschuldigung! Die Gewohnheit ist halt ein Luder. Wir sollen uns ja nicht so nahe kommen und schon gar nicht die Hand schütteln.« Furtner trat einen Schritt zurück.

»Ist schon gut«, entgegnete Eva. »Geht mir manchmal genauso, dass ich das vergesse.«

»Weißt du was?«, sagte Elisabeth Furtner. »Anstatt uns die Hände zu schütteln, trinken wir heute Abend ein oder zwei Gläser gemeinsam. Dann können wir in Ruhe auf unser Du-Wort anstoßen. Da spricht überhaupt nichts dagegen.«

»Stimmt.« Eva lächelte. »Ich komme gerne darauf zurück. Du kannst dich auf mich verlassen, darauf werde ich nicht verzichten!«

»Ich weiß auch schon, was wir trinken! Das wird eine Überraschung, eine Spezialität des Mostviertels, und es ist kein Most, versprochen.«

»Was wird denn hier ausgeheckt?«, wollte Selina wissen, die als Erste zurückkam.

»Nichts, rein gar nichts«, entgegnete Elisabeth Furtner und zwinkerte Eva verschwörerisch zu.

# 27

**Sankt Pölten**
**Freitag, 21. August 2020**

»Kann ich jetzt endlich fahren?«

Martin Ebner zermürbte das lange Warten sichtlich.

»Hat man Sie mit Essen versorgt?«, fragte Brandner.

»Jaja, zwei Sandwiches, eine nette Dame hat mir die gebracht.«

Kaum hatte Brandner den ersten Verhörraum betreten, fühlte er sich wieder unwohl.

»Ein paar Fragen habe ich noch, dann dürfen Sie gehen.«

»Endlich, meine Mitfahrer werden ziemlich ungeduldig sein.«

Brandner setzte sich. »Die haben wir bereits informiert«, stellte er fest. Er machte eine Pause, ehe er hinzufügte: »Stefan Heiligenbrunner wird allerdings nicht mitkommen.«

»Was? Warum nicht?«

Ebner schaute Brandner an, dann dämmerte ihm offensichtlich der Grund.

»Der Stefan, nein, das ist unmöglich! Der könnte niemandem was tun.«

*Nur weil er wie Jesus ausschaut, heißt das nicht, dass er nicht zum Mörder werden kann.* »Sein Fingerabdruck war auf der Flasche, mit der Franz Haider erschlagen worden ist.«

Ebner schüttelte den Kopf. »Das bedeutet überhaupt

nichts. Stefan arbeitet doch für mich. Dabei gehören auch das Verkaufen und Einpacken der Mostflaschen zu seinen Aufgaben.«

*Weiß ich doch auch. Aber Böck ist das egal.* »Er hat kein Alibi.«

»Das habe ich auch nicht!«

»Soll ich statt ihm Sie verhaften?«

»Immerhin habe ich ein Motiv.«

»Ihre Fingerabdrücke sind nicht auf der Flasche. Ein Motiv hatte Stefan Heiligenbrunner übrigens auch.«

»Was für ein Motiv?«

»Darf ich Ihnen nicht sagen.«

Ebner nickte, dann schüttelte er seinen Kopf. »Trotzdem, der Stefan war es sicher nicht. Ich kenne ihn, der ist ein grundguter Kerl.«

»Dann helfen Sie mir! Sagen Sie mir, wer außer Ihnen und Stefan Heiligenbrunner noch einen Grund hatte, Franz Haider aus dem Weg zu räumen!«

Ebner rutschte auf seinem Sessel unruhig hin und her. Er wischte sich sogar den imaginären Schweiß mit der Hand vom Kopf, wie er es gestern getan hatte. Danach griff er nach dem Wasserglas vor ihm, trank und stellte es langsam wieder auf den Tisch.

Brandner hielt sich bewusst zurück. Jetzt war nicht der Zeitpunkt, weiteren Druck auf Ebner auszuüben, das sagte ihm sein Instinkt.

»Also gut«, sagte Ebner schließlich und wischte sich nochmals über den Kopf. »Ich schwärze ungern jemanden an. Das haben Sie, denke ich, inzwischen mitbekommen, aber wenn Sie sich auf Stefan eingeschossen haben, dann kann ich einfach nicht anders.«

Ebner wartete anscheinend auf eine Reaktion seines Gegenübers.

»Bitte schön«, sagte Brandner und beugte sich nach vorn. »Ich bin ganz Ohr, erzählen Sie!«

Ebner räusperte sich. Es fiel ihm sichtlich schwer, doch er begann zu reden: »Beim letzten Treffen von uns Mostbaronen am Mittwochabend ist es ziemlich heiß hergegangen. Dafür hat es einen Grund gegeben: Der heißt Alois Hofer.«

# 28

**Ardagger Stift**
**Mittwoch, 19. August 2020**

Franz Haider saß am Kopfende der langen Tafel in der Mostbaronstube im Godn-Haus. Er genoss die Abende mit seinen Vereinskollegen. Sie waren zahlreich erschienen. Über 20 Mitglieder hatten an der Tafel Platz genommen. Hauptsächlich Männer, einige wenige hatten ihre Frauen zu dem Treffen mitgenommen, und natürlich war auch Elisabeth Furtner anwesend.

Die Hotelinhaberin hatte nicht wieder geheiratet, dadurch stach sie aus dem Männerhaufen als Singledame hervor.

Die Vereinsmitglieder trugen alle die Tracht der Mostbarone. Nur Alois Hofer war kein Mitglied, doch mit seiner Lederhose und dem weißen Hemd versuchte er, sich so zu geben, als gehöre er schon zum erlauchten Kreis. Wäre es nach Franz Haider gegangen, hätte Hofer nie die Gelegenheit erhalten, sich für eine Mitgliedschaft zu bewerben. Aber dagegen hatte er sich letztendlich nicht mehr sträuben können, und so stand Hofer nun aufrecht vor ihnen am Kopfende der Tafel und bemühte sich, die Mostbarone zu überzeugen, ihn in den Verein aufzunehmen. Die endgültige Entscheidung würde zwar nicht heute vom Plenum gefällt werden, sondern am nächsten Jahresanfang im Rahmen der jährlichen Klausur des Vereins, doch Hofer legte sich ins Zeug, bereits jetzt die Mitglieder für sich und seinen Betrieb zu begeistern.

Alois Hofer war um die 60 Jahre alt und sein Schopf zeigte Anzeichen einer beginnenden Glatze, die Haare an den Schläfen verfärbten sich grau.

»Ich wünsche mir nichts mehr, als ein Mostbaron zu sein! Mein Hof in Sankt Georgen liegt mitten im Mostviertel, wir erfüllen sämtliche Qualitätskriterien bei der Mosterzeugung. Ich schwöre, ich werde dem Verein alle Ehre machen. Ihr werdet es nicht bereuen, wenn ihr mich aufnehmt! Danke!«

Damit endete Alois Hofers Ansprache. Nicht zum ersten Mal hatte er seinen Wunsch deponiert, Mitglied zu werden, aber eine Chance wie an diesem Abend hatte er bisher nie bekommen.

Franz Haider musterte die Gesichter seiner Vereinskollegen. Die Stimmung unter ihnen war gut. Kein Wunder! Jeder hatte ein Glas Most vor sich stehen und eine Brettljause hatten sie vorhin vertilgt. Da konnte man sich leicht bewerben und eine Zusage erwarten. So einfach würde er es Alois Hofer jedoch nicht machen. *Primus des Vereins bin immer noch ich!* Franz Haider trug mit der Kette das Insigne seiner Macht um den Hals. Ein Taler von jedem Vereinsmitglied war an der Kette fixiert. Haider verspürte keinerlei Lust, einen Taler Hofers hinzuzufügen. *Das würde nur den Wert der Kette mindern.* Haider stand auf. »Danke, Alois!«, sagte er. »Bitte setz dich.«

Er ging zur weiß getünchten Rückwand der Stube. Dort stand neben dem aktuellen Foto der Mostbarone auch der Schwur geschrieben, den jedes Vereinsmitglied bei der Aufnahme geleistet hatte. Alle kannten den Spruch, trotzdem las er ihn laut vor: »Ich gelobe, als Mostbaron von Neuhofen, die Mostkultur stets hochzuhalten und mich der strengen Regeln der Mostbaron-Tafelrunde zu unterwerfen. Ich gelobe, die Mostkultur meiner Heimat immer zu pflegen, zu fördern und zu verbreiten, solange ich lebe.« Haider machte eine kunstvolle Pause. »Das war mein Gelöbnis, als ich vor Jahren beigetreten bin. Jetzt habe ich es als euer Primus wiederholt.« Er räusperte sich und wandte sich Alois Hofer zu. »Alois, ich schätze sehr, was du dir in Sankt Georgen aufgebaut hast, aber du hast eine Vorgeschichte, die den guten Ruf unseres Vereins gefährdet.«

»Das ist über 40 Jahre her!«

»Trotzdem.«

»Es war mein Vater, der den Fehler begangen hat, nicht ich!«

»Du bist aber dabei gewesen.«

»Ich war noch ein Bub.«

»Zum Schluss warst du volljährig.«

Hofer senkte seinen Blick. »Ja, das stimmt, aber hätte ich meinen Vater anzeigen sollen?«, fragte er.

»Das zu beurteilen, ist nicht meine Aufgabe. Ich bin aber sehr wohl als Primus der Mostbarone für die Reputation unseres Vereins verantwortlich.«

»Du willst mich nicht dabei haben!«

»Solange ich Primus bin, wirst du nicht aufgenommen, das schwöre ich dir!«

Hofer stand auf, er schaute in die Runde, keiner der anderen ergriff Partei für ihn. »Dann frage ich mich, was ich hier mache. Einen angenehmen Abend noch!« Er stürmte aus der Stube und warf die Tür hinter sich zu.

# 29

**Blindenmarkter Auseen**
**Freitag, 21. August 2020**

»Wow, das ist ja toll hier!« Selina lief um das Auto herum, öffnete den Kofferraum und holte die Luftmatratze heraus.

»Ist ganz okay«, lautete Isabellas Kommentar, als sie ausstieg.

*Etwas mehr Enthusiasmus bitte!* Eva packte die Badetasche und warf die Tür ihres Renault zu. Danach holte sie die Luftpumpe aus dem Kofferraum.

Ihr war klar, dass sie von Isabella keine Luftsprünge erwarten durfte. Insofern war ihr »Ist ganz okay« schon fast ein Ausdruck von Lob.

»Wohin gehen wir? Es gibt drei Seen«, stellte Selina fest.

»Geradeaus, da hinten gibt es einen Beachvolleyballplatz!«, schlug Isabella vor.

Die beiden Töchter schauten Eva fragend an.

*Da müssen wir unsere Sachen weit schleppen, aber wenn es Isabella so haben will …* »Von mir aus gerne!«, antwortete Eva und marschierte los.

Rechter Hand befand sich der Seewirt mit einer schönen Terrasse direkt am Ufer. Eva folgte der schmalen asphaltierten Straße, die geradeaus zwischen zwei Seen verlief. Es herrschte Fahrverbot, daher gingen die drei mitten auf der Fahrbahn.

An beiden Straßenseiten fiel jeweils ein schmaler Streifen Wiese leicht zu den Seeufern hin ab. Birken spendeten zahlreichen Badegästen Schatten an diesem heißen Tag.

Die drei liefen bis zum Ende der Allee und hielten sich dann rechts. Ein Spielplatz mit Schaukel und Rutsche für Kleinkinder wurde von mehreren Buben genutzt. Der Lärm, den sie verursachten, behagte Eva nicht, aber sie sah weiter hinten die beiden Beachvolleyballplätze und eine Tischtennisplatte für Jugendliche. Dort war es tatsächlich ruhiger.

»Ich will mit der Luftmatratze ins Wasser!«, rief Selina.

»Dann pumpen wir sie auf.« Eva breitete die Liegedecke im Schatten unter einem großen Laubbaum aus, dann steckte sie das Schlauchende der Pumpe in die Öffnung der Luftmatratze. »Du pumpst!«

Selina folgte Evas Aufforderung, ohne zu murren. Lange Zeit war an der Matratze keinerlei Fortschritt zu sehen, obwohl sich Selina sichtlich bemühte, möglichst schnell fertig zu werden.

Nachdem Isabella eine Zeit lang zugeschaut hatte, nahm sie ihr Buch aus der Tasche, »Cryptos« von Ursula Poznanski, und setzte sich auf die Decke.

»Wird das heute überhaupt noch was?«, fragte sie provokant und schlug ihren Roman auf.

Selina stoppte in ihrer Bewegung. »Geht da wirklich Luft rein?«, wollte sie wissen.

»Ja!«, versicherte Eva. »Du musst nur weitermachen. Das wird schon!«

Selina nickte und drückte ein weiteres Mal die Pumpe nach unten.

*Das wird richtig anstrengend für sie.* Eva hatte die

Matratze schon oft aufgepumpt, wenn Leo nicht dabei gewesen war.

»Hallo, braucht ihr vielleicht Hilfe?« Ein junger Mann in blauen Badeshorts und rotem T-Shirt, der einen Ball in seiner Hand hielt, hatte die Frage gestellt.

Eva hatte ihn nicht kommen sehen, aber er stand nun vor Selina und bot seine Unterstützung an.

Ihre jüngere Tochter schüttelte den Kopf. Die äußere Hülle der Matratze wölbte sich mittlerweile, nun sah man den Fortschritt jedes Mal, wenn Selina den Griff nach unten drückte. »Ich mache das schon!«, lautete ihre Antwort.

Isabella sah von ihrem Buch auf. »Lass dir doch helfen«, riet sie ihrer Schwester.

»Nein, ich mache das jetzt selber fertig.«

»Sei nicht so kindisch.«

»Bin ich gar nicht!«

»Vielen Dank für das Angebot«, mischte sich Eva ein. »Aber ich denke, Selina will es selber schaffen.«

»Schon klar!« Der junge Mann hob seinen Arm mit dem Ball. »Ich bräuchte aber auch Hilfe«, merkte er an und sah zu Isabella.

»Ja?«

»Spielst du Volleyball?«

»Warum?«

»Mir fehlt eine Spielerin, dann wären wir komplett!« Er zeigte rüber zum linken Sandplatz, dort standen drei Burschen und eine junge Frau.

»Wir spielen drei gegen drei, willst du mitmachen?« Isabella legte ihr Buch zur Seite.

»Ich bin eigentlich auf Familienurlaub mit meiner Schwester und Mutter.«

»Nun geh schon!«, sagte Eva. »Selina und ich schwimmen sowieso in ein paar Minuten mit der Luftmatratze im See.«

Isabella stand auf. »Ist das echt okay?«, fragte sie.

*Seit wann nimmt Isabella auf uns Rücksicht?* »Ja, ist wirklich kein Problem, amüsier dich ruhig!«, antwortete Eva.

»Gut«, sagte Isabella zu dem jungen Mann. »Aber erwarte nicht zu viel.

*Tiefstaplerin! Die werden sich wundern.*

# 30

**Sankt Pölten**
**Freitag, 21. August 2020**

*Geht doch! Jetzt habe ich endlich einen weiteren Ansatzpunkt.* »Danke, Herr Ebner, für Ihre Offenheit!« Brandner stand auf. Er wollte so schnell wie möglich den Verhörraum verlassen.

»Darf ich jetzt gehen?«, fragte Ebner.

»Ja, Sie dürfen nach Hause fahren, aber halten Sie sich weiter zu unserer Verfügung.«

»Was ist mit Stefan?«, wollte Ebner wissen.

*Böck lässt ihn sicher nicht raus.* »Über Herrn Heiligenbrunner ist Untersuchungshaft verhängt worden. Er muss vorerst hierbleiben.«

Ebner stand nun auch auf. »Aber ich habe Ihnen doch gesagt, der Stefan könnte keinem was tun.« Ebners Worte klangen resigniert, ihm war sichtlich klar, dass er nicht mehr für seinen Mitarbeiter tun konnte.

»Sie haben mir weitergeholfen«, erwiderte Brandner. »Vor allem mit Ihrem Hinweis auf Alois Hofer. Mit ihm werde ich sofort reden. Vorerst bleibt Herr Heiligenbrunner jedoch in Gewahrsam.« *Vor allem weil Böck das so will. Das kann ich Ebner aber nicht erklären.*

Brandner verabschiedete sich und ging direkt in sein Büro. Dort öffnete er das Fenster und atmete die warme Luft ein, die trotz der Temperaturen frisch war. Drei, vier Atemzüge und der leichte Druck in seiner Brust löste sich.

Er schloss das Fenster, ging zu seinem Schreibtisch und rief Reitbauer an. »Alois Hofer, sagt Ihnen der Name etwas?«, fragte er den Inspektionskommandanten.

»Sicher, Alois ist Bauer und Mostproduzent in Sankt Georgen. Hat einen ziemlich großen Hof, warum?«

»Rufen Sie ihn an und sagen Sie ihm, dass wir in einer guten Stunde vorbeikommen.«

»Das ist kurzfristig.«

»Alois Hofer hatte ein Motiv, lassen Sie sich von ihm nicht abwimmeln.«

Reitbauer antwortete nicht sofort, Brandner war sich darüber im Klaren, dass der Polizist darauf wartete, mehr

Details von Brandner zu erfahren, doch er ließ ihn im Unklaren.

»Okay«, sagte der junge Polizist schließlich. »Ich schaue, was sich machen lässt.«

Nachdem Brandner aufgelegt hatte, versuchte er, Eva zu erreichen. Es klingelte mehrmals, bevor sein Anruf an die Mobilbox weitergeleitet wurde. Brandner hinterließ keine Nachricht, stattdessen überlegte er, ob er bei Isabella oder Selina sein Glück versuchen sollte.

*Eva wird schon zurückrufen, wenn sie Zeit hat. Nachdem ich mit Hofer geredet habe, könnte ich zu ihnen ins Hotel fahren.*

Mit einem Mal freute Brandner sich auf seine Fahrt ins Mostviertel, und obwohl er zu Beginn nicht wirklich begeistert davon gewesen war, dass seine drei Damen ausgerechnet hier ein Hotel für ihren Urlaub gefunden hatten, so erkannte er nun den Vorteil, den ihr Aufenthalt für ihn bedeuten konnte.

Brandner blieb keine Zeit, länger darüber nachzudenken, denn in diesem Moment läutete sein Festnetzanschluss. Er schaute auf das Display.

*Böcks Sekretärin.*

Er nahm den Anruf nicht entgegen, sondern lief stattdessen im Eilschritt und mit seinem Smartphone in der Hand durch den Gang in Richtung Böcks Büro. Natürlich dauerte es keine fünf Sekunden, bis der laute Klingelton seines Diensthandys den Gang erfüllte.

Brandner riss die Tür zum Vorzimmer des Direktors auf und trat ein. Demonstrativ hielt er sein Smartphone in die Höhe. »Ich war gerade in der Nähe. Wo brennt es?«

Böcks Assistentin sah ihn an, ganz langsam bewegte sie

die Hand, die ihren Telefonhörer hielt. Wie in Zeitlupe legte sie ihn auf seinen Platz an der Telefonanlage und der nervende Ton verstummte. Die Frau zuckte entschuldigend mit ihren Achseln und lächelte ihn an. »Gehen Sie gleich zu ihm rein.«

Brandner öffnete die Tür und betrat Böcks Büro. Sein Vorgesetzter musste soeben mehrmals den Zerstäuber seines Parfums gedrückt haben, der herbe und für Brandner leider bei Weitem zu vertraute Geruch schwängerte die Luft im Raum. Sofort spürte Brandner wieder den Druck in der Brust, den die Frischluft vertrieben hatte.

»Warum haben Sie die Verhöre beendet? Ein Geständnis haben Sie meines Wissens noch nicht!«

Brandner schloss die Tür hinter sich, danach wendete er sich Böck zu, der hinter seinem Schreibtisch auf seinem Drehsessel regelrecht thronte. Böck hatte den Sessel extrem hochgestellt. Brandner bezweifelte, dass die Füße seines Chefs den Boden berührten.

»Stefan Heiligenbrunner wird heute nicht gestehen. Er wollte mit einem Anwalt reden. Seine Befragung setze ich morgen fort.«

»Und wann wollten Sie mich davon in Kenntnis setzen?«

»Umgehend natürlich! Vorher wollte ich jedoch den Termin für eine neue Befragung fixieren, die ich heute noch durchführen will.«

Böck runzelte die Stirn. »Welche Befragung?«

»Es gibt einen neuen Verdächtigen.«

Der Direktor beugte sich nach vorn. Er faltete seine Hände und legte sie auf die Schreibtischfläche. »Erzählen Sie!«

Brandner war erleichtert, dass sich Böck so schnell beruhigt hatte. Er wollte keinen wütenden Chef, der ihn bei den Ermittlungen behinderte, daher nahm er sich die Zeit, die notwendig war. Er setzte sich Böck gegenüber und berichtete davon, was ihm Martin Ebner über Alois Hofers Bemühungen geschildert hatte, ein Mostbaron zu werden, und welche entscheidende Rolle das Mordopfer dabei gespielt hatte, dass die Bestrebungen Hofers gescheitert waren.

*Ich bin gespannt, was dieser Hofer zu sagen hat.*

# 31

**Blindenmarkter Auseen**
**Freitag, 21. August 2020**

Isabella hechtete mit ausgestreckter rechter Hand nach vorn. Sie erwischte den Ball gerade noch rechtzeitig, spielte ihn zu Max und landete im Sand. Max pritschte den Ball hoch und quer entlang des Netzes. Harald nahm Anlauf, sprang und schlug mit voller Wucht auf das Kunstleder.

So schnell wie möglich richtete Isabella sich auf und ließ den Ball dabei nicht aus den Augen, denn ihre Gegenspielerin auf der anderen Seite des Netzes versuchte, ihn zu erreichen. Haralds Schmetterball war jedoch perfekt platziert, das Mädchen und der Ball schlugen auf den Boden auf. Isabella und ihre Mitspieler hatten den Ballwechsel für sich entschieden und Isabella hatte einen wesentlichen Anteil daran.

*Jahrelanges Training zahlt sich aus!* Isabella klatschte mit ihren beiden Mitspielern ab.

»Gut gerettet!«, lobte Harald sie.

»Danke! Gut verwertet!« Isabella zwinkerte Harald zu und er grinste sie seinerseits an.

»Ebenfalls danke!«, lautete seine Antwort.

Isabella klopfte sich den Sand von den Oberschenkeln, dann war sie wieder bereit. Wenn es nach ihr ginge, könnte der nächste Spielzug beginnen, doch gegenüber lag ihre Gegenspielerin noch immer im Sand.

*Hoffentlich hat sie sich nicht verletzt.*

Schwerfällig rappelte sich ihre Gegnerin auf.

»Holen!«, rief sie und versuchte mit dem Wort offensichtlich, sich selbst und ihre Mitspieler zu motivieren.

*Verletzt ist sie nicht, aber wir sind einfach besser. Ihr habt keine Chance.*

Harald bekam den Ball zugeworfen, er fing ihn und lief zum äußeren rechten Spielfeldrand. Isabella sah ihm dabei zu, ehe sie sich umdrehte und Richtung Netz blickte. Sie winkelte ihre Beine ab, beugte ihren Oberkörper leicht nach vorn und wischte sich eine Strähne aus dem Gesicht.

Sie hörte den Schlag und der Ball flog über ihren Kopf hinweg über das Netz. Direkt vom Gegenspieler kam er auf sie zu. Isabella bewegte sich intuitiv. Sie musste nicht nachdenken, jede ihrer Bewegungen kam automatisch und passte. Sie spielte den Ball zu Max, der ihn zum nächsten Punkt verwertete.

Nachdem sie das Spiel gewonnen hatten, klatschte sie sich erneut mit Max und Harald ab und anschließend mit den Gegenspielern. Kurz dachte Isabella an das Virus und daran, dass es verpönt war, so viele Menschen hintereinander mit den Händen zu berühren. Während des Spiels hatte jeder von ihnen ohnehin den Ball berührt. Auf dessen Oberfläche mussten daher sämtliche Keime, Viren und Bakterien verstreut sein.

*Nicht den Kopf darüber zerbrechen. Das macht nur alles zunichte! Endlich wieder Sport! Sich mit anderen messen und andere Menschen berühren, das hat mir gefehlt! Auch wenn es nur ein Abklatschen war …* Isabella fühlte sich so wohl wie seit Langem nicht mehr.

»Wir gehen noch was trinken oder auf ein Eis. Du kannst gerne mitkommen«, bot Harald ihr an.

»Soll das eine Einladung sein?«

»Na ja«, erwiderte Harald. »Normalerweise zahlt jeder von uns selber seine Rechnung.« Er zögerte, dann zuckte er mit den Achseln. »Aber ja, wenn du mitkommst, dann lade ich dich ein.«

Max und das andere Mädchen verdrehten die Augen, sie schienen nahe dran zu sein, die eine oder andere blöde Bemerkung von sich zu geben. Daher erwiderte Isabella rasch: »Wenn das so ist, komme ich gerne mit. Ich muss nur noch schnell Mama Bescheid geben.«

Isabella spürte deutlich, wie sie errötete. *Ich muss noch schnell Mama Bescheid geben! Welcher erwach-*

*sene Mensch sagt denn so was? Ich blöde Kuh!* Sie drehte sich um und lief in Richtung ihres Liegeplatzes davon.

»Wir gehen schon mal zum Seewirt. Die Straße lang zwischen den beiden Seen, dann links, ist nicht zu verfehlen!«, hörte sie Harald rufen.

»Komm nach, wenn es Mama erlaubt!«, rief ihr ihre Gegenspielerin hinterher.

Isabella drehte sich nicht um, sie lief einfach weiter, bis sie bei ihrem Platz angekommen war. Dort befanden sich jedoch nur das Liegetuch, die Handtücher und die Taschen. Ihre Mutter und ihre Schwester mussten mit der Luftmatratze im Wasser sein, doch auf dem See sah sie die beiden auch nicht.

*Was mache ich jetzt? Ich habe kein Geld dabei. In Mamas Tasche will ich nicht herumkramen. Harald lädt mich sowieso ein. Ich werde nicht klein beigeben, auch wenn die anderen das gerne so hätten.*

Isabella holte ihr hellblaues Strandkleid aus ihrer Badetasche und schlüpfte hinein. Sie wollte gut aussehen und gleichzeitig selbstsicher wirken. Dabei würde ihr das Kleid helfen. Der Saum endete deutlich über ihren Knien und der Stoff war dünn. Solange sich die Gruppe für einen Tisch im Schatten entschied, würde sie das Kleid tragen können, ohne noch mehr zu schwitzen.

Die Fünfergruppe hatte mittlerweile eine knappe Minute Vorsprung, die fünf bogen gerade von der schmalen Straße zur Wiese ab, die sie direkt zur Terrasse des Seewirts führen würde. Isabella stieg in ihre Sandalen und schlenderte betont langsam los. Diese Art zu gehen half ihr, sich wieder zu lockern und die Anspannung abzuschütteln, die durch den bissigen Kommentar des anderen Mädchens hervorgerufen worden war.

*Ich bin zwar eindeutig die Jüngste, aber besser Volleyball spielen können sie nicht. Harald hat mich gefragt, ob ich mitkomme. Ich habe mich nicht aufgedrängt. Er will mich dabeihaben.*

Isabella bog von der Straße ab und lief über das Gras zur gepflasterten Terrasse.

Die Gruppe saß unter einem der Sonnenschirme, und neben Harald war genau ein Gartenstuhl im Schatten frei. Gerade fragte die Kellnerin, was sie ihnen bringen solle.

»Worauf darf dich Harald einladen?«, wollte Max wissen.

»Einen weißen Spritzer bitte«, erwiderte Isabella und lächelte Harald keck an.

»Sehr gern!«, antwortete Harald mit einem Lächeln im Gesicht.

Die Kellnerin notierte ihre Bestellung. Harald bestellte ein alkoholfreies Bier und murmelte etwas davon, dass er noch fahren müsse.

# 32

**Sankt Georgen am Ybbsfelde**
**Freitag, 21. August 2020**

*Wieder ein Vierkanthof, nochmals mit gelber Fassade.*

Die Farbe des Bauernhofs war allerdings stark verblasst und auch die Dachziegel wirkten so, als hätten sie ihre beste Zeit lange hinter sich. Der Hof war von Feldern umgeben, alles war eben, nur weit im Hintergrund ragte der Ötscher in den Himmel. Vielleicht 200 Meter entfernt verlief die Lärmschutzwand entlang der Westbahn.

Vor dem Vierkanthof gab es keinen Gästeparkplatz wie beim »Hofbauer« oder beim »Birnbauer«. Scheinbar war dieser Bauernhof rein auf die Produktion von Lebensmitteln ausgerichtet und nicht darauf, Gäste vor Ort zu verköstigen.

Brandner parkte neben Reitbauers Polizeiwagen, dem er bis hierher gefolgt war, und stieg aus.

»Ich habe vor einer knappen Stunde angerufen«, sagte Reitbauer. »Alois Hofer ist irgendwo auf den Feldern mit dem Traktor unterwegs, hat zumindest seine Frau gesagt.«

»Sie hätte ihn herholen sollen!«

»Wollte sie nicht. Ihr Mann muss Grünfutter für die Kühe von der Wiese in den Stall bringen, sonst haben die morgen nichts zu fressen.«

»Wo finden wir die Dame des Hauses?«

»Wir müssen klingeln.«

»Dann tun Sie das.«

Reitbauer ging die paar Schritte zur Haustür und klingelte.

Nichts geschah, daher klingelte er noch mal.

Als nach einer Minute noch immer niemand aufgetaucht war, drückte er die Türklinke hinunter. »Abgesperrt.«

»Kommen Sie, wir suchen den Bauern selber.«

*Es kann nicht so schwer sein, ihn zu finden, so flach wie es hier überall ist.*

Die Straße, die sie gerade entlanggefahren waren, um zum Bauernhof zu kommen, brauchten sie nicht mehr zurückzulaufen, denn Brandner war kein Fahrzeug auf den Feldern aufgefallen, seit sie die Vorrangstraße verlassen hatten. Auf beiden Seiten führten schmale Wege um das Gebäude.

Brandner entschied sich für den rechten, Reitbauer legte mehrere schnelle Schritte ein und marschierte dann neben ihm. Hinter dem Hof wurde ihr Blick auf weitere Felder frei. Roggen, Weizen, Mais und dazwischen grüne Wiesen.

Auf einer dieser grünen Wiesen stand ein Traktor mit Ladewagen, beides in roter Farbe. Brandner zeigte darauf und Reitbauer nickte, die beiden liefen auf dem Feldweg auf das Fahrzeug zu. Nur das »Schuhuu« eines Uhus war hin und wieder zu hören und gelegentlich das Rattern eines Zuges hinter den Lärmschutzwänden. Die Sonne war bereits weit in den Westen gewandert, die Schatten der beiden Beamten waren entsprechend groß auf dem Boden zu sehen.

Als sie dem Traktor näher kamen, sahen sie den Bauern. Brandner schätzte ihn auf circa 60 Jahre, er hatte eine beginnende Glatze und grau melierte Haare. Der Mann formte mit einem Rechen vor dem Traktor eine Rolle aus frisch gemähtem Gras. Seinen Bewegungen nach zu urteilen, schien er es nicht allzu eilig zu haben.

*Bei dem Tempo braucht er noch über eine halbe Stunde.*

»Alois Hofer?«, fragte Brandner.

»Wer will das wissen?«

*Die Frage kann er sich sparen, Reitbauer trägt seine Uniform.*

Schnell machte Reitbauer zwei Schritte auf den Bauern zu.

»Hallo, Alois! Herr Major Brandner ist vom LKA Sankt Pölten, er hätte ein paar Fragen an dich. Ich habe deiner Frau ausgerichtet, dass wir vorbeikommen.«

Hofer starrte Reitbauer an, dann wieder Brandner. »Polizei hat noch nie etwas Gutes bedeutet.«

*Hat ihm seine Frau nun ausgerichtet, dass wir kommen, oder nicht?*

Der Bauer nahm seinen Rechen wieder mit beiden Armen und setzte seine Arbeit fort.

*Das darf doch nicht wahr sein!* »Herr Hofer«, sagte Brandner. »Ich kann Sie auch zur Einvernahme morgen früh ins LKA nach Sankt Pölten bestellen, wenn Ihnen das lieber ist. Dann kann ich aber nicht garantieren, dass wir Sie danach wieder laufen lassen. Vielleicht behalten wir Sie gleich in Gewahrsam.«

*Böck hat bei Heiligenbrunner eine Untersuchungshaft bewirkt, trotz der dünnen Beweislage, das schafft er sicher bei Hofer auch.*

Alois Hofer stoppte in seiner Bewegung, stellte den Holzstiel des Rechens senkrecht und hielt ihn mit der linken Hand fest.

»Drohen Sie mir etwa?«, fragte er Brandner. Dabei ballte der Bauer die rechte Hand zur Faust.

»Das hat mit drohen gar nichts zu tun«, mischte Reitbauer sich ein. »Herr Major Brandner will nur in Ruhe mit dir reden.«

»Die Kühe brauchen ihr Futter.«

»Ich muss einen Mord aufklären!«

Reitbauer zuckte zusammen, derart erschreckt hatte ihn Brandners Tonfall. Alois Hofer nickte. »Das verstehe ich, Sie haben sicher jede Menge Druck!«

*So arg ist es noch gar nicht, das kann noch viel schlimmer werden. Das braucht Hofer aber nicht zu wissen.*

Brandner nickte. Hofer schien nachzudenken, die Stille wurde nur von dem erneuten »Schuhuu« des Uhus unterbrochen, das jetzt recht nahe klang.

»Ich stehe Ihnen ja Rede und Antwort«, lenkte Hofer ein, »vorher muss ich aber das Grünfutter in den Stall bringen. Wenn das hier zu lange herumliegt, dann fressen es mir die Kühe am Ende nicht mehr.«

»Wie lange brauchst du noch?«, fragte Reitbauer.

»Das kommt darauf an.«

»Worauf?«

Der Bauer grinste. »Ob ihr mir helft oder nicht.« Er deutete zum Traktor. Brandner erkannte, dass am Ladewagen zwei weitere Rechen befestigt waren. *Das ist nicht sein Ernst.*

»Ich lade euch zur Wiedergutmachung auf eine zünftige Jause ein, versprochen!«

»Na, das ist doch ein Angebot!«

Brandner traute seinen Augen nicht, Reitbauer ging tatsächlich zum Ladewagen und nahm einen der beiden Rechen.

»Du beginnst besser gleich etwas weiter vorne«, instruierte Hofer den Polizisten, als wäre es das Selbstverständlichste auf der Welt, von einem Mann in Uniform beim Einbringen des Futters unterstützt zu werden.

*Jetzt stehe ich blöd da. Ach, was soll's!* Brandner ging zum Ladewagen und griff nach dem verbliebenen Rechen. »Ich habe das noch nie gemacht«, sagte er zum Bauern, »aber ich versuche es.«

»Ist nicht schwer, zu studieren habe ich dafür nicht gebraucht!« Hofer lachte. »Das Angebot mit der Jause war ernst gemeint.«

»Ohne die wirst du uns nicht mehr los!«, ließ Reitbauer ihn wissen.

# 33

**Blindenmarkter Auseen**
**Freitag, 21. August 2020**

»Wienerin, wo bist du untergebracht?«, wollte Harald wissen.

*Wienerin! Der Blödmann will wohl vor seinen Freunden der Coole sein.*

»Du kannst mich ruhig Isabella nennen.«

»Isi oder Bella, was ist dir lieber?« Harald grinste Isabella wieder mit diesem Lächeln an, das sie fast unwiderstehlich fand.

*So leicht mache ich es ihm nicht!* »Bleib doch lieber bei Wienerin«, entgegnete sie schroffer, als sie vorgehabt hatte.

Jetzt war es an den anderen Volleyballspielern zu grinsen, und zwar eindeutig aus Schadenfreude gegenüber Harald.

»Musst du nicht längst wieder zurück zu deiner Wiener-Mama und deiner Wiener-Schwester?«, fragte er.

*Brauchst ja nicht gleich eingeschnappt zu sein.* »Die können ruhig noch etwas warten.« Isabella winkte der Kellnerin. »Einen Spritzer weiß noch! Er zahlt.« Sie zeigte auf Harald, der schnitt eine Grimasse.

»Lädst du sie wirklich ein?« Die Kellnerin ging auf Nummer sicher und wartete auf Haralds Antwort.

Der zögerte, dann lächelte er gezwungen. »Ich stehe zu meinem Wort. Ja, ich zahle ihre Getränke. Sie ist nämlich nicht nur eine Wienerin, sondern auch eine Schnorrerin!«

Die Kellnerin drehte sich um und ging in Richtung Restauranteingang davon.

Isabella ließ ihren Blick über den See schweifen.

*Es könnte so einfach sein. Wenn die anderen nicht dabei wären, könnte ich ihm einfach sagen, dass ich ihn toll finde. Und er? Ja, er könnte auch ehrlich sein und müsste vor seinen Freunden keine Show abziehen.*

»Wenn du mir schon nicht erzählen willst, wo ihr untergebracht seid, dann sag mir doch zumindest, wie lange ihr hierbleibt.«

»Warum? Braucht ihr morgen wieder eine Frau, die Volleyball spielen kann?«

»Wärst du dabei?«

»Da muss ich zuerst meine Wiener-Mama fragen.«

Harald und die anderen schauten irritiert.

»Das war ein Scherz! Ich bin alt genug, ich darf Alkohol trinken, und auch mit wem ich wann und wo Sport mache, kann ich natürlich selbst entscheiden. Wir haben morgen nur Reitstunden gebucht, und ich weiß nicht genau, wann.«

»Reitstunden, bei wem?«, fragte Harald.

»Keine Ahnung, Mama hat das alles organisiert.«

*Ich klinge schon wieder wie ein kleines dummes Mädchen. Egal, Harald steht eindeutig auf mich und ich will ihn wiedersehen!*

»Ab wann wärt ihr morgen hier?«, fragte Isabella in die Runde.

»Morgen ist Samstag, ich habe ausnahmsweise frei, gegen Mittag bin ich daher sicher am See«, entgegnete Harald.

»Ich kann erst am Nachmittag«, beschied Max.

»Ich gegen zwei«, sagte das andere Mädchen am Tisch.

*Am liebsten wäre es mir, niemand außer Harald würde morgen kommen. Aber das Leben ist kein Wunschkonzert …*

## 34

**Sankt Georgen am Ybbsfelde**
**Freitag, 21. August 2020**

Brandners Hemd war durchgeschwitzt und an seiner Stoffhose klebten einige Grashalme. Er war nahe dran, Alois Hofers Angebot anzunehmen und den selbst gemachten Birnenmost zu probieren, entschied sich aber dagegen. »Ein Birnensaft wäre mir recht, wenn Sie einen haben, sonst tut es auch Leitungswasser.«

»Und du, Sepp?«

»Das Gleiche wie Herr Brandner, ich bin im Dienst.« Reitbauer zupfte demonstrativ an den Ärmeln seiner Uniform.

»Ich genehmige mir einen Most, wenn's euch nicht stört.«

»Solange Sie unsere Fragen beantworten können, kein Problem«, entgegnete Brandner.

Er war des Wartens überdrüssig. Nachdem das Grünfutter mit dem Traktor im Ladewagen zum Bauernhof gebracht worden war, hatte Alois Hofer seiner Frau im Stall mit den Kühen beim Ausmisten und Melken geholfen. Immerhin hatte er Reitbauer und Brandner dabei nicht um ihre Mithilfe gebeten, sonst würden die beiden jetzt nach Kuhmist stinken. Aber die Zeit war vergangen, ohne dass Brandner seine Fragen hatte stellen können, und auch sein Hunger war nicht gerade kleiner geworden.

Endlich saßen Reitbauer und er am Küchentisch im Bauernhaus. Die Tischplatte vor ihnen war jedoch leer. Von der versprochenen Jause fehlte jede Spur.

Hofer ging zur Tür und steckte seinen Kopf hinaus. »Resi!«, rief der Bauer. »Zwei Birnensaft und einen Most! Aber dalli! Wo zum Teufel bleibt unsere Jause?«

»Kommt gleich! Mit einem Bitte ginge es schneller!«

»Bitte und danke!«, rief Brandner.

Dafür erntete er ein Kopfschütteln Hofers. Als der Hausherr zum Küchentisch zurückging, rief er aber doch noch ein »Danke schön, Resi!«, verzog jedoch danach missbilligend sein Gesicht. »In Wien haben wohl heutzutage die Weiber die Hosen an«, stellte er fest. »So weit lasse ich es bei mir daheim nicht kommen!«

Brandner überlegte, dem Bauern die Leviten zu lesen, ihn über Gleichberechtigung und einen respektvollen Umgang miteinander zu belehren.

*Das ist nicht meine Angelegenheit. Ich bin hier, um den Mord aufzuklären.*

»Herr Hofer, wie war das vorgestern bei Ihrem Treffen mit den Mostbaronen? Sie wollten ja dort aufgenommen werden, aber Herr Haider hat sich dagegen ausgesprochen.«

Hofer schluckte mehrmals, sein linkes Auge zuckte nervös. »Resi! Wo bleibt der Most?«

»Ist schon da, Lois.« Die Bäuerin trug einen Krug, zwei volle Gläser und ein leeres auf einem Tablett und stellte es auf dem Küchentisch ab. »Entschuldigt bitte!«

Hofer griff nach einem Krug mit Most, schenkte das leere Glas voll und trank gierig mehrere Schlucke, dann stellte er es auf den Tisch, gleichzeitig rülpste er. »Das war nötig!« Mit dem Handrücken wischte er sich den Mund ab. »Bei dem Gedanken an den Franz kommt mir immer noch die Galle hoch. Man soll ja nicht schlecht über Tote reden, aber der Franz war so ein Arschloch!«

Theresia Hofer ignorierte den Gefühlsausbruch ihres Mannes und schob zuerst Brandner und anschließend Reitbauer jeweils ein Glas quer über die Tischplatte entgegen.

»Hier bitte, die Herren!«, sagte sie. »Kosten S' den Birnensaft, selbst gemacht!«

Brandner folgte der Aufforderung und stellte fest, dass dieser Saft deutlich süßer war als der, den er am Vortag beim »Hofbauer« genossen hatte.

*Da bräuchte ich fast ein Glas Wasser dazu, um den Durst loszuwerden.*

Noch einmal trank Brandner und diesmal hörte er nicht auf, bevor das Glas leer war. Auch Reitbauer hatte bereits ausgetrunken.

»Noch einen?«, fragte die Bäuerin.

»Danke, der Saft ist ein Genuss, aber jetzt brauche ich etwas gegen den Durst. Ein Glas Wasser wäre perfekt!«, sagte Brandner.

»Gerne!« Die Bäuerin nahm die Gläser. »Für dich ist eh ein Krug genug!«, sagte sie zu ihrem Mann und verließ die Küche.

*So viel dazu, wer hier die Hosen anhat.* »Sie mochten Franz Haider nicht sonderlich«, stellte Brandner fest.

»Der Franz hat einfach nicht einsehen wollen, dass ich genauso gut zu den Mostbaronen passe wie er und die anderen. Von seiner Meinung hat er sich nicht abbringen lassen.«

»Warum war das so?«

Hofer trank aus dem Krug. »Ich bin eben kein Mostviertler, sondern zugezogen, ursprünglich komme ich aus dem Weinviertel.«

»Wie lange leben Sie schon in Sankt Georgen?«

»Ich habe die Resi vor 19 Jahren geheiratet. Seither bin ich hier und kümmere mich mit ihr um den Hof.«

»Nach fast 20 Jahren gehören Sie nicht dazu? Das kann ich kaum glauben! Sie sind ja kein Wiener und das Mostviertel ist nicht Tirol.«

»Bei manchen wie dem Franz ist das halt so, bei vielen anderen nicht.«

»Also, ich habe gehört, da hat etwas anderes dahintergesteckt«, sagte Brandner.

Theresia Hofer kam wieder in die Küche und stellte zwei frisch gefüllte Gläser vor die Polizisten. »Sie meinen sicher die Sache mit dem Glykol«, warf sie ein.

»Aber, Resi, das ist ewig her, über 40 Jahre!«

»Du warst damals noch ein junger Bursche, ich weiß,

trotzdem waren der Weinskandal und die Tatsache, dass dein Vater damals verurteilt worden ist, die Gründe, die der Franz immer angeführt hat, warum er dich nicht aufnehmen will.«

»Der Franz, der hat das als Vorwand benutzt, der wollte uns einfach nicht dabeihaben.«

»Daher haben Sie ihn aus dem Weg geräumt.«

»Nichts hab ich!«

»Wo waren Sie in der Nacht von Mittwoch auf Donnerstag um 3 Uhr morgens?«

»Daheim, wo soll er denn sonst gewesen sein?«, fragte Theresia Hofer.

»Sie können das bezeugen?«, fragte Brandner die Ehefrau.

»Natürlich, Lois hat neben mir im Bett gelegen.«

»Waren Sie wach? Um Punkt 3 Uhr?«

Theresia Hofer zögerte. »Munter war ich nicht, aber ich hätte es bemerkt, wenn er sich rausgeschlichen hätte.«

»Haben Sie es überhaupt mitbekommen, als Ihr Mann von dem Treffen mit den Mostbaronen heimgekommen ist, oder haben Sie schon geschlafen?«

»Natürlich, ich war wach, ich wollte ja wissen, wie es gelaufen ist.«

»Wann ist er heimgekommen?«

»Gegen elf.«

»Sind Sie sicher?«

»Ja.«

»Frau Hofer, Sie sind keine gute Lügnerin. Der Staatsanwalt würde Sie in weniger als einer Minute des Meineides überführen.«

»Lassen Sie die Resi in Ruhe!«, mischte sich nun Alois Hofer in das Gespräch ein. »Sie hat geschlafen, als ich heimgekommen bin.«

»Lois, jetzt hast kein Alibi!«

»Aber es ist die Wahrheit, Resi! Genauso wahr ist es, dass ich den Franz nicht ermordet habe!«

*Immerhin, seine Frau will er nicht in Schwierigkeiten bringen, anständig von ihm.* »Es stimmt, was Ihre Frau sagt«, stellte Brandner fest. »Sie haben kein Alibi und Sie haben ein Motiv!«

»Nur weil ich nicht Mitglied bei den Mostbaronen werden kann, bring ich doch niemanden um!«

»Sie waren wütend nach der Ablehnung, daher wollten Sie noch einmal mit Franz Haider reden. Deshalb sind Sie zu seinem Hof nach Neuhofen gefahren. Wahrscheinlich haben Sie gar nicht vorgehabt, ihn umzubringen. Sie wollten ihn bloß umstimmen, Sie hatten sogar eine Flasche Most mit, die Sie mit ihm trinken wollten, doch er hat Sie einfach abgewimmelt, Sie stehen lassen und Ihnen den Rücken zugekehrt. Da haben Sie zugeschlagen.«

»Ich war überhaupt nicht in Neuhofen! Sie fantasieren!«

»Sie haben den zusätzlichen Vertriebsweg gebraucht, den Internetshop der Mostbarone, um Ihre Produkte zu verkaufen! Gerade heuer, in Zeiten von Corona, wäre das essenziell!«

Brandner merkte, dass er ins Schwarze getroffen hatte, denn Hofer fehlten erstmals die Worte. Der Bauer brauchte einige Sekunden, bevor er antwortete: »Es stimmt schon, dass wir nicht so gut vernetzt sind, hat uns heuer stark getroffen. Der Ab-Hof-Verkauf läuft nicht übermäßig gut, immerhin gibt es die Bauernmärkte jetzt wieder, aber der Internetshop der Mostbarone wäre Gold wert. Vor allem, falls ein zweiter Lockdown kommt.«

Brandner nickte, er verstand, warum Hofer die Mitgliedschaft so wichtig war. Sie könnte ihm seinen Hof retten. »Jetzt, da Haider tot ist, wird ein neuer Primus gewählt«, stellte er fest.

Die beiden Eheleute nickten.

»Wenn Ihnen der neue Primus wohlgesonnen ist, steht einer Aufnahme nichts mehr im Weg«, schlussfolgerte Brandner.

Hofer richtete sich auf. »Ich bin für euch also der Täter?«, fragte er. »So wie Sie sich hier aufführen, sollte ich euch keine Jause servieren.«

»Lois, du hast es versprochen!«, mahnte seine Frau.

Alois Hofer dachte kurz nach, ehe er nickte.

»Stimmt, Resi, versprochen ist versprochen. Ich halte mein Wort, geh und bring uns eine zünftige Jausen. Die beiden Beamten haben mir schließlich vorher mit dem Grünfutter geholfen.«

Theresia Hofer verließ eiligen Schrittes die Küche und ihr Mann wandte sich Brandner zu.

»Ihnen fehlt es anscheinend an richtigen Verdächtigen, wenn Sie sich so auf mich als Täter einschießen. Ich wollte ja eigentlich nichts sagen, aber mir ist da etwas zu Ohren gekommen, das Sie sicher interessieren wird.«

# 35

**Blindenmarkter Auseen**
**Freitag, 21. August 2020**

*Es macht keinen Sinn, Isabella vorzuwerfen, dass sie uns nicht gesagt hat, wohin sie geht. Das würde nur einen Streit provozieren, den ich nicht gebrauchen kann.*

»Hast du dich gut amüsiert?«, fragte Eva daher. Sie stand vom Liegetuch auf, Selina blieb sitzen.

»Ging so«, lautete Isabellas Antwort.

»Waren es Einheimische oder Urlauber wie wir?«

»Einheimische.«

»Von wo genau?«

»Keine Ahnung.«

»Was machen sie denn so, wenn sie nicht gerade hier am See sind?«

»Weiß ich doch nicht!«

*Kind! Ein bisschen mehr Entgegenkommen wäre nett!*

»Du hast es ihnen beim Volleyball aber hoffentlich so richtig gegeben, oder?«, fragte Selina genau zur rechten Zeit, bevor das Mutter-Tochter-Gespräch eskalierte.

Eva schaute zu Selina, sie hatte ihren Strohhut abgenommen. Die Sommersprossen in ihrem Gesicht traten bereits deutlicher hervor.

Isabella lachte. »Ja, unsere Gegner hatten keine Chance!«

»Triffst du sie wieder?«, wollte Selina wissen.

»Morgen Nachmittag spielen wir noch einmal. Da ist nicht unsere Reitstunde, oder?«

»Nein, die ist am Vormittag«, antwortete Eva.

»Darf ich zuschauen?«, bat Selina.

»Nur wenn du mich nicht blamierst und dich wie eine Erwachsene benimmst.«

*Sie verlangt von Selina etwas, das sie selbst nicht zustande bringt. Korrektur: Isabella schafft es vielleicht wirklich, sich wie eine Erwachsene zu benehmen, nur eben nicht mir gegenüber.*

»Juhuu!«, rief Selina. »Vormittag reiten und am Nachmittag schwimmen im See und Volleyball gucken! Das ist der perfekte Urlaub!«

*Anscheinend habe ich doch etwas richtig gemacht.* »Helft ihr mir zusammenpacken?«, fragte Eva. »Es ist schon spät und wir haben Halbpension gebucht. Bald gibt es ein schmackhaftes Abendessen im Hotel. Vielleicht kommt uns Papa besuchen.«

»Ja, das wäre super!«, rief Selina.

»Hat er sich denn gemeldet?«, fragte Isabella.

»Gesprochen haben wir nicht, aber er ermittelt nicht weit von hier«, antwortete Eva. Dann kniete sie sich neben die Luftmatratze und begann damit, die Luft auszulassen.

Isabella ging am anderen Ende der Matratze in die Hocke und öffnete den Stöpsel. »Du weißt doch, wie Papa ist. Wenn er an einem neuen Fall arbeitet, hat er für nichts Zeit.«

*Meistens ist das so, vielleicht ist es diesmal anders. Die Hoffnung stirbt bekanntlich zuletzt.*

Eva verkniff sich eine Antwort. Während sich Isabella und sie um die Luftmatratze kümmerten, faltete Selina das Liegetuch zusammen und beförderte es in die Tragetasche, in der sie zuvor die verwendeten Handtücher verstaut hatte.

Als Eva und Isabella den Großteil der Luft aus der Matratze gepresst hatten, setzte Selina ihren Strohhut auf und hängte sich die Tasche mit den Handtüchern um die Schulter. »Von mir aus können wir los!«

Isabella stand auf. »Ich bin auch bereit.«

Eva faltete die Matratze zusammen und nahm ihre Tasche. Isabella griff sich ihre und die drei marschierten auf der Straße zwischen den beiden Seen zurück zum Auto. Die meisten Badegäste waren abgefahren, Evas Renault stand fast allein auf dem Parkplatz.

Drei Minuten später erreichten sie das Hotel.

»Ich war so frei und habe euch einen Platz auf der Terrasse für das Abendessen reserviert!« Mit diesen Worten wurden die drei von Elisabeth Furtner beim Eingang begrüßt. »Ich hoffe, ihr hattet einen angenehmen Tag bei den Auseen! Ihr könnt euch gerne noch frisch machen, spätestens um 21 Uhr solltet ihr aber mit dem Abendessen beginnen, wegen der Küche«, ließ die Hotelbetreiberin sie wissen. »Ein Tisch für drei Personen ist doch in Ordnung, oder erwartet ihr noch jemanden?«

Eva prüfte ihr Smartphone. *Leo hat angerufen.* »Vielleicht noch eine zusätzliche Person. Das ist aber nicht ganz sicher.«

»Verstehe«, sagte Furtner. »Ist kein Problem, ich gebe dem Personal Bescheid, wir sind flexibel!«

# 36

**Sankt Georgen am Ybbsfelde**
**Freitag, 21. August 2020**

Brandner schluckte das Stück Schafmischkäse gemeinsam mit der Zwiebel hinunter, dann biss er von dem würzigen Bauernbrot ab, kaute und schluckte wieder. »Also«, sagte er, »Sie haben eine Aushilfe.«

»Ja, die Irmgard«, bestätigte Alois Hofer.

»Und diese Irmgard hat früher bei der Familie Haider im Heurigen mitgeholfen?«

»Genau, doch dann haben die Haiders ihren Neffen und die Nichte eingestellt, da ist für Irmgard kein Platz mehr gewesen.« Hofer nahm sich ein Bauernbrot aus dem Körbchen und bestrich es mit dem Schweineschmalz, das die Hausherrin in einer Schale aus Keramik auf den Tisch gestellt hatte.

»Das müssen Sie kosten!«, sagte Hofer. »Ein Schmalzbrot! Es gibt fast nichts Besseres!« Hofer schob die Keramikschale zu Brandner.

Der Ermittler ließ sich nicht zweimal bitten. Er nahm sein Messer, stach in das Schmalz und beschmierte sein Brot damit. Danach biss er hinein. Sofort jauchzte er innerlich auf, sein Gaumen und sein Magen freuten sich über die willkommene Abwechslung. »Sie haben nicht zu viel versprochen, schmeckt ausgezeichnet!«

»Ich habe heute bisher stets die Wahrheit gesagt.«

Brandner ignorierte Hofers Anspielung.

»Diese Irmgard, sie hat etwas mitbekommen, das ich wissen sollte, sagten Sie.«

Hofer nickte. »Die meisten Morde werden ja im engsten Familienkreis verübt, oder nicht?«

»Statistisch gesehen schon«, stimmte Brandner zu. »Aber das heißt nicht, dass das hier auch so sein muss.«

»Was wäre, wenn die Frau vom Franz, die Maria Haider, ein handfestes Motiv hätte?«

*Ein noch stärkeres, als dass sie den Hof jetzt alleine nach ihrem Gutdünken führen kann? Dass sie tun und lassen kann, was sie will?* »Kommt darauf an, ich würde dem natürlich nachgehen und prüfen, was dahintersteckt«, sagte Brandner.

»Irmgard hat nämlich etwas mitbekommen, und zwar ein Techtelmechtel.«

»Ein Techtelmechtel?«

»Eine Affäre.«

»Wer mit wem?«, fragte Reitbauer. Der Inspektionskommandant hatte sich zuletzt nur auf die Jause konzentriert und sich nicht ins Gespräch eingebracht.

*Bei dem Wort Affäre ist er hellhörig geworden.*

»Der Franz hatte ein Gspusi mit Sigrid Landsteiner, der Kellnerin in seinem Heurigen.«

»Das hat die Irmgard mitbekommen?«, hakte Reitbauer nach.

»Ja, der Franz und die Sigrid waren anscheinend nicht sehr diskret, wenn die Chefin außer Haus war.«

*Das würde den harschen Umgangston erklären, den Maria Haider gegenüber Sigrid Landsteiner pflegt. Nicht verwunderlich, wenn sie davon weiß, dass ihr Mann sie mit ihrer eigenen Angestellten betrügt.* »Ihre Aushilfe, diese Irmgard, die hat sicher auch einen Familiennamen. Würde sie uns gegenüber Ihre Aussage bestätigen?«, fragte Brandner.

»Irmgard Gratzer heißt sie, aber ob die Irmgard das auch so gegenüber der Polizei aussagen würde, das weiß ich nicht«, sagte Hofer. »Da müssen Sie sie schon selber fragen, mir hat sie es jedenfalls genau so erzählt. Das muss doch reichen!«

»Ich habe es auch gehört!«, meldete sich Theresia Hofer zu Wort.

*Ich bin auch gar nicht abgeneigt, euch zu glauben, trotzdem muss ich etwas mehr haben, bevor ich mir Maria Haider vorknöpfe.* »Was genau hat diese Irmgard denn gesehen?«, fragte Brandner.

»Die beiden haben sich geküsst! Stellen Sie sich das vor, die haben hinter der Schank geschmust! Ganz ungeniert!«, rief Theresia Hofer. »Also ich würde dir den Hals umdrehen, wenn du mir das antun würdest! Und der Irmgard gleich mit! Da verstehe ich die Maria Haider vollkommen«, ließ sie ihren Mann wissen.

»Das würde ich nie tun, Resi, Schatz!«

»Geben Sie uns bitte die Telefonnummer und die Adresse von Frau Gratzer«, bat Brandner.

»Ich schaue gleich nach.«

Theresia Hofer lief aus der Küche. Sie war sichtlich zufrieden damit, dass ihr Mann es geschafft hatte, das Interesse der Ermittler von sich auf Maria Haider zu lenken. Nach wenigen Sekunden kam die Bäuerin mit einem I-Phone in ihrer Hand in die Küche zurück. Sie wischte einige Male über das Display, dann hielt sie Reitbauer das Gerät vors Gesicht. Der Inspektionskommandant tippte rasch die Daten in sein Diensthandy.

»Soll ich Frau Gratzer gleich anrufen?«, fragte Reitbauer pflichtbewusst. Sein Gesichtsausdruck verriet Brandner, dass der Polizist das Gespräch lieber erst am nächsten Tag führen würde.

*Es ist schon spät, aber ein Mörder läuft frei herum! Der Mord ist geschehen, Franz Haider ist tot, ihm ist nicht mehr zu helfen. Nichts deutet darauf hin, dass es sich um einen Wiederholungstäter handelt. Es ist höchstwahrscheinlich keine Gefahr im Verzug.* »Vereinbaren Sie für morgen früh einen Termin mit Frau Gratzer. Für heute machen wir Feierabend.«

Reitbauer nickte zufrieden und widmete sich seiner restlichen Jause.

*Sicher überlegt er, ob er jetzt nicht doch einen Most trinken kann, aber er hat die Uniform an und ist mit dem Dienstwagen hier. Also wird nichts daraus. Ich werde Eva anrufen. Ihr Hotel ist gleich im Nachbarort. Gott sei Dank habe ich alles Notwendige mit und muss nicht zurück nach Wien. Das erspart mir zwei lange Autofahrten.*

# 37

**Blindenmarkt**
**Freitag, 21. August 2020**

Eva und ihre Töchter waren bereits bei der Nachspeise, einem Mostpudding. Dazu trank sie ausnahmsweise einen Espresso und auch Isabella genehmigte sich einen Cappuccino. Selina schlürfte an ihrem zweiten alkoholfreien Cocktail, der sich aus Kokos- und Ananassaft zusammensetzte.

Da sie sehr hungrig gewesen waren, hatten sie sich nicht lange auf den Zimmern aufgehalten, sondern sich nur rasch frische Sommerkleider übergezogen, um zügig zur Hotelterrasse zu gehen.

»Ich hoffe, es war alles zu eurer Zufriedenheit?« Die Hausherrin persönlich war herangetreten und erkundigte sich.

»Danke, es war ganz hervorragend!«, antwortete Eva. »Wie hat es euch gemundet?«, fragte sie ihre beiden Töchter.

»Es war exquisit, geradezu köstlich!«, antwortete Selina mit ernster Miene.

»Das freut mich sehr!« Elisabeth Furtner strahlte ob des Lobs übers ganze Gesicht. »Ich werde dein Kompliment an den Koch übermitteln. Wie hat es dir geschmeckt?«, fragte Furtner Isabella.

»Ging so«, lautete deren Antwort.

Kurz verfinsterte sich Furtners Gesicht, dann hatte sie

sich jedoch rasch wieder unter Kontrolle und war ganz die charmante Gastgeberin.

»Ihr habt morgen Reitstunden gebucht«, stellte sie fest. »Wisst ihr schon, wie ihr zum Reiterhof kommt?«

Eva verneinte, daraufhin erklärte ihr die Hotelbetreiberin den Weg. »In drei Minuten seid ihr dort, ist keine Hexerei«, sagte sie zum Schluss.

Danach hielt Furtner kurz inne, sie schien zu überlegen, schließlich sagte sie zu Eva. »Mein Angebot steht noch, ich würde gerne ein paar edle Getränke aus dem Mostviertel mit dir verkosten. Nur wenn du noch Lust hast natürlich!«

»Ihr wollt sicher auf euer Zimmer und ein bisschen für euch sein, oder nicht?«, fragte Eva ihre Töchter.

»Mama, du kannst gerne ohne uns losziehen, hab ein bisschen Spaß!«, antwortete Selina sofort.

»Ist das für dich auch okay?«, fragte Eva Isabella.

Ihre Älteste verzog das Gesicht zu einer Grimasse, dann trank sie ihren Cappuccino aus und stand auf. »Ich bin kein Kleinkind mehr. Komm, du Baby!«, forderte sie Selina auf.

»Du musst mich schon tragen, Babys können ja nicht gehen!«, antwortete Selina und stand mit einem Grinsen auf den Lippen auf.

*Na, das kann ja heiter werden, die beiden in einem Zimmer.* Eva sah ihren beiden Töchtern nach, sie verließen gemeinsam die Terrasse und verschwanden im Hotel aus ihrem Blickfeld. »Kinder!«, sagte sie zur Hotelinhaberin. »Zuerst wünscht man sich, sie sollen schnellstmöglich erwachsen werden, und wenn sie es dann sind, fragt man sich, wie aus den lieben Kleinen nur derart große Monster werden konnten. Ich hoffe, das geht vorbei, wenn sie keine Teenager mehr sind.«

»Ich habe da in jedem Fall etwas, das dir für einige Stunden die Sorgen nehmen kann. Komm mit!«

»Gerne.« Eva stand auf, gleichzeitig begann ihr Smartphone auf dem Tisch zu vibrieren. *Leo, jetzt rufst du zurück. Ein bisschen spät.* Eva drückte den Anruf weg und schaltete ihr Telefon in den Flugzeugmodus.

# 38

**Wien**
**Samstag, 22. August 2020**

Brandners unterer Rücken schmerzte. Er drehte sich zur Seite und schaltete den Wecker aus, den er vor dem Einschlafen auf 6 Uhr gestellt hatte. Danach rollte er sich auf den Bauch, kniete sich im Bett hin und stützte sich mit den Armen vor dem Kopfpolster ab. 30 Mal hintereinander formte er den Katzenbuckel, wie es ihm die Physiotherapeutin vor einigen Jahren beigebracht hatte.

Tatsächlich löste sich die Verspannung dadurch. Er stieg aus dem Bett und spürte nur einen leichten Druck im Lendenwirbelbereich. Vorsichtig ließ er seine Hüfte und die Schultern kreisen.

*Ganz zum alten Eisen gehöre ich noch nicht. Immerhin macht mir mein Knie heute keine Mätzchen.*

Nach seinen Lockerungsübungen putzte er sich die Zähne, dann rasierte er sich und zum Abschluss seiner Morgentoilette stellte er sich unter die Dusche.

*Jetzt noch ein Kaffee mit einem Nutellabrot, extra dick bestrichen, und es kann losgehen.*

Während die Kaffeemaschine das schwarze Gebräu zubereitete, prüfte er sein Handy.

»Uns geht's gut. Hatten einen tollen ersten Tag! Haben dich lieb! Eva.«

Die SMS war vier Minuten nach 1 Uhr nachts eingegangen. Brandner fragte sich, was seine Frau so lange unternommen hatte und ob ihre beiden Töchter auch spätnachts noch wach gewesen waren.

*Die beiden sind so gut wie erwachsen. Natürlich bleiben sie im Urlaub lange auf. Das habe ich auch getan.*

Brandner schmierte Butter und eine dicke Schicht Nutella auf eine Scheibe Roggenbrot. Mit dem Brot auf dem Teller und der Tasse voll mit schwarzem Kaffee setzte er sich an den Küchentisch.

*Schön, seine Ruhe zu haben, andererseits ... Sie fehlen mir bereits jetzt. Eva, warum warst du gestern nicht erreichbar? Ich könnte bei dir im Bett liegen und ausschlafen. Nicht jammern, beiß in dein Brot, trink deinen Kaffee. Musik! Ich kann endlich die Musik hören, die ich will.*

Brandner fuhr mit dem Zeigefinger am CD-Stapel nach unten, die vorletzte CD war die von Falco, nach der er gesucht hatte. Er zog sie heraus und legte die Scheibe in den CD-Player. Bald ertönte die Musik von »Rock me Amadeus«. Kurz war die Welt für ihn in Ordnung, dann dachte er an Falcos Lied »Jeannie« und ihm wurde bewusst, dass er seinen Aufbruch nicht länger hinauszögern durfte. Es ging zwar um keine vermissten oder toten Frauen, doch der Mord am Mostbaron Haider gehörte aufgeklärt, und zwar möglichst schnell, bevor sämtliche Spuren kalt wurden.

Nur weil heute Samstag war, durfte er sich trotzdem nicht auf die faule Haut legen und später zu arbeiten beginnen. Er schlang das restliche Nutellabrot hinunter und trank den Kaffee, dann schaltete er Falco aus und verließ das Haus.

Die Fahrt nach Sankt Pölten verlief ohne Zwischenfälle, am Samstagmorgen war deutlich weniger Verkehr als an den normalen Werktagen. Brandner hatte darauf gehofft, Böck am Wochenende nicht im LKA anzutreffen, doch ausgerechnet als Brandner aus seinem Audi stieg, bog sein Vorgesetzter auf den Parkplatz ein und winkte ihm mit der linken Hand, während er mit der anderen den Wagen auf den Chefparkplatz lenkte.

Böcks Zeichen war eindeutig, Brandner würde nicht behaupten können, er hätte es nicht verstanden, daher wartete er gehorsam auf seinen Vorgesetzten.

Böck trug sein Golf-Outfit: Kakihose, weiße Golfschuhe und ein blaues XXL-Poloshirt mit dem kleinen Krokodilaufdruck an der Brust.

»Guten Morgen, Major Brandner!«

Brandners Vorgesetzter war sichtlich gut gelaunt, er bestand darauf, mit seinem rechten Fuß Brandners Schienbein zur Begrüßung zu touchieren.

*Lange wird er heute nicht im Büro bleiben.*

»Wie ist es gestern gelaufen? Erzählen Sie!«, forderte Böck Brandner auf, während sie nebeneinander zum Eingang des Landeskriminalamts schritten.

»Hofer hat kein richtiges Alibi, seine Frau hat schon geschlafen, als er heimgekommen ist. Er streitet jedoch ab, Haider ermordet zu haben.«

»Natürlich, und was machen Sie jetzt? Verhören Sie Heiligenbrunner oder Hofer?«

»Weder noch.«

Böck blieb stehen, sie hatten den Eingang erreicht, doch Brandners Vorgesetzter betrat das Gebäude nicht. »Sie haben also neue Erkenntnisse?«, stellte der Direktor fest.

Brandner berichtete von Haiders vermeintlicher Affäre mit Sigrid Landsteiner.

»Der liebe Herr Mostbaron hat also seine Kellnerin geknallt!«, staunte Böck.

*Er ist wirklich schon im Wochenende. So vulgär drückt er sich normalerweise nicht aus.*

»Was machen Sie dann noch hier?«, fragte Böck. »Reden Sie mit dieser Irmgard Gratzer, bringen Sie sie dazu, eine Aussage zu machen! Damit überführen Sie die Ehefrau oder die Geliebte des Mordes. Mir ist es vollkommen egal, wer von den beiden es gewesen ist, aber bringen Sie die Täterin dazu, den Mord zu gestehen, und zwar rasch!« Böck stampfte mit dem Fuß auf den Boden auf.

»Was machen wir mit Heiligenbrunner?«, fragte Brandner.

Böck steckte seine beiden Hände in die Hosentaschen und starrte einige Augenblicke auf seine Füße. »Heiligenbrunners Fingerabdruck ist auf der Tatwaffe. Wir behalten ihn bis Montag hier. Er soll ruhig mit einem Anwalt reden. Sie präsentieren mir bis dahin eine Täterin oder einen Täter! Falls das nicht klappt, verhören Sie Heiligenbrunner am Montag, und zwar so, dass er den Mord gesteht. Dass das klar ist!«

Böck drehte sich von Brandner weg und ging die restlichen Schritte zum Eingang. Brandner folgte seinem Vorgesetzten.

»Auf ins Mostviertel!«, forderte der Direktor ihn auf.

»Reitbauer hat sich noch nicht gemeldet, ich weiß nicht, ob er Irmgard Gratzer schon erreicht hat.«

»Papperlapapp! Sie telefonieren vom Auto aus mit ihm und fahren sofort los! Ich will Sie heute hier nicht mehr sehen. Sie wollten trotz des höheren Dienstranges weiter selbst die Knochenarbeit bei der Verbrecherjagd verrichten. Jetzt tun Sie das auch!«

»Zu Befehl!«, antwortete Brandner und salutierte mit seiner Hand nahe der Stirn. Dabei lächelte er seinen Vorgesetzten an. Er wusste, dass er mit dem Feuer spielte, und Böck könnte ihm diese Reaktion übelnehmen. Im LKA-Gebäude oder an einem normalen Wochentag hätte sich Brandner anders verhalten, doch hier vor dem LKA und mit einem gut gelaunten Böck traute er sich, lockerer mit ihm umzugehen.

Böck schmunzelte tatsächlich über Brandners Reaktion. Er zeigte in Richtung Parkplatz und verschwand im Innern des LKA.

Brandner befolgte Böcks Befehl und ging zu seinem

Audi zurück. Er setzte sich ins Auto und überlegte. *Reitbauer wird nicht gerade froh sein, wenn ich schon in aller Früh nachfrage. Selber schuld! Was meldet er sich auch nicht? Ich fahre erst mal los, vielleicht schaue ich zuerst im Hotel bei Eva und den Mädels vorbei. Wäre schön, sie zu sehen.*

Brandner startete und lenkte seinen Wagen auf die Autobahn in Richtung Salzburg. Auch dieser Tag würde wieder heiß werden, hieß es gerade im Radio, als ihn Reitbauers Anruf erreichte.

»Irmgard Gratzer will uns in einer Stunde im Kaffeehaus Dahoam in Sankt Georgen treffen.«

*So viel zu meiner Stippvisite bei meinen Mädels.* »Geht klar, ich bin unterwegs.«

Nachdem er das Gespräch mit Reitbauer beendet hatte, telefonierte Brandner mit Eva und vergewisserte sich, dass es allen dreien gut ging.

»Wir waren schon frühstücken und müssen gleich zum Reiterhof! Hab dich lieb!«

Viel Zeit hatte Eva nicht für ihn gehabt. Er hatte nicht einmal fragen können, was sie am Vorabend ohne ihn unternommen hatte und weshalb sie nicht mehr ans Telefon gegangen war.

*Hauptsache, es ist alles in Ordnung und sie genießen den Urlaub. Ich muss mich ohnehin auf die Ermittlungen konzentrieren. Und aufs Autofahren!*

Brandner stieg stark auf die Bremse, weil vor ihm ein Kleinwagen auf die dritte Spur gewechselt war, um einem Lastwagen auszuweichen, der in diesem Augenblick einen anderen Lkw überholte.

Der Kleinwagen, ein Renault Clio, wie Brandner

erkannte, wechselte wieder auf die zweite Spur, Brandner beschleunigte seinen Audi auf 145 Stundenkilometer und drückte den Tempomat. Damit würde er unter den Radargrenzwerten bleiben, sodass er keine unerwünschte Post von der Verkehrspolizei zu erwarten hätte, die er trotz seiner Position aus der eigenen Portokasse zahlen müsste.

# 39

**Sankt Georgen am Ybbsfelde**
**Samstag, 22. August 2020**

Eine rasante Fahrt wäre vollkommen unnötig gewesen, denn Brandner war als Erster am vereinbarten Treffpunkt, dem Kaffeehaus Dahoam.

Er entschied sich bewusst gegen den gut gefüllten Gastgarten und setzte sich im Inneren auf die bequeme Couchgarnitur. Bei der Kellnerin bestellte er sich einen Verlängerten und ein stilles Mineral. Dann wartete er, kam dabei aber genauso wenig zur Ruhe wie bei der Autofahrt.

*Stefan Heiligenbrunner, Martin Ebner, Alois Hofer, Maria Haider, Sigrid Landsteiner.*

Das war derzeit der engste Kreis seiner Verdächtigen. Befand sich der oder die Täterin wirklich darunter? Brandner musste sich eingestehen, es nicht zu wissen.

Er schrieb die fünf Namen in sein Notizbuch. Darunter fügte er noch »Unbekannt« hinzu und malte drei Fragezeichen daneben.

*Was übersehe ich? Wer könnte es sonst noch gewesen sein?*

»Wunderschönen guten Morgen, Herr Major!« Reitbauer trug wie am Vortag seine Uniform, auch er bestellte sich einen Kaffee, danach setzte er sich auf den Couchsessel neben Brandner. »Irmgard Gratzer war gar nicht leicht zu überreden, sich mit uns zu treffen.«

»Nicht?«

»Nein, ich habe ihr mit einer Vorladung ins LKA Sankt Pölten gedroht, erst dann hat sie zugestimmt. Also bitte nicht wundern, wenn sie nicht in bester Stimmung erscheint.«

Brandner nippte an seinem Kaffee. Er schnalzte mit der Zunge, denn er schmeckte ihm deutlich besser als der am Morgen in Wien. »Ich werde es im Hinterkopf behalten«, entgegnete er. »Zimperlich werde ich mit der guten Dame sicher nicht umgehen, immerhin muss ich einen Mordfall klären!«

Reitbauer hatte mitten in Brandners Satz seine Hand gehoben, es wirkte, als wolle er den Redefluss des Majors stoppen.

»Zimperlich müssen Sie auch nicht mit mir umgehen, aber respektvoll!«

Die hohe Frauenstimme ließ Brandner zusammenzucken, schnell fasste er sich jedoch wieder. Er stand auf und drehte sich nach hinten.

»Sie müssen Frau Gratzer sein!«

»Richtig.« Die Frau winkte ihm und Reitbauer. Brandner schätzte sie auf Mitte 40, sie trug ihr braunes Haar schulterlang und hatte ein dunkelblaues Dirndl an, das sich perfekt an ihre weiblichen Formen anpasste.

*Für uns wird sie sich nicht so herausgeputzt haben, wahrscheinlich hilft sie danach Alois Hofer bei seinem Ab-Hof-Verkauf oder es findet ein Bauernmarkt statt. So wie sie schaut, wird sich Hofer einiges von ihr anhören müssen.*

Irmgard Gratzer bestellte einen Apfelsaft, gespritzt mit Leitungswasser. Nachdem sie ihr Getränk serviert bekommen hatte, ersuchte Brandner die Kellnerin, sie für einige Minuten nicht zu behelligen. Die Servicekraft verstand den Wink und begab sich nach draußen in den Gastgarten, um dort nach den Wünschen ihrer Gäste zu sehen.

»Erzählen Sie mir bitte, was genau Sie beobachtet haben, als Sie noch bei Familie Haider beschäftigt waren«, forderte Brandner die Frau auf.

»Der Alois, der spinnt ja! Wieso erzählt er Ihnen das überhaupt? Das war vertraulich!« Irmgard Gratzer verschränkte die Arme vor der Brust, wodurch Brandners Blick unwillkürlich an ihrem Dekolleté hängen blieb. Rasch schaute er ihr wieder in die Augen.

»Frau Gratzer, Sie haben es ja schon eingangs gehört: Ich habe einen Mordfall zu klären und keine Zeit für Spielchen.« Brandner beugte sich nach vorn. »Also«, sagte er, »was haben Sie gesehen?«

Irmgard Gratzer stützte sich mit ihren Händen seitlich an den Couchpolstern ab und beugte sich ebenfalls nach vorne.

»Die beiden, die waren wirklich dreist. Wenn die Maria nicht da war, da haben die ganz ungeniert hinter der Theke geschmust. Vor meinen Augen! Aber auch wenn die Maria da war, hat der Franz immer wieder einmal der Sigrid ihren Hintern getätschelt. Einmal hat er sogar seine Hand in ihrer Bluse gehabt. Ich zeige es Ihnen, genau so hat er das gemacht.«

Sie steckte sich vor Brandner und Reitbauer ihre linke Hand ins Dekolleté und lehnte sich noch weiter nach vorn, sodass es vollkommen eindeutig war, dass sie ihren Nippel vor Brandner mit ihren Fingern rieb.

»So ungeniert sind die beiden gewesen!«

Brandner versetzte Reitbauer einen Stoß mit seinem Fuß, da der noch immer auf Gratzers Busen starrte. Wie ein Schuljunge, der beim Schummeln erwischt worden war, färbte sich Reitbauers Gesicht rot. Die Gratzer hatte sich anscheinend genau diese Reaktion erhofft, denn ihren Mund umspielte ein Grinsen, das für Brandner stark nach Schadenfreude aussah. Sie zog ihren Arm heraus und richtete sich den Ausschnitt des Dirndls, sodass alles wieder am rechten Fleck saß.

»Hat Maria Haider davon etwas mitbekommen?«, fragte Brandner, ohne auf das anrüchige Geplänkel Gratzers einzugehen. Mittlerweile hegte er den Verdacht, dass auch sie mit dem Ermordeten gern mehr als nur eine Arbeitsbeziehung gehabt hätte.

»Wenn die Maria nicht vollkommen blind ist, muss sie es irgendwann überrissen haben«, antwortete Gratzer.

»Würden Sie das auch vor Gericht bezeugen?«

»Ich? Nein, mit dem Gericht will ich nichts zu tun haben!« Frau Gratzer verschränkte ihre Arme wieder vor ihrer Brust.

»Das ist vielleicht auch gar nicht notwendig«, beschwichtigte Brandner. »Vorerst reicht mir die Auskunft, die sie mir gerade gegeben haben, vollkommen aus.«

»Ist der Alois damit aus der Schusslinie?«, wollte die Gratzer wissen.

»Noch nicht ganz, aber er bekommt mehr und mehr Gesellschaft im erlauchten Kreis der Verdächtigen«, murmelte Brandner und schaute auf die fünf Namen auf seinem Notizblock.

Nachdem Irmgard Gratzer gegangen war, wollte Reitbauer wissen: »Zu wem zuerst? Maria Haider oder Sigrid Landsteiner?«

»Sigrid Landsteiner.«

# 40

**Blindenmarkt**
**Samstag, 22. August 2020**

Eva hielt sich an der Querstange des Holzzauns fest und ließ sich die Sonne ins Gesicht scheinen. Am Vormittag war es noch nicht so heiß, wie es später am Tag werden würde, und der Geruch nach Pferdestall war daher einigermaßen erträglich.

Ihre Töchter störte der Gestank sowieso nicht. Isabella hatte nicht ein einziges Mal gemeckert, sogar beim Ausmisten hatte sie geholfen. Das Striegeln des Fells und Putzen der Hufe liebten die Mädchen ohnehin.

Jetzt wurden sie abwechselnd von ihrer Reitlehrerin Karoline longiert. Die Haflingerstute trabte mit Selina im Sattel durch den Sand auf dem Übungsplatz im Kreis. Sogar das Pferd war gut gelaunt und bewegte sich sichtlich mit Freude. Eva erinnerte sich gut an die unwilligen Ponys, mit denen sie es zu tun gehabt hatte, als ihre Mädels noch im Kindergartenalter gewesen waren und ihre ersten Reiterfahrungen gesammelt hatten. *Ich hätte die Zeit mehr genießen sollen, aber daran denkt man erst, wenn sie vorbei ist. So groß sind sie geworden!*

Isabella stand im Gehege nicht weit weg von Eva, mit ihrem Rücken lehnte sie sich gegen einen Pflock des Holzzaunes. Ihr Outfit ließ sie fast wie ein echtes Cowgirl wirken, übertrumpft wurde sie jedoch eindeutig von ihrer jüngeren Schwester und natürlich von Karoline. Deren Reiterstiefel, Gilet, Cowboyhut und blonder Pferdeschwanz waren schwer zu toppen.

Karoline stoppte die Haflingerstute. »Brav! Selina, du steigst ab, Isabella, jetzt bist du dran!«

Isabella schwang sich ohne Probleme in den Sattel, obwohl sie lange Zeit nicht mehr geritten war.

»Ihr macht das beide echt gut!« Die Reitlehrerin schaute zu Eva. »Bald kann ich die beiden frei reiten lassen!«

*Nur nicht zu früh!* Anstatt ihre ängstlichen Gedanken zu äußern, zeigte Eva der Reitlehrerin beide Daumen nach oben. Selina tat es ihr gleich und Isabella lächelte ob des Lobs und der Reaktion ihrer Mutter.

# 41

**Amstetten**
**Samstag, 22. August 2020**

Sigrid Landsteiner nahm eine Weste, eine Bluse und Strümpfe von der Couch.

»Entschuldigen Sie die Unordnung, ich war nicht auf Besuch eingestellt.«

»Machen Sie sich wegen uns keine Umstände. Danke, dass Sie sich so kurzfristig für uns Zeit nehmen!«, erwiderte Brandner.

»Der Heurige ist geschlossen, ich habe also nichts zu tun.«

Landsteiner knetete die Kleidungstücke in ihren Händen, schließlich legte sie die Teile auf den Couchsessel und deutete auf das Sofa. »Nehmen Sie doch Platz.« Rasch räumte sie das Weinglas und einen Teller vom Couchtisch in die Spüle der Küche, danach kam sie zurück und schob die Kleidungsstücke auf dem Couchsessel gegen die Lehne und setzte sich.

»Machen Sie sich gar keine Sorgen?«, fragte Brandner.

»Worüber?«

»Ihren Job zu verlieren?«

»Maria sperrt den Heurigen sicher nur dieses Wochenende zu. Spätestens ab nächsten Freitag ist er wieder offen. Das garantiere ich Ihnen.«

»Das meine ich nicht«, stellte Brandner fest.

Sigrid Landsteiner stützte die Unterarme auf den Schenkeln ab. »Was sonst?«, fragte sie.

»Glauben Sie wirklich, Maria Haider wird die Geliebte ihres ermordeten Mannes weiterbeschäftigen?«

Sigrid Landsteiner sagte erst einmal nichts, so überrascht hatte sie Brandners Feststellung. Erst nach einigen Sekunden erkundigte sie sich: »Woher wissen Sie davon?«

»Das ist unwichtig.«

»Hat Karoline geplaudert?«

»Von Frau Unger haben wir die Information nicht, so viel kann ich Ihnen sagen.« Brandner machte eine Pause. »Aber es stimmt doch«, stellte er dann fest, »Sie hatten eine Affäre mit Ihrem Chef, Franz Haider, richtig?«

Sigrid Landsteiner nickte. »Irgendeine beliebige Affäre war es aber nicht. Es war ernst zwischen uns! Der Franz, der konnte so aufmerksam, so liebevoll sein.« Die Tränen standen der Frau in den Augen.

Brandner erinnerte sich an die erste kurze Befragung in der Stube des Heurigen, schon damals hatte sie so gewirkt, als hätte sie der Tod ihres Arbeitgebers sehr mitgenommen. *Kein Wunder, wenn sie ihn geliebt hat.* »War er in der Nacht, als er ermordet wurde, noch bei Ihnen?«, fragte Brandner.

Wieder nickte Landsteiner.

*Warum hat sie mir das nicht gleich erzählt? Weil sie es war, die ihn ermordet hat? Vor seinem Bauernhof?* »Was ist passiert in der Mordnacht?«

»Der Franz, der war richtig gut gelaunt«, sagte Landsteiner. »Er hat sich wie ein kleiner Bub darüber gefreut, dass Alois Hofer nicht Mostbaron wird. ›Dem Hofer habe ich es ein für alle Mal vermasselt. Der probiert es garantiert kein zweites Mal!‹, hat er gesagt.«

»Wann ist Herr Haider zu Ihnen gekommen?«

»Das muss gegen Mitternacht gewesen sein.«

»Sie haben also so lange auf ihn gewartet und sind wach geblieben?«

»Ich habe ferngeschaut.« Sigrid Landsteiner stockte kurz. »Wenn man mit einem verheirateten Mann zusammen ist, hat man es nicht immer leicht. Der Franz konnte auf seinem Hof nicht einfach kommen und gehen, wie er wollte. Er hat immer einen Vorwand gegenüber der Maria gebraucht.«

»An dem Abend war der Vorwand das Treffen mit den Mostbaronen.«

»Genau, er war ja der Primus und musste teilnehmen. Bevor er zu mir gekommen ist, hat er Elisabeth Furtner und Martin Ebner heimgebracht. Franz hat sich seit Jahren mit ihnen beim Autofahren abgewechselt, da wäre es erst recht aufgefallen, wenn er auf einmal keine Fahrgemeinschaft mehr hätte bilden wollen.«

Sie schaute zu Boden, dann wieder zu Brandner. »Jeder weiß doch, wie gerne der Franz bei solchen Gelegenheiten ein paar Gläser Most getrunken hat, wenn er nicht mit dem Fahren dran war.«

»Apropos auffallen«, unterbrach Brandner sie. »Wusste Frau Haider von Ihrer Affäre?«

Sigrid Landsteiner überlegte. »Gesagt hat die Maria nie etwas zu mir«, antwortete sie nach etwas Bedenkzeit. »Aber sie hat mich wie Scheiße behandelt. Nett ist sie nie gewesen, aber in den letzten Monaten ist es immer schlimmer geworden.«

*Ich würde dem Geliebten meiner Frau auch eher eine scheuern, als ihn gut zu behandeln.* »Hat Maria Haider ihren Mann einmal zur Rede gestellt?«

»Maria ist oft eifersüchtig gewesen, hat der Franz behauptet. Sie hat früher immer wieder vermutet, dass er fremdgeht. Damals hat es nur nie gestimmt und jetzt hatte sie eben zufällig einmal recht.«

*Sicher ist er mit dir zum ersten Mal untreu gewesen. So blauäugig kann man sein.* »Maria Haider hat ihn also damit konfrontiert?«

»Ja, es war aber nur ein Verdacht und Franz hat es abgestritten.« Landsteiner schluckte. »Er hat mir versprochen, es ihr zu sagen, aber nicht jetzt. Der Zeitpunkt musste passen. Nicht in diesen Krisenzeiten, hat er gesagt. Wenn er sich jetzt scheiden lassen würde, ginge der Hof vor die Hunde. Das habe ich verstanden. Der Hof ist ja sein Ein und Alles gewesen.«

Brandner richtete sich auf. »Frau Landsteiner, das klingt ja alles recht schön und gut«, sagte er. »Ist es nicht aber so gewesen, dass sich Herr Haider in dieser Nacht von Ihnen getrennt hat? Das haben Sie nicht verkraftet, weil Sie derart in ihn verliebt waren, daher sind Sie ihm nachgefahren und haben ihn erschlagen!«

»Das hätte ich nie getan!«

Sigrid Landsteiner sprang auf. »Franz hat mich geliebt! Und ich ihn! Ich hätte ihn nie umbringen können!« Sie lief zur Küche und wieder zurück. »Ich weiß, Sie werden das nicht verstehen, aber ich bin nicht naiv«, sagte sie. »Ja, ich habe gehofft, er würde Maria für mich verlassen, und ich glaube noch immer, er hätte es früher oder später auch getan.« Landsteiner sah Brandner eindringlich an und stützte ihre Arme auf dem niedrigen Beistelltisch ab, sodass sie mit dem Ermittler fast auf Augenhöhe war. »Es hätte auch sein können, dass er weiter bei Maria bleibt, das ist mir immer klar gewesen. Das sollte es jeder Frau sein, die sich mit einem verheirateten Mann einlässt. Wenn er sich für Maria entschieden hätte, hätte ich die Zeit mit ihm einfach noch ein bisschen genossen und irgendwann, spätestens in ein paar Jahren, hätte ich mir einen Mann gesucht, der mich heiraten will und mit mir eine Familie gründet.« Sie richtete sich auf. »Jetzt bin ich frei, früher als gedacht«, stellte sie fest. »Vielleicht ist es an der Zeit, eine Beziehung mit Zukunft einzugehen.«

Brandner hatte genug gehört. »Danke für Ihre Offenheit«, sagte er und stand auf. »Eine Frage habe ich allerdings noch: Wann genau hat sich Herr Haider von Ihnen verabschiedet?«

Sigrid Landsteiner dachte kurz nach. »Das muss so gegen halb drei gewesen sein, vielleicht etwas später. Viel Zeit bleibt mir nicht mehr zum Schlafen, habe ich gedacht. Wenn ich gewusst hätte, dass ich ihn zum letzten Mal lebend sehe, hätte ich ihn bei mir behalten, ihn festgehalten und nicht gehen lassen!« Sie wischte sich die Tränen aus den Augen.

*Von seiner Geliebten ist er also direkt nach Hause. Dort ist er seinem Mörder oder seiner Mörderin begegnet.*

»War es die Maria? Hat sie den Franz wegen mir ermordet?«, fragte Landsteiner.

»Das wissen wir nicht, noch nicht, aber wir setzen alles daran herauszufinden, was genau passiert ist.«

# 42

**Blindenmarkt**
**Samstag, 22. August 2020**

»Wie hat es deinen Mädels gefallen?«

Eva saß auf der Terrasse des Hotels im Schatten eines Sonnenschirms, die Tasse mit dem Cappuccino vor ihr war bereits leer.

Elisabeth Furtner, die die Frage gestellt hatte, trug ein rosa Dirndl, sie stand zwei Meter entfernt und schirmte mit der flachen Hand ihre Augen vor der Sonne ab.

*Ihr steht wirklich alles, sogar Schweinchenrosa kann sie tragen.*

Eva drehte sich zur Hotelbesitzerin. »Sie haben es geliebt!«, antwortete sie. »Sogar Isabella war guter Stimmung«, fügte sie hinzu.

»Ja, Pferde verzaubern fast alle Mädchen. Daher bieten wir dieses Paket auch an. Es erleichtert den Eltern ihren Familienurlaub erheblich, wenn ihre Kinder etwas haben, auf das sie sich freuen.«

»Das ist eine wirklich gute Idee. Ich bezweifle, ob ich meine Töchter ohne dieses Angebot dazu gebracht hätte, mit mir hierherzufahren.«

»Darf ich?« Elisabeth Furtner zog den Sessel zurück, der gegenüber von Eva stand.

»Gerne!«

Die Hotelbesitzerin nahm Platz und konnte ihre Hand

von der Stirn nehmen, da sie im Schatten saß. Sofort trat eine Kellnerin an ihren Tisch.

»Ich hätte gerne ein Glas unseres eigenen Birnenschaumweins. Du trinkst doch eins mit? Ich lade dich ein!«

*Eigentlich hatte ich gestern mehr als genug davon, aber er schmeckt einfach zu gut, um ihn zu verschmähen – und ich bin im Urlaub!*

»Ein Glas, gerne!«, antwortete Eva.

»Kommt sofort.« Die Kellnerin drehte sich um und verließ die Terrasse.

»Wo sind deine Töchter gerade?«

»Duschen, den Pferdegeruch loswerden. Isabella hat gestern am See einen Verehrer kennengelernt, da darf sie nicht nach Mist stinken.«

Elisabeth lachte. »Wo sind nur die Zeiten hin, als ich mich noch für einen jungen Burschen hübsch gemacht habe?«

»Gibt es denn keinen Mann in deinem Leben?«, wollte Eva wissen.

Furtner schüttelte den Kopf. »Nicht mehr, ich bin jetzt mit dem Hotel verheiratet.«

»Birnenschaumwein des Hauses, bitte schön!« Die Kellnerin stellte ein Sektglas vor Eva und eines vor ihrer Chefin ab.

Die Hausherrin hob ihre Flöte. »Auf euren Urlaub!«

Die Gläser klirrten, als sie anstießen. Danach trank Eva einen Schluck, der Schaumwein prickelte in ihrem Mund und der Birnengeschmack war angenehm und nahm nicht überhand.

*Genau so stelle ich mir Urlaub vor!* Eva schmunzelte. *Natürlich fehlen Leo, Isabella und Selina, aber hin und wieder nur mit einer anderen Frau zusammensitzen und mich unterhalten, fühlt sich gut an.* Eva nahm den nächsten Schluck, sie ließ die Flüssigkeit lange im Mund, bevor sie sie hinunterschluckte. »Schmeckt wirklich ausgezeichnet!«

»Das freut mich! Wir haben eine Streuobstwiese hinter dem Hotel und aus unseren Birnen wird der Schaumwein hergestellt. Das ist schon ganz etwas Besonderes, wenn man das eigene Getränk genießt.«

»Du kannst wirklich stolz darauf sein!«

»Außerdem hat es einen positiven Nebeneffekt, ich bin nämlich deshalb eine Baroness.«

»Eine Baroness?«

»Ja, ich gehöre zu den Mostbaronen des Mostviertels. Und als Frau bin ich dann eine Baroness.«

»Dann auf dich, Baroness!«

Sie stießen nochmals an.

»Von mir aus können wir fahren!«

Eva hielt in der Bewegung inne, als sie gerade das Glas zum Mund führen wollte. Selina trug ihr lila Strandkleid, am Saum glitzerten Steinchen im Sonnenlicht.

»Ich bin auch bereit!« Isabellas kurzer Rock und das bauchfreie Top waren grenzwertig für die Hotelterrasse.

*Gott sei Dank ist Leo nicht hier! Würden wir nicht noch zum See fahren, wäre sogar mir ihr Outfit zu knapp, aber so ist es in Ordnung. Sie kann es sich leisten, ich könnte das nicht mehr tragen …* »Ich trinke noch schnell aus, dann können wir los.« Eva schob den Sessel zurück und stand auf. »Danke, Elisabeth, für die Einladung!«

Auch Elisabeth Furtner erhob sich. »Vielleicht hast du heute Abend ja wieder etwas Zeit übrig«, sagte die Hotelbetreiberin. »Ich würde mich jedenfalls freuen, wenn wir uns weiter unterhalten könnten.«

*Warum eigentlich nicht? Leo wird sowieso wieder arbeiten müssen. Bis der Mord geklärt ist, sehe ich ihn wahrscheinlich gar nicht.* »Sehr gerne! Treffen wir uns gegen neun hier auf der Terrasse?«, schlug Eva vor.

»Abgemacht!«

## 43

**zwischen Amstetten und Neuhofen an der Ybbs**
**Samstag, 22. August 2020**

»Soll ich Maria Haider nicht doch anrufen?«, fragte Reitbauer vom Beifahrersitz des Audis und hielt sich am Griff oberhalb der Tür fest.

»Und sie vorwarnen?« Brandner schüttelte seinen Kopf. »Sicher nicht! Ich will sehen, wie sie reagiert.«

»Ist klar, ich dachte nur, wir sparen uns den Weg nach Neuhofen, falls sie nicht daheim ist.«

Brandner drückte aufs Gaspedal. Das Navi führte ihn

wie schon bei seiner ersten Fahrt nach Neuhofen nicht über eine Bundesstraße, sondern über kurvige Landstraßen. »Wo soll sie schon sein?«, fragte der Major. »Ihr Mann ist gerade ermordet worden. Sie wird garantiert nicht irgendwohin in den Urlaub gefahren sein, auch wenn sie den Heurigen dieses Wochenende zugesperrt hat.«

»Sie könnte … Ach, ist egal.«

Reitbauer blieb stumm und Brandner folgte den Anweisungen der weiblichen Stimme aus dem Lautsprecher. Nach zehn Minuten bog er in die Zufahrtsstraße zum »Hofbauer« ein, die von Obstbäumen gesäumt war.

*Die reinste Idylle, ein schöner Flecken Erde, wenn nur der Mensch mit seinen Abgründen nicht wäre.*

Brandner parkte seinen Wagen vor dem Heurigen. Die beiden Beamten stiegen aus. Reitbauer drückte die Türklinke, doch es war abgesperrt, daher betätigte er die Klingel.

Er hörte Schritte, dann wurde ein Schlüssel im Schloss gedreht und die Tür geöffnet.

»Ist Ihre Mutter zu sprechen?«, fragte Brandner.

Nina Haider stand vor ihm, ihr Gesicht war blass, sie kämpfte sichtlich mit dem Verlust ihres Vaters.

»Mama ist nicht daheim, sie liefert gerade an das Museum aus.«

»Museum?«

»›Ostarrichi‹, in Neuhofen, habe ich recht?«, fragte Reitbauer.

Nina Haider nickte. »Normalerweise sollte es nicht allzu lange dauern, aber bei Mama weiß man nie. Vielleicht trifft sie auf eine Freundin, dann wird es später.«

»Sie wissen, wohin wir müssen?«, fragte Brandner Reitbauer.

»Natürlich! Dieses Museum ist Pflicht für jeden Österreicher.«

Brandner wollte nicht wissen, warum Reitbauer der Meinung war, ein Museum in dem kleinen Örtchen im Mostviertel wäre derart wichtig, daher ging er nicht weiter auf die Aussage des Inspektionskommandanten ein. Er verabschiedete sich von Nina Haider und lief zu seinem Audi zurück.

»Wir hätten doch besser anrufen sollen«, stellte Reitbauer fest, als er sich in den Beifahrersitz fallen ließ und sich anschnallte. Der Polizist war sichtlich zufrieden mit sich selbst.

*Noch mehr solche Meldungen und er geht zu Fuß zurück nach Amstetten.* Brandner startete, legte den Rückwärtsgang ein und parkte aus. Als er beschleunigte, drehten die Reifen des Audis durch. Wieder fuhr er die Allee aus Birnbäumen entlang, nur in die entgegengesetzte Richtung.

Neuhofen an der Ybbs war ein kleiner Ort. Gegenüber der Kirche befand sich das Gemeindeamt, derselbe moderne Glasbau beherbergte auch das Museum samt einem Veranstaltungszentrum. Auf rotem Hintergrund mit weißen Buchstaben stand »Ostarrichi: Entdecke Österreich« geschrieben.

»Ostarrichi, also Österreich, wurde in einer Schenkungsurkunde im Jahr 996 hier erstmals erwähnt, die Kopie der Urkunde ist das Herzstück des Museums«, erklärte Reitbauer.

*So viel Bildung hätte ich ihm gar nicht zugetraut. Vielleicht haben ja Eva und die Mädels Lust, sich das Museum anzuschauen, aber an Tagen mit Sonnenschein wie heute wohl eher nicht.*

Brandner stellte das Auto vor den Zugang, der über mehrere Stufen nach oben führte.

»Maria Haiders Auto«, bemerkte Reitbauer und zeigte auf einen silbernen VW Golf.

Brandner glaubte, sich zu erinnern, so ein Fahrzeug am Parkplatz des »Hofbauer« gesehen zu haben, als er am Donnerstagmorgen am Tatort angekommen war. »Dann schauen wir, ob wir sie finden.«

Brandner stieg aus und folgte Reitbauer über die Stufen. Oben angekommen, hatten sie die Wahl, entweder in den Hof hinunterzusteigen, dort befand sich der Zugang zum Gemeindeamt und zum Museum, oder über einen schmalen Steg zum Eingang des Veranstaltungszentrums zu laufen.

Maria Haider nahm ihnen die Entscheidung ab, sie kam ihnen in diesem Moment vom Veranstaltungszentrum entgegen.

»Was machen Sie denn in Neuhofen? Haben Sie Martin Ebner endlich eingesperrt? Wollen Sie mir das sagen?«

Brandner stellte sich bewusst breitbeinig und aufrecht vor Maria Haider. »Nein«, antwortete er. »Das haben wir nicht, wir sind hier, um mit Ihnen zu reden.«

Maria Haider schüttelte missbilligend ihren Kopf. »Ich weiß nicht, was das bringen soll.«

»Es dauert nicht lange, nur ein paar Minuten.«

Haider seufzte. »Also bitte, dann gehen wir eben kurz ins Veranstaltungszentrum.«

Brandner und Reitbauer gingen den Steg entlang und folgten ihr ins Innere des Gebäudes, das genauso modern eingerichtet war, wie es von außen aussah. Die drei gruppierten sich um einen runden hölzernen Stehtisch.

»Ich habe Most und Säfte hergebracht, den Lagerstand wieder aufgefüllt, für die nächsten Feiern. Wir haben eine Kooperation mit dem Veranstalter«, erklärte Maria Haider. »Daheim wartet sicher meine Tochter auf mich, also, was wollen Sie wissen?«

»Ihre Tochter weiß, dass wir mit Ihnen reden. Sie wird sich keine Sorgen machen, wenn Sie sich verspäten.«

»Nina hat euch also verraten, wo ihr mich findet.« Maria Haiders grimmiges Gesicht ließ Brandner vermuten, dass sich die Mutter bei ihrer Tochter gehörig beschweren würde. Trotzdem konnte er sie nicht mit Samthandschuhen anfassen, auch wenn dadurch die Rüge, die Nina Haider zu erwarten hatte, noch schärfer ausfallen würde.

»Frau Haider«, sagte Brandner, »wussten Sie davon, dass Ihr Mann ein sexuelles Verhältnis mit Sigrid Landsteiner hatte?«

Maria Haider starrte Brandner mit offenem Mund entgegen. »Franz? Franz hatte eine Affäre mit Sigrid?« Sie schluckte mehrmals. »Die Schlampe kann was erleben!«

Die Witwe lief in Richtung Ausgang davon, Reitbauer reagierte schnell, er sprintete an ihr vorbei und blockierte die Ausgangstür.

»Maria, beruhig dich! Franz ist tot! Wenn du dich jetzt an Sigrid abreagierst, macht ihn das auch nicht wieder lebendig.«

»Geh mir aus dem Weg!«

»Du machst dich nur unglücklich.«

»Glaubst du, ich bin gerade überglücklich? Mein Mann wurde ermordet!«

»Frau Haider«, unterbrach Brandner die beiden. Er stand nur eineinhalb Meter von der Frau entfernt. »Beruhigen Sie sich bitte, sonst muss ich Sie wegen Gefahr im Verzug festnehmen.«

Maria Haider ließ mit einem lauten Schrei ihrem Ärger freien Lauf. »Gefahr im Verzug! Ja, wenn der Franz noch leben würde, ich schwöre, ich würde ihn eigenhändig umbringen, diesen geilen Bock!«

*Das war nicht gerade schlau von ihr. Oder vielleicht doch? Würde sie so etwas sagen, wenn sie ihren Mann tatsächlich ermordet hätte? Normalerweise nicht ... Außer sie spekuliert darauf, dass ich genau zu diesem Schluss komme.*

# 44

**Blindenmarkter Auseen**
**Samstag, 22. August 2020**

»Cooles Outfit, steht dir gut!«

»Danke!« Isabella lächelte schüchtern, zu unsicher, wie sie selbst fand. Natürlich freute sie sich über Haralds

Kompliment, gleichzeitig dachte sie angestrengt darüber nach, was sie sonst noch sagen konnte. Sie wollte nicht wie das unschuldige Mädchen rüberkommen, das sich nichts zu sagen traute, bei der geringsten Kleinigkeit ihre Mutter fragen musste und das immerzu nur dämlich grinsen konnte, wenn es mit einem älteren Burschen zusammen war. Von solchen dämlich grinsenden Gören gab es mehr als genug in ihrer Schule und Isabella zählte sie allesamt nicht zu ihrem Freundeskreis. »Spielen wir Volleyball?«, fragte sie, um irgendetwas von sich zu geben.

»Später, wir sind erst mal nur zu zweit. Max kommt erst in ein, zwei Stunden und ich habe noch meine Schwester überredet mitzuspielen, weil die anderen heute am Vormittag plötzlich alle abgesagt haben.«

»Warum haben sie abgesagt, ist es wegen mir?«

»Nein, sicher nicht, das passiert schon mal. Mach dir keinen Kopf.«

*Was machen wir jetzt hier allein? Ich sollte froh sein – Zeit mit ihm! Nur bin ich nicht ganz allein.*

Isabella schielte nach links und erkannte sofort, dass Selina und vor allem ihre Mutter sie beobachteten, obwohl sie vorgaben, mit dem Aufpumpen der Luftmatratze beschäftigt zu sein.

»Ich habe Tischtennisschläger mitgebracht«, sagte Harald. Er zog einen Schläger aus seinem Rucksack. »Wir können natürlich auch schwimmen oder beim Seewirt etwas trinken. Ich lade dich wieder ein. Wie du willst.«

*Tischtennis, etwas trinken, wäre beides okay … da fällt mir aber doch was Besseres ein.* »Komm mit!«

Isabella griff nach Haralds Hand und zog ihn mit sich. Zuerst schaute er verdutzt, dann folgte er ihr.

»Harald wird uns beim Aufpumpen der Luftmatratze helfen«, verkündete Isabella, als sie bei ihrer Mutter und Schwester angekommen waren. »Oder?«, wollte sie von ihm wissen.

»Ja klar.«

»Aber nur unter einer Bedingung«, fuhr Isabella fort.

Eva hockte neben der Luftmatratze, jetzt richtete sie sich auf und streckte ihre Beine durch. »Und die wäre?«

»Dass wir beide die Matratze zuerst für eine Stunde benutzen können.«

»Aber ich wollte gleich ins Wasser!« Selina zog einen Schmollmund.

»Niemand hindert dich daran, ins Wasser zu gehen, aber eben nicht mit der Luftmatratze. Du kannst selber schwimmen.«

»Ich wollte auch ...« Isabellas Mutter sprach nicht weiter.

*Mein böser Blick zeigt wieder einmal seine Wirkung.*

»Selina«, sagte Eva, »deine Schwester hat uns gestern den ganzen Nachmittag die Matratze überlassen, da ist es nur fair, wenn Isabella sie heute zuerst bekommt.«

Selina stand nun auch auf. Sie ging drei Schritte in Haralds Richtung. »Okay«, sagte sie, »aber behandle meine Schwester gut und die Matratze auch, sonst kriegst du es mit mir zu tun!« Selina ballte ihre rechte Hand zur Faust und boxte leicht gegen Haralds Schulter.

Der lachte. »Ich verspreche, ich fasse beide nur äußerst vorsichtig und liebevoll an!«, antwortete er, bevor er die Pumpe nahm und mit seiner Arbeit begann.

# 45

**Neuhofen an der Ybbs**
**Samstag, 22. August 2020**

»Frau Haider, Sie kommen jetzt erst einmal mit uns mit«, sagte Brandner.

»Warum das denn?«, fragte Maria Haider.

Reitbauer, Brandner und sie standen noch immer um den Tisch im Veranstaltungszentrum.

»Sie hatten ein Motiv und Sie befanden sich zum Tatzeitpunkt in unmittelbarer Tatortnähe.«

»Ich habe geschlafen! Und ich habe nichts davon gewusst, dass Franz die Sigrid bumst.«

»Sigrid Landsteiner sagt uns da aber etwas anderes.«

»Dann lügt die Schlampe!«

»Bitte werden Sie nicht ausfallend.«

»Schlampe ist doch kein Schimpfwort für so eine! Wahrscheinlich hat ihr Franz auch noch unser hart verdientes Geld in ihren Arsch gesteckt und nicht nur seinen Schwanz. Hure, ja, eine Hure ist sie!«

*Ihren Job ist Sigrid Landsteiner sicher los, aber das hätte sie sich besser vorher überlegt. Alles riskiert und alles verloren.* »Ich lasse Sie jedenfalls nicht selbst von hier mit dem Auto wegfahren. Sie sind viel zu aufgewühlt. Wir nehmen Sie mit«, sagte Brandner.

Maria Haider setzte zu einem Protest an, daher fügte Brandner schnell hinzu: »Wir bringen Sie zurück zu

Ihrem Hof. Ich muss mit Ihrer Tochter reden, danach entscheide ich, was mit Ihnen geschieht.«

»Was mit mir geschieht!«, äffte Maria Haider Brandner nach. »Was soll schon mit mir geschehen? Ich habe Franz nicht umgebracht! Ich habe damit nichts zu tun und damit basta!«

Brandner reagierte mit einem verständnisvollen Nicken, um die Situation zu entschärfen. »Ich werde herausfinden, was wirklich in der Mordnacht passiert ist. Jetzt geben Sie mir aber bitte Ihren Autoschlüssel.«

Kurz wirkte es, als wolle Maria Haider ihm die Augen auskratzen, schließlich öffnete sie jedoch ihre Handtasche. Sie griff hinein, holte einen Schlüsselbund hervor, löste den Autoschlüssel und reichte ihn Brandner.

*Geht doch.* »Danke! Jetzt kommen Sie bitte mit.«

Reitbauer öffnete ihnen die Tür, die er blockiert hatte, sodass Maria Haider nicht hatte davonlaufen können. Die beiden Männer ließen ihr den Vortritt. Mit erhobenem Haupt ging sie voran, sichtlich darauf bedacht, es für einen Beobachter nicht so wirken zu lassen, als würde sie gerade festgenommen.

*Verständlich. Ein derartiges Gerücht kann sie sicher brauchen wie ein Hund ein Stück Schokolade.*

Sie gingen hintereinander über den Steg und nahmen die Stufen nach unten zum Parkplatz. Maria Haider blieb neben Brandners Audi stehen, und zwar nicht neben einer der beiden hinteren Türen, sondern neben der Beifahrertür. Brandner betätigte die Fernbedienung, die Blinklichter leuchteten auf und der typische Ton der Entriegelung war zu hören. Die Heurigenwirtin stieg nicht ein, sie wartete, bis die beiden Beamten beim Auto angekommen waren.

»Nach hinten setze ich mich sicher nicht!«, blaffte sie Reitbauer an, als sich der ebenfalls der Beifahrertür näherte.

»Ist auch gar nicht nötig.« Der Inspektionskommandant öffnete die Beifahrertür und deutete mit einer Handbewegung an, dass sie einsteigen solle.

»Danke schön!«

*Sie kann also auch freundlich sein.*

Brandner setzte sich hinters Lenkrad und fuhr los. Ihm passte die Situation ganz und gar nicht. Die Verdächtige saß neben ihm und Reitbauer machte es sich auf der Rückbank bequem. So hatte er sich das nicht vorgestellt, doch er ersparte sich und den beiden einen bissigen Kommentar. Stattdessen war er versucht, sein Autoradio einzuschalten, um die Stille zu unterbrechen, aber auch dagegen entschied er sich. Jemanden, der munter und in guter Stimmung aus dem Radio drauflosplauderte, konnte er in der jetzigen Situation nicht gebrauchen, und es wäre pietätlos gegenüber der Witwe, wenn sie ihren Mann wirklich nicht umgebracht hatte.

Bis zur Ankunft beim »Hofbauer« sprach keiner der drei ein Wort. Maria Haider führte sie in den Gästebereich des Mostheurigen mit dem großen Kachelofen im Zentrum.

»Herr Reitbauer, Sie behalten Frau Haider im Auge«, instruierte Brandner seinen Begleiter.

»Mache ich.«

»Ich rede jetzt mit Ihrer Tochter.«

Die Hausherrin kämpfte sichtlich damit, nicht die Beherrschung zu verlieren und Brandner nicht zu beschimpfen. Zuerst hatte es den Anschein, als würde sie nichts erwidern, doch schließlich kommentierte sie Brandners Aussage: »Nina wird Ihnen nichts anderes erzählen als ich!«

Schritte waren zu hören und kurze Zeit später betrat Nina Haider den Raum.

»Ich muss mit Ihnen sprechen, allein!« Brandner hatte sie erst gar nicht zu Wort kommen lassen. »Wir gehen wieder in die Moststube. Es wird nicht lange dauern«, erklärte er der jungen Frau.

Nina sah ihre Mutter an.

»Nun geh schon!«, forderte diese sie auf.

Nina Haider folgte Brandner in die Stube. Die beiden setzten sich einander gegenüber.

»Es geht um Mutter, oder?«

Nina Haiders Stimme war kaum zu hören, so leise sprach sie.

»Ja«, bestätigte Brandner.

»Sie hat doch nicht Vater …«

»Das wissen wir nicht. Was wir allerdings mit Sicherheit sagen können, ist, dass Ihr Vater ein Verhältnis mit Sigrid Landsteiner hatte.«

Brandner beobachtete Nina, er wollte jede noch so kleine Reaktion erkennen, doch seine Offenbarung hatte nichts bei ihr ausgelöst. »Sie haben es gewusst«, schlussfolgerte er.

»Vermutet ist der richtigere Ausdruck«, antwortete sie.

»Ihre Mutter? Hat sie es auch *vermutet*?«, fragte Brandner.

»Ich weiß es nicht.«

Nina Haiders Stimme war noch leiser geworden.

»Kommen Sie! Geben Sie zumindest zu, dass Sie selbst es in Wahrheit gewusst haben!«

»Ich … Ich habe es nicht gewusst!«, beharrte Nina. »Ich habe es geahnt, ja, vermutet, aber ich wollte es nicht wissen. Hätte Vater es zugegeben, dann wäre es wahr gewesen und für mich wäre eine Welt zusammengebrochen.« Nina schluckte. »Meine Welt ist nun trotzdem eingestürzt.«

»Ihre Mutter«, setzte Brandner nach. »Hat sie es gewusst oder nicht? Was denken Sie?«

Nina zuckte mit ihren Achseln und schaute Brandner verzweifelt in die Augen.

»Ich weiß es nicht. Ich weiß es wirklich nicht!«

# 46

**Blindenmarkter Auseen**
**Samstag, 22. August 2020**

»Ich muss mich abkühlen!«

Bevor Isabella ein Wort erwidern konnte, rollte sich Harald seitlich von der Luftmatratze. Dadurch schaukelte sie und es schwappte kaltes Wasser über Isabellas Haut. Sie schnappte nach Luft, unterdrückte jedoch einen Aufschrei.

»Es ist herrlich, komm doch auch rein!«

»Wer kümmert sich dann um die Luftmatratze?«

»Angsthase!«

Harald spritzte mit seinen Händen Wasser in ihre Richtung. Beim dritten Versuch traf sie eine Fontäne, ein Schaudern durchlief ihren Körper. Diesmal hielt sich Isabella nicht zurück, sondern stieß einen Schrei aus. Als Harald sie ein weiteres Mal traf, hatte sie sich an das kalte Nass gewöhnt.

*Dir werde ich es zeigen!* Isabella kniete sich auf die Matratze und stieß sich energisch ab, sodass sie knapp neben Haralds Kopf im Wasser landete. Sie tauchte unter, die Kühle des Sees ließ sie noch einmal kurz erschaudern, doch innerhalb eines Herzschlags war alles wieder gut, sie fühlte sich voller Energie.

Isabella kam wieder an die Wasseroberfläche und klammerte sich von hinten mit einem Arm um Haralds Hals, mit der freien Hand drückte sie seinen Kopf unter Wasser. Sofort ließ sie ihn wieder los und schwamm weg von ihm.

»Na warte!«, rief er, nachdem er wieder aufgetaucht war.

Isabella drehte sich in die Rückenlage und rief: »Du solltest dich nicht mit mir anlegen!«

Harald schwamm auf sie zu.

Isabella drehte sich um und kraulte mit voller Kraft in Richtung Ufer. Sie schaute nicht mehr zurück und konzentrierte sich nur auf die richtige Atemtechnik, so wie sie es vergangenes Jahr beim Schwimmkurs perfektioniert hatte.

Das Ufer kam näher und näher, und noch immer hörte und spürte sie nichts von Harald. Sie streckte ihren rechten Arm aus, griff nach dem Metall und zog sich an der Leiter empor, gleichzeitig winkelte sie ein Bein an, bis sie die Metallsprosse darunter spürte und sich endgültig aufrichtete.

Ihr Puls raste, aber es war ein gutes Gefühl, sie hatte es geschafft! Sie war schneller geschwommen als Harald. Sie stieg auf den Holzsteg und drehte sich um. Harald war wenige Meter vom Steg entfernt, er hatte sein Tempo gedrosselt.

»Komm wieder rein!«, rief er. »Ich tu dir nichts.«

*Kann ich ihm trauen oder zieht er mich auch unter Wasser? Verdenken könnte ich es ihm nicht.* »Sicher nicht!«, gab sie zurück. »Aber du holst die Luftmatratze. Du hast meiner Schwester versprochen, darauf aufzupassen!«

Harald schüttelte zwar seinen Kopf, doch gleichzeitig huschte ein Lächeln über seine Lippen.

*Er tut sich schwer, seine Augen von mir abzuwenden. Ich gefalle ihm!*

Schließlich machte Harald kehrt. Er schwamm mit gemächlichen Brustzügen zurück zur Luftmatratze, kletterte darauf und legte sich auf den Rücken.

*Schmollt er jetzt, oder was? Glaubt er wirklich, ich falle darauf rein und schwimme doch noch mal los?*

# 47

**Neuhofen an der Ybbs**
**Samstag, 22. August 2020**

Nina Haider begleitete Brandner zurück in den großen Gästeraum des Heurigen, wo Reitbauer mit der Hausherrin wartete. Brandner hätte große Lust gehabt, auch für Maria Haider Untersuchungshaft zu beantragen.

*Wir halten Stefan Heiligenbrunner fest, obwohl ich nicht daran glaube, dass er unser Täter ist. Böck lässt ihn vor Montag nicht frei. Jetzt auch noch die trauernde Witwe in U-Haft? Aber irgendetwas passt nicht ins Bild.*

Maria Haider stand vom Tisch auf, als sie hereinkamen.

»Frau Haider«, sagte Brandner, »Sie halten sich bitte zu unserer Verfügung und verlassen keinesfalls das Land, ist das klar?«

»Ich gehe hier nicht weg«, antwortete die Witwe. »Das ist mein Hof, den habe ich aufgebaut und den lasse ich sicher nicht zurück!«

Die Hausherrin zeigte zur Tür. »Jetzt verlassen Sie meinen Grund und Boden. Sie sind hier nicht mehr willkommen.«

»Mutter! So kannst du mit dem Herrn Major nicht reden!«, mischte sich Nina Haider ein.

»Doch, das kann ich!«

»Ist schon gut«, beschwichtigte Brandner. »Wir müssen jetzt sowieso gehen.«

»Kümmern Sie sich endlich um den Ebner! Der hat meinen Franz umgebracht! Der Sigrid traue ich es nicht zu. Die Hure ist nur zum Vögeln zu gebrauchen, zu sonst nichts!«

*Nichts wie weg hier.*

Brandner stieß die Tür auf und Reitbauer schloss sie hinter ihm, sodass sie die geifernde Witwe nicht mehr hören konnten.

»Wohin jetzt?«, fragte der Inspektionskommandant.

*Gute Frage.* Brandner ging die möglichen Optionen in Gedanken durch. *Es wäre wichtig zu erfahren, ob Maria Haider von der Affäre gewusst hat oder nicht. Sowohl ihr als auch ihrer Tochter und der Geliebten selbst kann ich in der Hinsicht nicht trauen. Wer außer den Familienmitgliedern könnte etwas mitbekommen haben?* »Rufen Sie Karoline Unger an«, instruierte er schließlich Reitbauer und stieg in seinen Audi.

Reitbauer griff nach seinem Smartphone, während er sich neben Brandner ins Auto setzte, und wischte über das Display. Unger war in Hausmening daheim, soweit Brandner sich erinnerte. Der Ort lag auf dem Weg Richtung Amstetten, daher fuhr Brandner los, ohne das Ergebnis des Telefonats abzuwarten.

Karoline Unger rief Reitbauer zurück, als Brandner mit seinem Audi die Ortstafel von Hausmening passierte. Die junge Frau erklärte sich bereit, sie zu treffen, und lotste Reitbauer am Telefon zu ihrem Elternhaus.

Der Bau des Hauses war eindeutig aus den 70ern und seither schienen keine Renovierungen durchgeführt worden zu sein. Die Fassade war von Regen, Schnee und Wind in verschiedenste Grautöne gefärbt, und am Dach erkannte Brandner grüne Stellen, die wie Moos wirkten.

Karoline Unger begrüßte Brandner und Reitbauer zwischen zwei Gartenzwergen. »Am besten gehen wir in den Garten, dann stören wir meine Eltern nicht«, schlug die junge Frau vor und ging voran. Brandner konnte nicht anders, automatisch wanderte sein Blick in Richtung der langen Beine, die in kurzen Jeans steckten. Er zwang sich, den Blick auf den blonden Pferdeschwanz zu richten und folgte ihr auf Waschbetonplatten ums Haus herum.

Von der Gartenanlage war Brandner beeindruckt. Ein Biotop, Apfelbaum, Kirschbaum, eine Hängebirke, dazu Erdbeeren, Brombeeren, Himbeeren und ein riesiges Hochbeet mit allerlei Gemüse. Dazwischen zierten Keramikfiguren den Rasen, mehrere Zwerge, aber auch Hasen, Frösche, ein Igel und eine Schweinefamilie.

Zwischen zwei Rosenbögen stand die Gartengarnitur. Die junge Frau und die beiden Polizisten setzten sich.

»Sie haben nicht zufällig zwei Töchter, die Isabella und Selina heißen?«, fragte Karoline Unger.

Brandner fehlten kurz die Worte.

»Die beiden waren heute bei mir im Reitstall, ich kümmere mich nicht nur um die Pferde der Haiders, sondern gebe auch Reitunterricht auf einem Reiterhof in Blindenmarkt.«

Brandner atmete aus. *Alles in Ordnung, die Unger zählt nicht zu den Verdächtigen. Trotzdem sind meine Damen mir zu nah am Geschehen.*

»Sie müssen sich keine Sorgen machen, den beiden hat es sehr gut gefallen, und vor allem geht es ihnen gut.«

*Die Angst muss mir ins Gesicht geschrieben stehen, sonst würde sie nicht so reden.* Er räusperte sich. »Ja, meine Frau und die Mädchen machen tatsächlich hier im Mostviertel Urlaub. Dass sie ausgerechnet bei Ihnen Reitstunden nehmen, ist Zufall. Eigentlich sollte das nicht passieren.«

»Die beiden haben morgen und übermorgen wieder Stunden bei mir. Das ist doch in Ordnung für Sie?«

Brandner antwortete nicht sofort.

»Ihre Frau ist auch dabei. Sie sind in Sicherheit. Ich tue ihnen nichts!«

*Das passt mir nicht, gar nicht, aber in Gefahr sind sie bei den Reitstunden nicht, da hat sie sicher recht.* »Okay«, sagte Brandner. »Ich werde mich nicht einmischen. Die drei machen Urlaub und Sie sind nur eine Zeugin, keine Verdächtige.«

Jetzt war es an Karoline Unger, erleichtert auszuatmen. »Gut. Und was wollten Sie von mir wissen?«

»Sie haben mir bei Ihrer ersten Befragung nicht die ganze Wahrheit gesagt«, stellte Brandner fest.

»Wie meinen Sie das?«

»Ihnen ist Sigrid Landsteiners Aussage aufgefallen, dass sie Franz Haider nicht gut gekannt habe. Sie haben sogar deshalb den Birnensaft verschüttet.«

»Ja, aber worauf wollen Sie hinaus?«

»Wir wissen jetzt, dass Sigrid Landsteiner eine Affäre mit Franz Haider hatte.«

»Wie haben Sie es rausbekommen?«

*Alle stellen sie immer dieselbe unnötige Frage.* »Das tut nichts mehr zur Sache. Frau Landsteiner hat es uns bereits bestätigt.«

»Gut.«

»Warum haben Sie es mir damals nicht gleich gesagt?«

»Ich verpetze keine Arbeitskollegin.«

»Es war doch kein Verbrechen, was Frau Landsteiner getan hat!«

»Trotzdem gehört es sich nicht.«

»Das mag sein oder auch nicht, aber mir hätte es bei meinen Ermittlungen geholfen, wenn ich davon eher gewusst hätte.«

»Jetzt wissen Sie es ja.«

*Heute fällt ihr immer eine passende Antwort ein. Schwer zu glauben, dass sie die Nerven verloren hat, als sie auf den Ermordeten gestoßen ist.* »Je früher ich ein klares Bild habe, desto höher ist die Wahrscheinlichkeit, den Täter zu überführen. So einfach ist das.«

Karoline Unger nickte schuldbewusst. »Es tut mir leid. Ich wollte eben nicht diejenige sein, die das Ansehen vom Chef beschmutzt.«

»Dann machen Sie Ihren Fehler jetzt wieder gut.«

»Wenn ich kann, dann tue ich es.«

»Ich habe nur eine Frage und ich will eine einfache, klare Antwort darauf.«

»Ich höre.«

»Hat Maria Haider von der Affäre ihres Mannes mit Sigrid Landsteiner gewusst?«

»Ja.« Die Antwort kam ohne das geringste Zögern.

»Wie können Sie sich da so sicher sein?«, forschte Brandner nach.

Karoline Unger atmete tief durch. »Weil ich ihr berichten musste, was die beiden getrieben haben, während sie nicht da war.«

# 48

**Blindenmarkter Auseen**
**Samstag, 22. August 2020**

*Blödmann,* dachte Isabella, als Harald keine Anstalten machte, mit der Luftmatratze zum Ufer zurückzukommen. Sie blieb auf dem Holzsteg stehen und sonnte sich. Ihre Haut war fast wieder trocken. Nur ab und zu musste sie einigen Kindern Platz machen, die vom Steg ins Wasser springen wollten, ansonsten hatte sie ihre Ruhe. Ihre Mutter und ihre Schwester waren nicht bei ihrem Liegeplatz.

»Harald, ich bin hier!«

Die sportliche junge Frau im knappen roten Bikini trug eine Badetasche, sie stand nur fünf Meter von Isabella entfernt und winkte, um auf sich aufmerksam zu machen.

Isabella bemerkte, wie Harald sich auf der Luftmatratze leicht aufrichtete und der Frau zurückwinkte. »Du musst Haralds Schwester sein!«, rief sie, stieg vom Steg herunter und ging auf die Frau zu. »Ich bin Isabella. Dein Bruder hat mir die Luftmatratze geklaut!«

»Das ist ja wieder einmal typisch Harald! Dem werde ich die Leviten lesen.«

»Nicht nötig!«, erwiderte Isabella schnell. »Ich habe es nicht anders verdient.«

»Eine Frau, die meinem Bruder die Stirn bietet, das hat es schon länger nicht gegeben. Da will ich unbedingt mehr darüber wissen! Was ist passiert?«

Die beiden lächelten sich an.

Isabella schaute aufs Wasser. Harald war ein gutes Stück vom Ufer entfernt, bemühte sich jetzt aber sichtlich, schnell zu ihnen zu kommen.

»Wir wollen ja Volleyball spielen, aber Max scheint noch nicht hier zu sein. Was hältst du davon, vorher ein Eis zu essen? Dann erzähle ich dir alles«, schlug Isabella vor.

»Gerne, ich bin übrigens Melanie!« Melanie hielt Isabella ihren abgewinkelten rechten Ellenbogen zur Begrüßung entgegen und Isabella berührte ihn kurz mit ihrem. »Von mir aus können wir sofort los. Mein Bruder wird uns schon finden.«

»Er weiß auch sicher noch, wohin er die Luftmatratze zurückbringen muss. Immerhin hat er sie für meine jüngere Schwester und meine Mutter aufgeblasen.«

Isabella lief barfuß neben Melanie zu ihrem Platz zurück, schlüpfte in ihre Sandalen und nahm ihre Handtasche, dann gingen sie gemeinsam zur Terrasse des Seewirts.

Die beiden setzten sich unter einen Sonnenschirm und bestellten sich jeweils eine »Heiße Liebe« bei der Kellnerin.

»Ihr konntet wohl nicht einmal eine Minute auf mich warten!«, beschwerte sich Harald, als er kurz danach eintraf.

»Das kommt davon, wenn man jemandem die Luftmatratze klaut!«, antwortete Isabella.

»Und wenn man jemanden ungebeten mit kaltem Wasser bespritzt!«, fügte Melanie hinzu.

»Oje! Euch beide hätte ich nie miteinander bekannt machen dürfen! Mein Schwesterherz hat einfach ein

Händchen dafür, sich mit meinen Freundinnen gegen mich zu verbünden.«

Isabella beugte sich nach vorn. »Freundinnen?«, fragte sie. »Wie viele hat es denn da bereits gegeben? War was Ernstes dabei?«

Sie schaute von Harald zu Melanie und dann wieder zu Harald. Keiner der beiden sagte etwas, das Lächeln war aus ihren Gesichtern verschwunden.

Isabella biss sich auf die Lippen. *Ich bin so blöd! Wie kann man nur nach den Ex-Freundinnen fragen, wenn man nicht einmal annähernd mit dem Typen zusammen ist! Thema meiden, so einfach wäre das gewesen. Das steht in jedem Ratgeber. Wofür lese ich die Dinger, wenn ich mich nicht daran halte?*

Hilfe suchend sah sie sich um, endlich kam die Kellnerin wieder auf die Terrasse, Isabella gestikulierte in ihre Richtung und sie kam zu ihrem Tisch. Isabella deutete auf Harald. »Der Herr möchte noch bestellen.« Sie wendete sich ihm zu. »Heute zahle ich!«

Harald griff nach der Eismenükarte und schlug sie auf. »Welcher Eisbecher ist der teuerste?«

»Blödmann!« Isabella riss ihm die Karte aus der Hand und hielt sie sich an die Brust. Harald griff danach.

»Wage es nicht!«, rief Melanie ihren Bruder zur Ordnung.

»Finger weg!« Isabella klopfte Harald mit der Karte auf die Hand, der zog daraufhin seinen Arm zurück und hob entschuldigend die Arme.

Melanie und Isabella lachten.

»Einen Bananensplit bitte!«, sagte Harald schließlich zur Kellnerin.

»Einen Bananensplit bitte!«, äffte Isabella ihn nach und kicherte. Melanie grinste. Die Kellnerin ging zurück zum Restauranteingang.

Plötzlich riss Harald Isabella mit einer schnellen Bewegung die Eismenükarte aus der Hand und deutete einen Schlag damit an. Isabella zuckte zurück. Harald grinste und legte die Karte auf den Tisch, dann brachen alle drei in Gelächter aus.

# 49

**Amstetten**
**Samstag, 22. August 2020**

Brandner fuhr zurück zu Reitbauers Dienststelle in Amstetten.

»Maria Haider hat uns angelogen«, stellte Reitbauer fest.

»Zumindest ist sich Karoline Unger sicher, dass die Witwe von der Affäre ihres Mannes gewusst hat.«

Brandner parkte seinen Audi vor der Polizeiinspektion Amstetten.

»Das kann die Unger nicht erfunden haben«, sagte Reitbauer und stieg aus.

»Außer sie will ihrer Chefin bewusst schaden.« Auch Brandner löste seinen Gurt und kam aus dem Wagen.

»Warum sollte sie das tun? Was hätte sie davon?«, fragte Reitbauer.

*Keine Ahnung! Karoline Unger wirkt ehrlich und in keiner Weise hinterlistig, aber vielleicht täusche ich mich. Soll ich Isabella und Selina doch verbieten, bei ihr weiter Reitstunden zu nehmen?*

Die beiden Beamten gingen nebeneinander zum Eingang.

»Ich finde es jedenfalls bedenklich!«, stellte Brandner fest. »Zuerst erzählt uns Frau Unger nichts vom Verhältnis ihres ermordeten Chefs, und als wir nachfragen, eröffnet sie uns, dass sie von ihrer Chefin gebeten worden ist, ein Auge auf die beiden Turteltäubchen zu haben, wenn Maria Haider nicht selber im Heurigen ist.«

»Und sie berichtet ihrer Chefin brühwarm, was die beiden in ihrer Abwesenheit getrieben haben«, fügte Reitbauer hinzu. »Hier entlang, kommen Sie in mein Büro, da haben wir Ruhe.«

Der junge Polizist öffnete eine der Türen und Brandner betrat das schmucklose, aber aufgeräumte Büro des Inspektionskommandanten. Obwohl er danach suchte, konnte er keinerlei private Gegenstände erkennen. Nicht ein einziges Foto stand herum, aber das war vielleicht besser so, denn gelegentlich kamen sicher Verbrecher zu einer ersten Einvernahme in Reitbauers Reich.

»Was hat sich Maria Haider eigentlich dabei gedacht? Karoline Unger hat ihr von den beiden erzählt. Wie kommt die Haider nur auf die Idee, dass wir das nicht rausfinden?«, fragte Reitbauer. Brandner blieb stehen und der junge Polizist setzte sich auf seinen Platz hinter dem Schreibtisch. »Wir sollten Maria Haider festnehmen«, konstatierte er. »Alles deutet darauf hin, dass sie ihren Mann ermordet hat!«

*Ja, schaut nicht gut aus für die Witwe. Irgendetwas war da aber noch, das gegen die Theorie spricht, dass sie die Mörderin ihres Mannes ist, aber was?* Brandner richtete seinen Blick auf den Fußboden und marschierte in dem kleinen Raum von einer Wand zur anderen und wieder zurück. *Was übersehe ich?* Mit einem Mal war es ihm klar. »Nein, wir können Maria Haider nicht festnehmen.«

»Warum nicht?«, wollte Reitbauer wissen.

»Das Motorengeräusch, das Auto, das gegen 3 Uhr weggefahren ist, nachdem Franz Haider heimgekommen war. Davon hat Frau Walgundi berichtet, Sie erinnern sich, die Mutter der Familie, die dort Ferien auf dem Bauernhof macht. Aller Wahrscheinlichkeit nach ist der oder die Mörderin jemand, der nicht im Haus übernachtet hat.«

Reitbauer nickte. »Maria Haider könnte natürlich jemanden beauftragt haben, ihren Mann zu töten«, gab er zu bedenken.

»Ein Auftragsmord mit einer Mostflasche? Kann ich mir schwer vorstellen«, erwiderte Brandner.

# 50

**Blindenmarkter Auseen**
**Samstag, 22. August 2020**

Isabella fühlte sich gut, sie lief neben Harald, Melanie und Max zurück zum Platz ihrer Mutter und Schwester. Die vier hatten Beach-Volleyball gespielt und sie hatte sich vollkommen auspowern können. Sie hatten Spaß gehabt und die drei hatten Isabella zu sich eingeladen. Sie freute sich, war aber auch ein wenig unsicher.

Sowohl Selina als auch ihre Mutter lasen in einem Buch, der Schatten eines Laubbaumes schützte sie vor der Sonne. Beide sahen auf, als die Vierergruppe bei ihnen eintraf.

»Ich fahre noch mit zu Melanie und Harald, ist das okay?«, fragte Isabella ihre Mutter.

»Was soll ich dann heute Abend machen?« Selina wirkte gar nicht erfreut über Isabellas Vorhaben, ihre Mutter strahlte ebenso wenig vor Begeisterung.

»Deine Schwester kann gerne mitkommen«, schlug Harald vor.

*Die kleine Nervensäge mitnehmen? Wie stellt er sich das vor?*

Selina legte ihr Buch zur Seite und sprang auf. »Ja, bitte! Lasst mich mitfahren!«, rief sie.

»Nur mit der Ruhe!«, sagte ihre Mutter. Sie legte ebenfalls ihr Buch zur Seite, stand aber nicht auf. »Was habt ihr denn vor?«, wollte sie wissen.

»Wir grillen Würstel und Stockbrot am offenen Feuer«, erklärte Melanie. »Daheim haben wir eine Feuerschale. Dazu hören wir Musik und chillen ein bisschen, wir gehen es ruhig an.«

»Wo seid ihr überhaupt daheim?«

»In Ferschnitz, das ist ein kleiner Nachbarort, nur ein paar Minuten von hier mit dem Auto. Wir wohnen auf einem Bauernhof.«

Das Gesicht ihrer Mutter hellte sich auf. Die Information über den Bauernhof schien ihre Bedenken ausgeräumt zu haben, zu Isabellas Erleichterung nickte ihre Mutter. »Ihr nehmt beide eure Smartphones mit und um acht seid ihr im Hotel. Ist das klar?«

Die beiden Schwestern nickten.

»Spätestens um acht Uhr bringe ich Ihnen Ihre Töchter zurück«, versprach Harald.

Isabella schlüpfte rasch in ihren Rock. Auch Selina war bereit, sie umarmte ihre Mutter zum Abschied.

»Kommst du allein mit der Luftmatratze und der Decke klar?«, fragte Selina.

»Mach dir keine Sorgen! Zur Not gehe ich zwei- oder dreimal. Jetzt amüsiert euch!«

Isabella winkte ihrer Mutter und überwand sich sogar dazu, ein »Danke« zu flüstern. Ihre Mutter quittierte es mit einem unscheinbaren, aber wohlwollenden Nicken.

Die Fünfergruppe ging gemeinsam zwischen den beiden Seen und der Birkenallee zurück zum Parkplatz.

»Selina, du kannst bei mir mitfahren!«, bot Melanie an. »Isabella, du fährst mit Harald.«

»Ist das okay für dich?«, fragte Isabella pflichtbewusst ihre jüngere Schwester.

*Jetzt sag ja nichts Falsches! Vermassle mir das nicht.*

»Sicher, kein Problem«, lautete Selinas Antwort. Sie ging sofort zum gelben Renault Clio, auf den Melanie zeigte.

»Da drüben steht meiner.« Harald fuhr einen roten Alfa Romeo, dessen zahlreiche Rostflecken wegen der Farbe des Autos nicht allzu sehr auffielen.

»Wir sehen uns gleich!«, rief Max und verschwand aus Isabellas Blickfeld.

Sie ging zur Beifahrerseite des Alfas, Harald folgte ihr. Isabella wollte schon den Türgriff nehmen, da hielt sie Harald an der Schulter zurück.

»Einen Moment noch!«, sagte er.

Harald entriegelte das Schloss mit der Fernbedienung, dann hielt er Isabella die Beifahrertür auf, sodass sie einsteigen konnte.

»Danke!«

Sie setzte sich hinein und glättete ihren kurzen Rock.

»Gerne!«

*Das hat noch nie jemand für mich gemacht.*

Harald schloss die Beifahrertür, er lief um das Auto, setzte sich neben Isabella auf den Fahrersitz und startete den Motor. Sofort dröhnte der »Imagine Dragons«-Hit »Thunder« aus den Boxen des Autoradios. Harald drehte rasch am Drehknopf des Radios die Lautstärke herunter.

»Entschuldige!«

»Wegen mir musst du nicht leiser stellen.«

»Okay, dann nicht!«

Die beiden lächelten sich an, als er die Musik wieder lauter machte. Er parkte aus, Isabella begann mitzusingen und Harald stimmte begeistert ein. Gleichzeitig trommelte er während der kurzen Autofahrt mit seinen Händen zum Takt der Musik auf das Lenkrad. Isabella tat es ihm begeistert gleich, indem sie auf ihre Oberschenkel klopfte. Immer lauter sang sie mit und genoss jeden Augenblick mit ihm und dem Song im Auto.

Harald fuhr vom See zurück in das dicht besiedelte Ortsgebiet Blindenmarkts, er folgte Melanies Clio heraus aus der Ortschaft und sie fuhren über eine Landstraße. Bevor sie Ferschnitz erreichten, bog Harald zu einem Bauernhof ab.

Der Vierkanthof wirkte groß auf Isabella, aber doch kleiner als der Reiterhof vom Vormittag. Neben dem klobigen Hauptbau befanden sich seitlich zwei Wirtschaftsgebäude. Vor dem weiter rechts gelegenen Bau stand ein grüner Traktor mit riesigen Rädern und der Aufschrift »Steyr«. Mehrere Bäume und Blumenbeete gaben ihr Bestes, um einen freundlichen Eindruck von der Anlage zu vermitteln.

»Wir sind da! Willkommen in unserem bescheidenen Heim!«

Harald blieb neben dem Clio seiner Schwester auf dem großen Parkplatz stehen. Neben ihm stellte Max sein Auto ab.

»Mutter wird irgendwo am Hof arbeiten. Heute braucht sie uns nicht«, erklärte Harald, als er Isabella und Selina zum Haus führte.

*Und wo ist euer Vater?*, lag es Isabella auf der Zunge, doch sie verkniff sich die Frage.

»Wenn wir ihr über den Weg laufen, stelle ich euch natürlich vor«, fügte Harald hinzu.

Isabella und Selina nickten.

*Ist nicht wichtig, Mutter und Vater interessieren mich nicht, ich will nur Spaß haben, ein paar Tage mit euch abhängen und das Leben genießen. Danach geht es zurück nach Wien und wir sehen uns vermutlich nie wieder.*

»Ihr kommt am besten schon einmal mit mir mit zur Feuerschale«, schlug Melanie den beiden Schwestern vor. »Jungs, ihr kümmert euch um die Getränke und holt Feuerzeug und Anzünder, Holz ist genug da«, instruierte sie ihren Bruder und Max. »Danach mache ich den Teig fürs Stockbrot fertig und hole die Würstel aus dem Kühlschrank.«

»Zu Befehl!« Max deutete vor Melanie ein Salutieren an und folgte Harald zur Haustür, der losgegangen war, ohne Melanies Instruktionen zu kommentieren.

*Scheinbar hat sie das Sagen. Das gefällt mir.*

Isabella folgte Haralds Schwester und Selina zu einer Baumgruppe. Dort waren zwei Hängematten zwischen den Stämmen gespannt, eine Gartengarnitur aus dunklem Holz bot größeren Gruppen Platz. Ungefähr fünf Meter von der Garnitur entfernt befand sich die stählerne Feuerschale. Darum herum waren Baumstämme abgesägt worden, auf die man sich setzen konnte.

*Wow! Schöner hätte ich es mir gar nicht vorstellen können!*

»Super!«, rief Selina und lief auf die Stämme zu. Isabellas jüngere Schwester stieg auf die Sitzgelegenheit vor ihr und balancierte zur nächsten und immer weiter von einem Stamm zum anderen um die Schale herum, in der noch kein Feuer loderte.

»Fühl dich ruhig wie daheim!«, kommentierte Melanie.

*Es ist fast perfekt, nur meine kleine Schwester stört, vor allem wenn wir das Feuer anzünden und ich neben Harald sitze …*

## 51

**Amstetten**
**Samstag, 22. August 2020**

*Samstagabend und irgendwie habe ich das Gefühl, kein bisschen weitergekommen zu sein.* Brandner fuhr sich mit der rechten Hand durchs Haar, stützte sich mit seinem Ellenbogen auf Reitbauers Schreibtisch ab und legte sein Kinn in die Handfläche. Reitbauer holte für sich und Brandner gerade einen frischen Kaffee.

*Ganz stimmt es natürlich nicht. Wir sehen jetzt klarer als gestern. Der Tote hat sich mit Martin Ebner und Alois Hofer Feinde unter den Mostbauern gemacht und er hat seine Hände nicht von einer seiner Kellnerinnen lassen können. Er hat Sigrid Landsteiner in Aussicht gestellt, seine Frau für sie zu verlassen. Maria Haider hat davon gewusst. Die Witwe hatte ein starkes Motiv, ihren Mann zu ermorden. Ein Betrug wiegt schwer und die Aussicht einer Scheidung mit allem Drum und Dran ebenso.*

*Aber die Frau der Urlauberfamilie hat eindeutig ausgesagt, dass sie gegen 3 Uhr morgens ein Auto wegfahren gehört habe. Dabei muss es sich um das Fahrzeug des Täters gehandelt haben und daher kann es Maria Haider nicht gewesen sein. Oder etwa doch?*

*Sie könnte mit ihrem eigenen Auto ein Stück weit gefahren sein und hätte es am nächsten Tag wieder holen können, um vorzutäuschen, dass jemand Fremder am Hof gewesen sei. Maria Haider hätte zu Fuß zurücklaufen können und wäre daheim gewesen, bevor Karoline Unger am Morgen eingetroffen ist. Aber warum hätte Maria Haider diesen Aufwand betreiben sollen? Nur weil eventuell einer der Urlaubsgäste oder ihre Tochter den Lärm des Motors hätte hören können? Das ist sehr weit hergeholt, vor allem wenn man das Risiko bedenkt, das sie damit eingegangen wäre. Jemand hätte sie mit dem Auto und später zu Fuß sehen können. Dann hätte sie sich erst recht selbst belastet und natürlich hätte der Leichnam gefunden werden können, bevor sie wieder in ihrem Bett gelegen hätte. Außerdem hätte jemandem auffallen können, dass ihr Auto fehlt.*

*Nein, dass Maria Haider nach dem Mord weggefahren ist, das ist absurd. Einen Auftragsmord halte ich auch für unwahrscheinlich. Kein professioneller Killer geht dieses Risiko ein, nie und nimmer mit einer Mostflasche als Tatwaffe!*

*Hat Franz Haider vielleicht Sigrid Landsteiner abserviert und sie ist ihm nachgefahren? Oder haben Hofer,*

*Ebner oder Stefan Heiligenbrunner auf ihn gewartet und hinterhältig zugeschlagen?*

»Hier, Ihr Kaffee!« Reitbauer stellte die Tasse vor Brandner ab. »Sie sehen ziemlich verzweifelt aus«, merkte er an und setzte sich an seinen Platz hinter dem Tisch.

»Verzweifelt bin ich nicht«, entgegnete der Major. »Wir haben schon wesentlich mehr unter Druck gestanden, das wissen Sie sicher noch.« Brandner seufzte. »Ich hatte nur heute einige Male das Gefühl, als wären wir kurz davor, die Täterin zu überführen.«

»Maria Haider, ja, dachte ich auch«, sagte Reitbauer, »aber …«

»Sie war es allem Anschein nach doch nicht«, beendete Brandner den Satz. Er nippte vorsichtig am Kaffee, der leicht bittere Geschmack breitete sich in seinem Mund aus. »Schmeckt gut!«

Reitbauer gähnte und schaute auf seine Armbanduhr. »Vielleicht sollten wir für heute Schluss machen«, schlug der Inspektionskommandant vor.

*Kurz vor sieben. Ich versuche mein Glück bei Eva und den Mädels.* Brandner stand auf. »Sie haben recht, bekomme ich eventuell einen *Becher to go?*« Er zeigte auf seine volle Kaffeetasse.

»Sicher, in der Küche.«

Reitbauer verließ sein Büro, Brandner wischte unterdessen über den Touchscreen seines Telefons und rief seine Frau an.

# 52

**Blindenmarkt**
**Samstag, 22. August 2020**

»Wo hast du denn deine beiden Mädels gelassen?«

Elisabeth Furtner hatte sich die Haare erneut zu einem Dutt hochgesteckt.

Eva stellte die Badetasche auf den Boden neben die Hotelrezeption.

»Isabella hat sich tatsächlich einen jungen Mann angelächelt. Einen Bauernsohn, wie sich herausgestellt hat. Damit habe ich wirklich nicht gerechnet, als ich den Urlaub gebucht habe.«

Furtner lachte. »Unsere Naturburschen sind nicht zu verachten!«

»Du selbst stehst anscheinend aber nicht so auf sie.«

»Erwischt!«, räumte die Hotelbesitzerin ein und strahlte Eva an. »Selina hast du als Aufpasserin mitgeschickt?«

»Nein!« Eva spielte die Entrüstete. »Wo denkst du hin? Isabella ist alt genug, sie kann meinetwegen mit jungen Männern machen, was sie will. Selina wollte selber mit.«

»Isabella hat da so einfach zugestimmt?«

»Natürlich nicht! Aber ihr Verehrer war schneller und hat auch Selina eingeladen. Isabella war davon gar nicht begeistert. Das kannst du mir glauben!«

»Kann ich mir vorstellen. Es bleibt bei unserer Verabredung heute Abend?«

»Ja, es schaut gut aus! Isabella und Selina sollten spätestens um acht zurück sein. Die grillen gerade und werden daher keinen Hunger haben.«

Furtner schaute auf die Wanduhr hinter ihr. »Also treffen wir uns um kurz nach acht auf der Terrasse, dann habe ich …«

»Einen Moment bitte!« Eva holte ihr Smartphone aus der Handtasche. »Mein Mann«, erklärte sie Elisabeth Furtner. Sie drehte sich von ihr weg und wischte über das Display des klingelnden Telefons.

»Hallo, Leo.«

»Hallo, Schatz! Wo seid ihr?«

»Ich bin gerade ins Hotel zurückgekommen, und du?« *Ich muss ihm ja nicht gleich auf die Nase binden, dass die Mädels mit zwei Burschen unterwegs sind …*

»In Amstetten«, antwortete ihr Mann, »auf der Polizeiinspektion. Für heute bin ich fertig und könnte noch zu euch kommen und bei dir übernachten! Was sagst du dazu?«

»Leo, einen Moment bitte.« Eva hielt ihr Smartphone an die Hüfte und drehte sich zu Elisabeth Furtner. »Mein Mann will heute vorbeikommen«, flüsterte sie der Hotelbesitzerin zu.

»Ist schon okay! Wir holen unseren Damenabend morgen oder übermorgen nach.«

»Danke«, formte Eva mit ihren Lippen. »Leo?«

»Ja?«

»Ich freue mich auf dich! Kannst jederzeit ins Hotel kommen.«

*Mal schauen, was er sagt, wenn Isabella und Selina noch nicht zurück sind. Das wird er verkraften, nur um unser Nesthäkchen wird er sich sicher Sorgen machen.*

# 53

**Ferschnitz**
**Samstag, 22. August 2020**

Isabella zog die schon teils schwarz geräucherte Käsekrainer vom Holzspieß. Dabei verbrannte sie sich ihre Finger und ließ die Wurst auf den Pappteller fallen.

»Damit geht's besser!« Melanie hielt ihr eine gelbgrüne Serviette entgegen, die Isabella dankbar annahm.

»Ketchup?«, fragte Haralds Schwester, als Wurst und Finger in Sicherheit waren.

Isabella nickte und Melanie drückte ihr die rote Soße aus der Tube auf den Teller.

»Ich will auch!« Harald kümmerte sich um Selina, sehr zu Isabellas Leidwesen. Er nahm die Tube entgegen und drückte das Ketchup auf Selinas Pappteller. Danach löste er ihre Käsekrainer vom Holzspieß, mit dem er die Wurst zuvor über das Feuer gehalten hatte.

Isabella kniff ihre Augen zusammen. Der Wind drehte und blies ihr den Rauch ins Gesicht. Sie nutzte die Gelegenheit und wechselte rasch die Seite, sodass sie neben Harald auf dem Baumstamm zum Sitzen kam.

Dort biss sie in die Wurst. Der heiße Käse zerfloss in ihrem Mund, der Geschmack von Rauch und Holz vermischte sich perfekt mit dem des Fleisches.

»Schmeckt es?«, fragte Harald.

»Herrlich!«

»Freut mich!« Er trank von seinem alkoholfreien Bier.

Hier auf dem Land hatte sie nicht erwartet, dass sich die jungen Autofahrer derart penibel daran hielten, keinen Alkohol zu trinken, doch Harald hatte es gleich zu Beginn klargestellt: »Wenn ich fahre, bin ich immer hundertprozentig nüchtern! Wenn man sich betrunken hinters Steuer setzt, können die schlimmsten Dinge passieren.« Während er diese beiden Sätze gesprochen hatte, hatte er zuerst Isabella angesehen, dann hatte sein Blick den seiner Schwester gesucht und Melanie hatte ihn erwidert. Isabella war dieses stille Einvernehmen zwischen den beiden irgendwie merkwürdig erschienen, wobei sie nicht genau sagen konnte, was genau sie daran gestört hatte.

Harald hatte sich schnell wieder Isabella zugewandt und hinzugefügt: »Außerdem habe ich deiner Mutter versprochen, euch beide wohlbehalten vor acht ins Hotel zu bringen. Da ich noch fahren muss, darf ich also keinen Alkohol trinken.«

Isabella biss wieder in ihre Käsekrainer und schaute an Harald vorbei zu Selina. *Zu schade, dass sie mitwollte. Wir können nicht warten, bis die Sonne untergeht. Das wäre richtig romantisch am Feuer.* Sie streckte ihre Füße aus und spürte die Hitze der Feuerschale noch intensiver.

»Wenn ihr zusammengegessen habt, müssen wir los. Ich will das Versprechen einhalten, das ich eurer Mutter gegeben habe.«

»Nur noch fünf Minuten! Ich möchte noch einmal balancieren!«

*Das darf doch nicht wahr sein!*

Selina schlang ihre Wurst hinunter. Danach mussten die anderen vier der Gruppe von ihren Sitzplätzen weichen. Isabella stellte sich neben Harald, nur wenige Zentimeter von ihm entfernt. Max stand neben Melanie. Isabella war sich nicht sicher, ob sich zwischen den beiden etwas anbahnte oder ob Max einfach nur ein guter Freund von Harald war und sich nicht ernsthaft für dessen Schwester interessierte.

Als Selina vom ersten Baumstamm auf den zweiten sprang, legte Harald seinen Arm um Isabellas Hüfte.

*Geht doch! Selina hilft mir also! Wenn auch nur indirekt. Wer hätte das gedacht?* Isabella lehnte sich seitlich an Harald.

»Sehen wir uns morgen wieder?«, flüsterte er ihr ins Ohr.

In Isabellas Bauch kribbelte es. »Ja, gerne.«

Isabella griff nach Haralds Hand und drückte sie. Melanie stand gegenüber auf der anderen Seite der Feuerschale und starrte in die Flammen, schließlich hob sie ihren Blick und lächelte Isabella zu.

»Aus dem Weg!«, rief Selina und sprang auf den Baumstamm, auf dem Harald zuvor gesessen hatte.

# 54

**Blindenmarkt**
**Samstag, 22. August 2020**

»Du siehst toll aus!«

»Danke, Leo!«

Brandner zog Eva an sich und küsste sie auf den Mund, danach ließ er sie los und betrachtete sie noch einmal. Urlaub und Sonne taten ihr offensichtlich gut. Ihr Gesicht war leicht gebräunt, und vor allem wirkte es entspannt, erstmals seit geraumer Zeit. Eva trug ein blumiges rot-gelbes Stoffkleid, das knapp unter ihren Knien endete und ihre weiblichen Kurven umschmeichelte.

»Wo sind die Mädels?«

»Die beiden müssten jeden Moment eintreffen«, erwiderte Eva. »Komm mit zu unserem Tisch.« Sie führte ihn durch die Empfangshalle des Hotels hinaus auf die Terrasse.

»Traumhaft!«

»Ja, es geht kaum schöner«, pflichtete Eva ihm bei. »Nur das Meer konnten sie natürlich nicht herbeizaubern, aber einen Schwimmteich haben sie angelegt.«

Die Kellnerin trat auf sie zu.

»Brandner, ein Tisch für vier Personen müsste reserviert sein.«

Die Bedienstete schaute in ihr Notizbuch und führte sie zu einem Tisch am Rand der Terrasse, neben dem ein üppiger gelber Rosenstrauch blühte.

*Passt perfekt zu Evas Kleid.*

Brandner zog den Stuhl neben dem Rosenstrauch zurück und ließ Eva unter den Blumen Platz nehmen. Hinter ihr erstrahlte der Himmel orangerot am Horizont, bald würde sich die Sonne endgültig von diesem Tag verabschieden.

»Sind die Mädels im Zimmer?«

Eva schüttelte ihren Kopf. »Die beiden kommen gleich, ich habe gerade mit Isabella telefoniert.«

*Telefoniert?*

»Papa!«

Brandner schaute zum Terrassenausgang. Selina kam auf ihn zugelaufen. Er konnte gerade noch aufstehen, schon lag sie in seinen Armen und er hob sie ein paar Zentimeter in die Höhe.

*Rauch, sie riecht verraucht.*

Er stellte sie wieder auf den Boden.

»Hallo, Papa.« Isabella winkte ihm zur Begrüßung zu.

»Hallo, Isabella.« Er winkte zurück, mehr war bei seiner ältesten Tochter einfach nicht drin, eine Umarmung war undenkbar.

»Nehmt doch Platz. Isabella, du neben mir. Selina, du kannst neben Papa sitzen.«

Die Töchter folgten dem Wunsch ihrer Mutter und Brandner setzte sich wieder seiner Frau gegenüber.

*Mich würde interessieren, wo Selina und Isabella gewesen sind. Berufskrankheit oder Vaterängste?*

»Wir erzählen dir gleich von unserem Tag«, sagte Eva zu ihm. »Du wirst uns ja nicht viel zu dem sagen dürfen, woran du gerade arbeitest.«

»Stimmt, besser, wir reden über euch!«, bestätigte Brandner.

»Sofort, aber lass uns vorher bestellen.«

»Die Speisekarten.« Die Kellnerin, die sie zuvor an den Tisch geführt hatte, reichte ihnen vier Karten. »Darf es schon etwas zu trinken sein?«

»Rotwein?«, schlug Brandner seiner Frau vor.

»Also, ich hätte Lust auf einen Birnenschaumwein«, antwortete Eva. »Du könntest einen Most probieren, wenn wir schon einmal gemeinsam im Mostviertel zu Abend essen. Der ist auch auf der Karte.«

Brandner zögerte. *Most, muss das sein? Vielleicht hat Eva recht, bei den Mostheurigen durfte ich nur Saft trinken. Jetzt bin ich außer Dienst. Wieso eigentlich nicht?* »Also Most«, sagte er zur Kellnerin. »Was können Sie mir empfehlen?«

# 55

**Blindenmarkt**
**Sonntag, 23. August 2020**

*Das darf doch nicht wahr sein!*

Brandners Handy vibrierte auf dem Nachtkästchen vor sich hin. Er erntete einen bösen Blick von Eva und rollte sich zur Seite. Nachdem er sein Handy gegriffen hatte, stand er auf und tappte im Dunkeln durchs Hotelzimmer in Richtung Bad.

*Reitbauer, um diese Zeit am Sonntag. Das kann nichts Gutes bedeuten!*

Brandner schluckte die aufkommende Übelkeit hinunter. Das Mostbratl mit Kraut und Knödel hatte ihm zwar hervorragend gemundet, jetzt lagen ihm aber vor allem die Knödel schwer im Magen. *Immerhin bekommt man vom Most anscheinend keine Kopfschmerzen.*

Im Badezimmer angekommen, drückte er den Lichtschalter, und als sich seine Augen an das grelle Licht gewöhnt hatten, wischte er über das Display und nahm das Gespräch an.

»Er hat wieder zugeschlagen, im wahrsten Sinne des Wortes«, sagte Reitbauer anstatt einer Begrüßung.

*Wie befürchtet, ein Anruf so früh kann nichts Gutes bedeuten …* »Wo muss ich hin?«

»Stift Ardagger, zum ›Mostbirnhaus‹.«

»Dort halten doch die Mostbarone ihre Treffen ab.«

»Stimmt.«

»Ich bin in Blindenmarkt, Hotel Furtner.«

»Dann sollten Sie in 20 Minuten dort sein. Ich fahre sofort los.«

»Ich beeile mich und gebe der Kriminaltechnik und der Gerichtsmedizin Bescheid.«

»Schon erledigt.«

Brandner legte auf. *Stefan Heiligenbrunner ist damit wohl endgültig aus dem Schneider. Für ihn war es doch nicht so schlecht, dass wir ihn übers Wochenende in Untersuchungshaft behalten haben.* Er stieg unter die Dusche. *Mal sehen, wer von den anderen Verdächtigen ohne Alibi übrig bleibt.*

Das kalte Wasser prasselte auf seinen Rücken. Eva hatte darauf bestanden, die Klimaanlage in der Nacht auszuschalten, daher war es im Zimmer viel zu warm für Brandner gewesen. Trotzdem hatte er bis zu Reitbauers Anruf einigermaßen gut geschlafen. Er trocknete sich ab, putzte sich die Zähne und überlegte, ob er sich noch rasieren sollte, entschied sich jedoch dagegen. Stattdessen öffnete er die Badezimmertür. Im Halbdunkel zog er sich an, dann ging er zurück zum Bett.

»Du musst weg«, stellte Eva mit geschlossenen Augen fest.

»Ja, ein zweiter Mord«, sagte er.

»Schnapp dir den Mörder, aber lass mich schlafen.«

Brandner beugte sich über Eva und gab ihr einen Kuss auf die Wange. Sie öffnete ihre Augen und drehte den Kopf. Die beiden küssten sich auf die Lippen.

»Pass auf dich auf«, sagte sie nach dem Kuss.

»Das werde ich.«

»Hab dich lieb.«

»Ich dich auch.« Brandner küsste sie noch einmal, dann nahm er seine Tasche und verließ das Zimmer. Die Lobby des Hotels war leer, nur eine junge Dame an der Rezeption begrüßte ihn freundlich mit einem »Guten Morgen!«.

Er grüßte zurück und trat ins Freie. *Temperaturen wie in der Karibik, wenn ich Urlaub hätte, wäre das ganz okay.*

Er warf sein Sakko auf die Rückbank des Audis, wo bereits seine Tasche stand, und fuhr los. Nach einem Kreisverkehr, dessen Mitte mit Birnenskulpturen verschönert worden war, musste er die erste Ausfahrt rechts nehmen und nach dem ÖAMTC gleich wieder links abbiegen. Bergab beschleunigte er auf über 100 Kilometer pro Stunde, bevor ihn das Navi und ein Hinweisschild mit der Aufschrift »MostBirnHaus« noch einmal links abbiegen ließen.

Stift Ardagger schien ein kleines Örtchen zu sein. Rechter Hand erkannte Brandner die namenstiftende Kirche, die von Mauern umgeben war, innerhalb derer sich ein Friedhof befand. Links davon war die Zufahrt zum »Mostbirnhaus«.

Auf dem Parkplatz vor dem Gebäude standen bereits vier Polizeiautos. Der Zugang wurde von mehreren Fahnenstangen und zwei robusten hohen Holzpfosten begrenzt, auf denen »MOSTBIRNHAUS« zu lesen war. »MOST« war rot, »BIRN« grün und »HAUS« schwarz geschrieben. Auf den Holzpfosten las Brandner noch die Schriftzüge: »Herzlich willkommen« und »G'sundheit! Sollst leb'n!«

Brandner schüttelte wegen des nun unpassenden Spruchs seinen Kopf. *Einer lebt jedenfalls nicht mehr.*

Mehrere Löcher in Form von Birnen waren ins Holz

geschnitten worden. Brandner wies sich bei dem Polizisten aus, der den Zugang bewachte. Der Beamte zeigte ihm, wohin er weitergehen musste. Gleichzeitig wunderte sich Brandner, dass sich noch keine Schaulustigen eingefunden hatten, aber es war eben für einen Sonntag ausgesprochen früh am Morgen.

»Sie sollten diesen Bereich absperren, damit keiner mehr reinkommt«, instruierte er den Polizisten.

»Mache ich sofort«, bestätigte der junge Mann und lief zu den Polizeiautos.

Über einen gepflasterten Weg, umgeben von Laubbäumen, ging Brandner vorwärts, dann folgte er Stufen nach unten. Reitbauer kam ihm entgegen.

»Die Kriminaltechnik und die Gerichtsmedizin sind noch nicht hier, sie sollten aber in ein paar Minuten eintreffen. Wir sichern gerade den Bereich.« Reitbauer zeigte nach rechts. »Hier ist der Eingang ins Museum und in die Spezerei.«

Die Terrasse vor dem Museum, die einem kleinen Restaurant als Gastgarten diente, war genauso leer wie der angeschlossene Spielplatz.

Der Inspektionskommandant führte Brandner links um das Gebäude herum. Dort sah er die restlichen Polizisten, sechs Uniformierte tummelten sich im Bereich zwischen dem Museumsgebäude und einem alten, weiß getünchten, einstöckigen Haus. Rot-weißes Band sperrte den Zugang von beiden Seiten ab. Die Polizisten standen außerhalb der selbst gemachten Grenze. Reitbauer führte Brandner zur Absperrung.

Vor der Tür, nächst einem Holzfass, lag der Leichnam eines Mannes am Boden. Er trug ein weißes Hemd, darüber die rote Weste der Mostbarone und dunkle Hosen. Neben seinem zertrümmerten Kopf lag ein Hut mit rotem Band und weißer Feder. Keinen Meter davon entfernt lag eine volle Flasche.

*Wir haben es mit einem Wiederholungstäter zu tun. Eindeutig. Das hat uns gerade noch gefehlt!* Brandner sah genauer hin. Diesmal war das Opfer seitlich am Kopf getroffen worden. Das Gesicht war entstellt, trotzdem glaubte er den Mann anhand der Halbglatze zu erkennen. »Martin Ebner?«

»Ja, seine Frau hat ihn bereits identifiziert.«

»So schnell?«

»Sie war es, die ihn gefunden hat. Ihr Mann hat ihr am Abend gesagt, wo er hinfährt, aber am besten erzählt sie Ihnen das selbst.«

»Wo ist sie?«

»Drinnen in der Spezerei.« Reitbauer zeigte auf das große Museumsgebäude. »Eine Kollegin kümmert sich um sie.«

»Gut, am besten rede ich gleich mit ihr.«

»Herr Major?«

»Ja?«

»Da ist noch etwas.«

»Was?«

»Die Flasche, mit der Martin Ebner erschlagen worden ist.«

»Was ist damit?«

»Es ist eine Flasche mit dem Birnenschaumwein von Elisabeth Furtner, der Hotelbesitzerin.«

*Von dem Hotel, in dem ich geschlafen habe und wo Eva und die Mädchen Urlaub machen!* »Franz Haider wurde mit Martin Ebners Mostflasche erschlagen und jetzt ist Ebner tot«, führte Brandner Reitbauers Gedanken fort. »Am besten nehmen Sie sich einen Ihrer Polizisten und suchen diese Furtner. Weichen Sie ihr nicht von der Seite, ich komme nach und rede mit ihr, nachdem ich Ebners Frau befragt habe!«

Reitbauer stimmte zu, er winkte einen der Polizisten zu sich und lief mit ihm den Weg zurück, den er zuvor mit Brandner gegangen war. Brandner folgte ihm langsamer und suchte nach einem Eingang in die Spezerei des »Mostbirnhauses«.

## 56

**Ardagger Stift**
**Sonntag, 23. August 2020**

Lokale Schmankerl, wohin Brandners Blick auch fiel. Moste, Säfte, Schnäpse, gedörrtes Obst, Essig und sogar Chutneys. Wurst, Schinken, Schafmischkäse und Eier waren in Kühlfächern zu erkennen.

Links hinten in Kassanähe saßen die beiden Frauen, die er suchte, im Restaurantbereich an einem der kleinen Tische. Er ging auf die beiden zu. Die junge Polizistin flüsterte etwas in Richtung der Frau, die Brandner zwischen 40 und 50 Jahre schätzte. Nachdem die Frau genickt hatte, stand die Polizistin auf.

»Frau Hermine Ebner«, stellte die Uniformierte ihm die Frau formell vor.

Die Witwe beachtete ihn nicht, erst als Brandner sich räusperte, schaute sie zu ihm auf.

»Frau Ebner, Major Brandner, Landeskriminalamt Niederösterreich, ich würde Ihnen gerne ein paar Fragen stellen.«

»Sie waren das! Sie haben Martin verdächtigt und Stefan eingesperrt!«

*Die beiden scheiden nun eindeutig als Täter aus. Sie hat jedes Recht, das gegen mich zu verwenden.* »Mein aufrichtiges Beileid für Ihren Verlust! Frau Ebner, es stimmt, wir haben Ihren Mann verdächtigt, aber nicht nur ihn. Wir haben in alle Richtungen ermittelt.«

Hermine Ebner richtete sich auf, sie schob ihren Kopf nach vorn, ihr Hals wirkte wie der eines Geiers. Sie sah Brandner einige Sekunden in die Augen, dann begann sie zu sprechen. »Warum haben Sie das Monster dann noch nicht gefunden?«, fragte sie. »Ihn nicht festgenommen? Mein Martin wäre noch am Leben!« Die Stimme der Frau bebte regelrecht, als sie die letzten Wörter aussprach.

»Ich kann Ihnen Ihren Mann leider nicht mehr zurückgeben«, gestand Brandner ein. »Ich verspreche Ihnen aber, dass ich alles daransetzen werde, seinen Mörder zu überführen.«

Die Witwe starrte an ihm vorbei. Brandner erkannte, dass es für sie nicht von Belang war, was er ihr für Anstrengungen versprach. Ihr Mann war tot und würde nicht mehr zu ihr zurückkehren.

»Kommen wir zum gestrigen Abend«, sagte er daher. »Was ist genau passiert? Warum ist Ihr Mann hier gewesen?«

»Er hat einen Anruf bekommen«, sagte sie monoton, ohne Brandner anzusehen.

»Wann war das?«

»Gegen halb neun am Abend.«

»Hat er Ihnen erzählt, wer ihn angerufen hat?«

Sie schüttelte ihren Kopf. »Martin hat nur gesagt, er muss noch was erledigen, im Godn-Haus.«

»Sie haben nicht nachgefragt?«

»Nein.« Jetzt sah sie Brandner an. »Ich habe dem Martin vertraut. Er war ein Guter, keine Weibergeschichten oder irgendwas in der Art. Wenn Sie wissen, was ich meine.«

*Keine Übereinstimmung mit Franz Haider, in der Hinsicht zumindest. Mostbarone waren sie beide und die Tatwaffe war bei beiden eine gefüllte Glasflasche. Das Handy, wir brauchen Ebners Telefon! Dann finden wir heraus, wer ihn angerufen hat, und haben vielleicht unseren Täter – oder die Täterin.* Brandner zwang sich, nicht sofort aufzuspringen, stattdessen stellte er die nächste Frage. »Wann haben Sie Ihren Mann gefunden?«

»Ich bin um halb sechs aufgestanden, wollte in den Stall wie jeden Tag. Da habe ich bemerkt, dass Martin nicht da war. Ich habe ihn überall gesucht, er war nirgends am Hof und ist auch nicht ans Telefon gegangen.

Da bin ich hierhergefahren, um halb sieben habe ich ihn gefunden und die Polizei angerufen.«

Brandner nickte. »Haben Sie den Leichnam Ihres Mannes berührt?«

Sie sah ihn perplex an. »Ja sicher! Ich musste doch wissen, ob er noch lebt!« Sie schluckte. »Aber da war nichts, kein Hauch von Leben, er war kalt.«

»Ich verstehe. Ich musste die Frage stellen, wegen der Spurensicherung«, erklärte er. »Natürlich mussten Sie sich vergewissern, ob Sie ihm noch helfen konnten.«

Brandner wollte die Witwe gerade nach möglichen Feinden ihres Mannes fragen und nach eventuellen Auffälligkeiten in den vergangenen Tagen, da wurde er von der Polizistin unterbrochen. »Die Gerichtsmedizinerin und die Kriminaltechniker sind da.«

Brandner stand auf.

»Danke, Frau Ebner, Sie haben mir weitergeholfen. Wenn es für Sie in Ordnung ist, bringt Sie meine Kollegin jetzt nach Hause. Sie sollten nicht selbst fahren und auch nicht alleine sein. Ich habe später noch ein paar Fragen an Sie.«

Sowohl die Polizistin als auch Hermine Ebner nickten.

»Ich habe die Nummern für die psychologische Betreuung weitergeleitet«, ließ ihn die Polizistin wissen.

»Nehmen Sie diese bitte in Anspruch. Sie befinden sich in einer Ausnahmesituation, es ist keine Schande, Hilfe anzunehmen.« Brandner merkte, dass er nicht durchdrang. Er verließ sich auf die junge Polizistin, sie schien einen besseren Draht zur Witwe zu haben.

# 57

**Blindenmarkt**
**Sonntag, 23. August 2020**

»Ihr bekommt heute zwei gutmütige Stuten«, sagte Karoline Unger. Ihre Haare hatte sie wieder zu einem Pferdeschwanz zusammengebunden, der Kopf wurde vom Helm geschützt.

»Wenn ihr euch traut und wenn eure Mutter nichts dagegen hat, dann könnten wir heute ausreiten, nur im Schritt natürlich.«

»Ja, bitte!«, rief Selina.

Isabellas Gedanken kreisten um ihr Treffen mit Harald, das später stattfinden würde, und darum, wie sie es schaffen konnte, ihre kleine Schwester abzuwimmeln.

»Was hältst du davon?«, fragte ihre Mutter Isabella, da sie nichts erwidert hatte.

»Wovon?«

»Frei im Gelände zu reiten. Traust du dir das zu? Du bist etwas außer Übung.«

»Bitte sag ja!«, flehte Selina.

*Karoline würde es wohl kaum vorschlagen, wenn sie es uns nicht zutrauen würde.*

»Bitte, stimm zu!«, bettelte Selina weiter.

*Was soll's?* »Für mich ist es okay«, sagte Isabella.

Selina jubelte und machte einen Luftsprung.

»Das Pferd, das ich bekomme, sollte nur nicht dazu neigen, leicht durchzugehen«, fügte Isabella hinzu.

»Keine Angst, Sissi ist unsere liebste Stute, die muss man höchstens überzeugen, dass sie vorwärtsgeht. Einen schnellen Schritt zu viel macht die niemals!«

Die drei gingen in die Ställe, dort war es stickig und heiß. Isabella war froh, als sie endlich ihre hellbraune Stute ins Freie führte und sich in den Sattel hievte, den sie zuvor wie das Halfter an Sissi befestigt hatte.

»Immer mir nach!«, instruierte Karoline die Schwestern.

Die Reitlehrerin ritt auf einem Schimmel voran. Selina saß auf einer schwarzen Stute und Isabella auf ihrer Sissi.

Selina winkte ihrer Mutter zu, die es sich auf einer Bank im Schatten eines Kastanienbaums bequem gemacht hatte. Isabella löste ihre Hand vom Sattelknauf und winkte ebenfalls. Sie ritten im Schritt den Feldweg entlang, der einem kleinen Bach folgte. Die Sonne brannte heiß auf Isabellas Rücken. Sie sehnte sich danach, ins kühle Wasser der Auseen einzutauchen und mit Harald auf der Luftmatratze herumzualbern.

*Durchhalten,* sagte sie sich. *Es ist ja einigermaßen angenehm auf dem Pferd, Selina liebt es und ich habe es früher auch gemocht. Harald … Zeit mit ihm alleine. Warum frage ich Selina nicht einfach?*

Isabella dirigierte ihr Reittier neben die schwarze Stute, auf der ihre Schwester saß. Karoline war zwei Pferdelängen vor den beiden.

»Selina?«

»Ja?«

»Wir treffen uns heute wieder mit Harald, Melanie und Max.«

»Stimmt.«

»Ich finde Harald total süß.«

»Er sieht auch gut aus.«

»Könntest du mir einen Gefallen tun?«

»Welchen?«

Selina schaute geradeaus, sie schien sich vollkommen aufs Reiten zu konzentrieren.

»Wenn er uns heute wieder einlädt, zu sich nach Hause oder auch woandershin, könntest du dann sagen, dass du schon etwas anderes vorhast?«

Isabella erkannte ein wissendes Lächeln in Selinas Gesicht. »Du willst mit ihm allein sein«, stellte ihre jüngere Schwester fest.

»Ja«, gestand Isabella.

Selina drehte ihren Kopf und lächelte sie offen an. »Ich stehe deinem Glück nicht im Weg, aber vergiss das bloß nicht! Ich werde auch älter und brauche vielleicht einmal deine Hilfe, wenn ich einen Jungen treffen will!«

»Danke«, sagte Isabella. »Du kannst dich auf mich verlassen. Ich werde dir helfen, wenn es einmal so weit ist.«

# 58

**Ardagger Stift**
**Sonntag, 23. August 2020**

Brandner sah dem Wagen nach, der rechts abbog und aus seinem Blickfeld verschwand. In dem Fahrzeug befand sich Martin Ebners Leichnam. Brandner starrte auf die gegenüberliegende Kirche, erst nach einigen Sekunden wurden ihm die Gräber auf dem Friedhof bewusst, der die Kirche umgab. Bald würde Martin Ebner in so einer Grube landen, entweder als verwesender Leichnam oder bereits zu Asche verbrannt.

*Wäre ich schneller gewesen und hätte den Mord an Franz Haider aufgeklärt, wäre Martin Ebner noch am Leben! Habe ich etwas übersehen? Hätte ich es schaffen können?*

Brandner atmete einmal bewusst aus, dann drehte er sich zu den Fahnenmasten um, die den Zugang zum »Mostbirnhaus« säumten. Es hatte keinen Sinn, sich den Kopf darüber zu zerbrechen. Die Zeit war verstrichen, ohne dass der Täter gefasst worden war, und jetzt hatte er einen zweiten toten Mostbaron. Der Mord war zwischen 20 und 23 Uhr am Abend begangen worden, hatte Dr. Heiß festgestellt. Aufgrund der Aussage von Ebners Frau konnte er die Zeit sogar weiter eingrenzen.

*Um halb neun hat er den Anruf bekommen, also ist der Mord zwischen neun und elf geschehen. Wahrscheinlich gleich bei seiner Ankunft.*

Brandners Telefon meldete sich. Er nahm es in die Hand. *Lange hat es heute nicht gedauert, obwohl Sonntag ist.*

»Brandner.«

»Entwickelt sich das im Mostviertel etwa zu einer Mordserie?«, wollte Direktor Böck von ihm wissen.

»Zwei Morde sind noch keine Serie«, erwiderte Brandner.

»Könnte es aber werden, wenn noch ein dritter Heurigenwirt erschlagen wird.«

*Es wird wohl eher eine Wirtin oder besser gesagt eine Hotelbesitzerin treffen.*

Brandner dachte an die Birnenschaumweinflasche, die diesmal als Mordwaffe gedient hatte. Elfriede Auer war damit auf dem Weg zurück ins LKA Sankt Pölten und würde die Flasche in ihrem Labor nach DNA-Spuren und Fingerabdrücken untersuchen. *Die Ergebnisse der letzten Untersuchung waren keine große Hilfe.* »Wir sollten Stefan Heiligenbrunner sofort freilassen.«

»Wen?«, fragte Böck.

*Das ist wieder einmal typisch! Er besteht darauf, ihn übers Wochenende eingebuchtet zu lassen, und kann sich dann nicht einmal mehr daran erinnern.*

»Den Mann«, sagte Brandner, »dessen Fingerabdruck auf der Mostflasche war, mit der Franz Haider, das erste Opfer, erschlagen worden ist.«

Böck erwiderte nichts.

»Stefan Heiligenbrunner«, fuhr Brandner fort, »arbeitete für Martin Ebner, das zweite Opfer. Es war Heiligenbrunners Aufgabe, die Mostflaschen zu verkaufen.«

»Dabei musste er sie anfassen«, stellte Böck fest.

*Jetzt hat er es auch verstanden!* »Genau, und seinen Chef kann er nicht erschlagen haben. Heiligenbrunner sitzt ja in U-Haft«, sagte Brandner.

»In Ordnung«, erwiderte Böck. »Wir lassen ihn sofort frei, aber Sie präsentieren mir möglichst bald den Täter!«

*Oder die Täterin.* »Ich gebe mein Bestes«, versprach Brandner.

Böck legte auf.

*Ich muss unbedingt mit der Hotelbesitzerin reden. Reitbauer hat sie hoffentlich in Sicherheit gebracht. Alles deutet darauf hin, dass sie das nächste Opfer sein könnte. Sie schwebt in Lebensgefahr!*

Er rief Elfriede Auer an.

»Martin Ebners Telefon, die letzten Anrufe«, sagte er.

»Ich sitze noch im Auto, aber ich habe die Nummern schon an die Kollegen weitergegeben. Die prüfen das mit der Telekom.«

»Es ist sehr wichtig, vor allem der Anruf gegen halb neun gestern am Abend!«

»Ist klar, ich bin dran!«

Natürlich war sie das. Er wusste, er war zu ungeduldig, aber ein Doppelmörder lief frei herum und Böck hatte leider recht. Es könnte ein drittes Opfer geben.

»Melde dich, sobald du etwas weißt.«

»Mache ich.«

Brandner bedankte sich und legte auf. *Eigentlich hätte ich mich für den Anruf entschuldigen müssen, ich bin schon wie Böck, aber mir läuft die Zeit davon.*

Brandners Magen knurrte. Er schaute auf seine Uhr, die Mittagszeit war vorbei. Der Einsatz am Tatort hatte länger gedauert, als er gedacht hatte.

*Ich besorge mir eine Kleinigkeit in Amstetten, liegt ohnehin am Weg.*

# 59

**Blindenmarkter Auseen**
**Sonntag, 23. August 2020**

Max, Melanie, Harald und Isabella lagen auf einer Decke im Schatten der großen Birke. Isabellas Mutter und ihre jüngere Schwester hatten einen anderen Platz gewählt, Selina war ihr dabei schon entgegengekommen. Sie hatte nämlich ihre Mutter überzeugt, diesmal beim dritten Ausee zu baden. Der dritte See lag zwar in unmittelbarer Nähe zu den beiden anderen, man hatte jedoch keinen Sichtkontakt.

*Gut so! Jetzt muss ich nur noch Max und Melanie loswerden. Melanie steht aber eindeutig nicht auf Max, das wird schwierig.*

»Morgen muss ich wieder arbeiten«, stellte Max fest.

»Ich habe Urlaub«, merkte Isabella an.

»Schon klar«, antwortete Max. »In Wahrheit hat unser Küken aber Ferien!«, fügte er hinzu.

»Küken, sehr lustig!« Isabella bestrafte Max mit einem Klaps auf den Hinterkopf.

Melanie, Harald und Max quittierten es mit einem Lachen.

»Müsst ihr auch wieder arbeiten?«, fragte Isabella nun Harald und Melanie. *Bitte sag, dass du nichts zu tun hast!*

»Am Nachmittag und am Abend wären wir eigentlich immer im Einsatz«, erwiderte Melanie. »Dieses Wochenende ist leider etwas dazwischengekommen.«

»Haha, etwas dazwischengekommen trifft es wohl nicht ganz«, kam es von Max.

Melanie presste ihre Lippen aufeinander und sagte nichts. Isabella musterte Harald, auch der blieb stumm.

»Was denn?«, fragte Isabella.

Alle drei schwiegen.

»Jetzt sagt schon!«, beharrte Isabella auf eine Antwort.

»Soll ich oder willst du?«, fragte Max.

»Also gut«, sagte Harald, er seufzte, ehe er fortfuhr: »Unser Onkel Franz ist ermordet worden, eine ganz schlimme Geschichte. Melanie und ich helfen in seinem Heurigen im Service mit. Tante Maria hat den Heurigen jetzt für einige Tage geschlossen.«

*Ermordet, ihr Onkel? Das ist sicher Papas aktueller Fall! Soll ich es ihnen sagen? Ich bin die Tochter des Ermittlers. Nein, besser nicht.* »Mein Beileid«, sagte Isabella, da ihr in dem Moment nichts Passenderes in den Sinn kam.

»Danke!«, antworteten die beiden Geschwister gleichzeitig.

*Allzu mitgenommen wirken die beiden nicht. Wir hatten jede Menge Spaß in den vergangenen Tagen. Angeblich wird sogar bei vielen Begräbnissen beim Leichenschmaus schon wieder gescherzt, auch von den engsten Angehörigen. So kommen sie mit dem Verlust klar. Obwohl ich Harald und Melanie die Trauer nicht ansehe, muss das nicht bedeuten, sie hätten ihren Onkel nicht gerngehabt.*

»Wegen morgen«, sagte Harald. »Ich werde Mutter am Vormittag mit dem Grünfutter für die Kühe helfen.«

»Und ich gehe mit ihr morgens in den Stall«, meinte Melanie.

*Was ist eigentlich mit ihrem Vater? Von dem habe ich noch gar nichts gehört. Wahrscheinlich keine gute Idee, danach zu fragen.*

»Heu müssen wir gerade keines einbringen und für die Birnenernte ist es noch zu früh«, erklärte Harald.

»Wir haben also morgen beide wieder Zeit«, ergänzte Melanie.

»Unglaublich!« Max richtete sich auf. »Zwei Bauernkinder können an einem Montag im August baden gehen! Das hätte es früher nicht gegeben!«

Jetzt bekam Max von Melanie einen Klaps auf seinen Hinterkopf.

»Wahrscheinlich bleiben das im Sommer unsere einzigen freien Nachmittage. Bald wird Maria ihren Heurigen wieder aufsperren und auch auf unserem eigenen Hof wird es in ein paar Tagen jede Menge zu tun geben. Dann dürfen wir wieder von frühmorgens bis spätabends schuften.«

»Ihr Ärmsten!«, antwortete Max. »Ihr dürft wenigstens normal arbeiten. Ich bin seit März in Kurzarbeit und arbeite nur drei Tage in der Woche.«

*Worüber reden wir hier? Das ganze Jammern hilft nichts und verdirbt nur die Stimmung! Wir müssen etwas unternehmen, und zwar schnell!* »Tischtennis, Volleyball oder Schwimmen?«, schlug Isabella vor.

## 60

**Blindenmarkt**
**Sonntag, 23. August 2020**

Elisabeth Furtner trug ein lila Dirndl, das ihr Dekolleté gut zur Geltung brachte. Ihre blonden Haare hatte sie zu einem Dutt hochgesteckt.

»Ist das wirklich notwendig?«, fragte die Hotelbesitzerin Brandner.

*Anscheinend hat sie den Ernst der Lage nicht erkannt.* »Herr Reitbauer hat Sie doch darüber informiert, was passiert ist?«

»Das habe ich, und zwar mehrmals«, warf Reitbauer ein, bevor Elisabeth Furtner etwas entgegnen konnte. Auch der junge Polizist aus Reitbauers Team nickte, der neben seinem Vorgesetzten die Eingangstür zum Büro blockierte.

Brandner beachtete Reitbauer nicht, er schaute weiter die Hotelbesitzerin an.

»Schon, ja«, räumte Furtner schließlich ein, »aber wenn die Polizei im Haus ist, verunsichert das die Gäste. Jetzt, wo wir endlich offen halten dürfen und gut gebucht sind, kann ich mir das nicht leisten.«

*Das darf doch nicht wahr sein!* »Es geht um Ihr Leben!«

»Wissen Sie was, Herr Brandner?«, sagte Furtner. »Die beiden wurden doch ermordet, als sie allein unterwegs waren. Ich werde einfach immer dafür sorgen, dass ich jemanden um mich habe, dann wird mir nichts passieren.«

»Sie verweigern also den angebotenen Polizeischutz?«

»Das tue ich.«

*Wir können niemanden zu seinem Glück zwingen …* »Also gut«, erwiderte Brandner, »aber geben Sie auf sich acht und unternehmen Sie keine spontanen Ausflüge allein. Wenn Sie jemand anruft, auch ein guter Bekannter, und sich an einem einsamen Ort mit Ihnen treffen will, geben Sie uns umgehend Bescheid!«

»Das werde ich, darauf können Sie sich verlassen!«, bestätigte Furtner.

*Mehr kann ich nicht tun.* »Hat Sie jemand bedroht? Können Sie sich vorstellen, wer Sie, Franz Haider und Martin Ebner ermorden will?«, wollte Brandner wissen.

Elisabeth Furtner schüttelte ihren Kopf. »Da hat wohl jemand etwas gegen uns Mostbarone«, stellte sie fest. »Der Verein, das Hochhalten der Mostkultur, das ist das Einzige, was uns drei verbindet.«

*Hier komme ich nicht weiter.* »Passen Sie gut auf sich auf und auf Wiedersehen.« *Hoffentlich sehe ich sie nicht bald als Leiche vor mir.*

Auch Reitbauer und der Polizist, der ursprünglich zu Furtners Schutz an der Seite der Hotelbesitzerin hätte bleiben sollen, verabschiedeten sich und folgten Brandner aus Furtners Büro in die Hotellobby. Brandner wählte Evas Nummer auf seinem Smartphone, doch sein Anruf wurde an ihre Mobilbox weitergeleitet.

»Hallo, Schatz, ruf mich bitte zurück. Danke!«

Mehr konnte und wollte er ihr nicht in Anwesenheit Reitbauers auf das Tonband reden. *Ich sollte die drei heimschicken. Hier ist es zu gefährlich! Ich mache mich unnötig verrückt. Der oder die Täterin hat es auf die Mostbarone abgesehen. Damit haben meine Mädels nichts zu tun! Hier ist es genauso sicher wie in Wien.*

»Jetzt reden wir nochmals mit Martin Ebners Witwe«, sagte Brandner zu Reitbauer. »Jemandem muss doch etwas aufgefallen sein.«

Brandner folgte mit seinem Audi Reitbauers Polizeiauto. Nach wenigen Minuten waren sie beim Bauernhof der Ebners angekommen.

Anscheinend hatte sie die Witwe bereits erwartet, denn sie kam aus dem Haus, als Brandner und Reitbauer aus ihren Autos stiegen. Mittlerweile hatte sie sich umgezogen, sie trug eine schwarze Bluse und einen dunkelgrauen Rock. Sie wirkte gefasst und war deutlich konzentrierter als noch am Morgen, kurz nachdem sie ihren Mann gefunden hatte.

»Ich habe nachgedacht«, sagte sie nach der Begrüßung. »Zwar habe ich nicht gehört, mit wem Martin gestern telefoniert hat, aber ich habe vergangene Woche am Montag einen Streit miterlebt.«

»Einen Streit, zwischen wem?«

»Ich habe gerade die Blumen gegossen«, sagte sie. »Da ist Harald Haider, Franz Haiders Neffe, mit seinem Auto vorgefahren. Martin und er haben sich dort drüben auf die Gartenbank gesetzt. Zuerst haben sie leise gesprochen, doch Haralds Stimme ist immer lauter geworden. Er ist sogar aufgesprungen und hat mit seinem Finger auf Martin gezeigt und geschrien: ›Das wird euch noch leidtun! Ich lasse euch nicht so einfach davonkommen!‹ Dann hat er sich umgedreht, ist zu seinem Auto gelaufen und mit durchdrehenden Rädern weggefahren.«

»Worum ist es bei dem Streit gegangen? Wissen Sie das?«, fragte Brandner.

»Natürlich habe ich Martin danach gefragt, er hat abgeblockt, wollte nicht darüber reden.«

*Er hat auch nicht gesagt, mit wem er sich gestern Abend plötzlich treffen musste. Offene Kommunikation leider Fehlanzeige.* »Sie haben nicht weiter nachgehakt?«

»Was hätte ich denn machen sollen? Martin hat der Streit ziemlich beschäftigt, auch die Tage danach. Das konnte ich deutlich erkennen. Am nächsten Tag habe ich es nochmals angesprochen. ›Ich will nicht darüber reden‹, hat er gesagt und mich einfach stehen lassen. So war er halt, mein Martin.«

*Verstehe, alles versucht, nichts erreicht.* »Ist Ihnen sonst noch etwas aufgefallen, etwas anderes Ungewöhnliches?«

»Nein, nur der Streit mit Harald Haider. Davon, dass Martin bei Franz Haider im Mostheurigen ziemlichen Ärger gemacht hat, wissen Sie ja schon länger.«

*Franz Haider ist tot, der scheidet als Täter aus.* »Ja, danke, mit dem Hinweis auf den Streit mit Harald Haider haben Sie uns sehr weitergeholfen. Dem werde ich nachgehen.«

Reitbauer und Brandner gingen nebeneinander zu ihren Autos.

»Lassen Sie Harald Haider zur Einvernahme in die Polizeiinspektion Amstetten bringen.«

»Ich leite das gleich in die Wege«, bestätigte Reitbauer.

# 61

**zwischen Blindenmarkt und Ferschnitz**
**Sonntag, 23. August 2020**

Isabella saß wieder neben Harald in dem alten Alfa und sie fuhren wie am Vortag von den Auseen in Blindenmarkt Richtung Ferschnitz. Diesmal lief mit den »Rolling Stones« eine Band, die zwar nicht zu ihrem und Haralds Alter passte, nicht einmal zu dem des in die Jahre gekommenen Autos, doch »(I Can't Get No) Satisfaction« passte perfekt zu diesem verkorksten Jahr, in dem den Jugendlichen aufgrund des Coronavirus so vieles untersagt worden war. Beide sangen lauthals und mit voller Inbrunst den Refrain mit.

*Heute ist unser Abend!* Selina war freiwillig bei ihrer Mutter geblieben und Isabella konnte ins Hotel zurückkommen, wann immer sie wollte. *Und das wird um einiges später sein als gestern.*

Max und Melanie waren zwar heute wieder mit dabei, aber Isabella hoffte darauf, dass Max bald ginge und Melanie sich diskret zurückziehen würde.

*Harald und ich nebeneinander auf dem Baumstamm bei der Feuerschale, wenn die Sonne untergeht und die Glut feurig leuchtet …*

Zwar zählte sich Isabella nicht zu den Romantikerinnen unter den Frauen, doch jetzt spürte sie so etwas wie Schmetterlinge im Bauch. Ihr war klar, dass es sich nur um einen Urlaubsflirt handelte und nicht mehr daraus werden würde. Zu verschieden waren Harald und sie, zu weit auseinander lagen ihre Welten, und zwar nicht nur geografisch. *Spaß haben, das Leben genießen vor dem nächsten Lockdown, mehr will ich gar nicht! Was ist da los? Polizeiautos? Gleich zwei.*

Harald parkte neben dem Wagen seiner Schwester und Max stellte sein Auto neben dem Alfa ab.

»Hast du eine Ahnung, was die hier wollen?«, fragte Isabella.

»Das kann nur mit dem Mord an unserem Onkel zu tun haben.«

Harald stieg aus.

*Wenn sie Fragen an Harald und Melanie haben, warum rücken sie gleich zu viert an? Da stimmt doch etwas nicht, ganz und gar nicht!*

Isabella öffnete die Tür. Sofort kamen ihnen die Polizisten entgegen, Haralds und Melanies Mutter begleitete sie.

»Harald Haider?«, fragte ein älterer Beamter.

»Das bin ich«, bestätigte Harald.

»Kommen Sie bitte mit.«

»Wohin?«

»Polizeiinspektion Amstetten.«

»Bin ich festgenommen?«

Der Polizist schüttelte den Kopf. »Es handelt sich nur um eine Befragung, vorläufig, wenn Sie sich allerdings widersetzen, dann …«

*Was geschieht hier? Sie nehmen Harald mit?*

»Melanie, bringst du bitte Isabella zurück zum Hotel?«

»Ja sicher.«

»Es tut mir leid«, entschuldigte sich Harald. »Wir holen den Abend nach, versprochen!«

Isabella war zu schockiert, um etwas zu erwidern. Sie sah zu, wie Harald sich auf die Rückbank eines der Polizeiautos setzte. Bei der Abfahrt winkte er ihr, seiner Schwester und seiner Mutter zu. Es wirkte auf Isabella, als würde ein Schwerverbrecher verhaftet werden.

Sie winkte nicht zurück. *Papa! Hat er von meinem Plan heute Abend erfahren und deshalb Harald vorgeladen? Was für eine Erklärung sollte es sonst geben? Das würde er doch nicht tun! Seine Position ausnutzen, um mich von einem Jungen fernzuhalten, der ihm nicht passt. Nein, das würde er sich nicht erlauben. Oder doch?*

Max war sichtlich geschockt, er verabschiedete sich ohne viele Worte und folgte den Polizeiautos mit einem Respektabstand.

»Was haben die Polizisten gesagt? Weswegen befragen sie ausgerechnet Harald?« Melanie hatte als Erste ihre Sprache wiedergewonnen.

Ihre Mutter wirkte verzweifelt. »Martin Ebner ist ermordet worden«, sagte sie mit monotoner Stimme.

»Was? Der Martin? Noch ein Mostbaron tot?«

»Maria Haider hat vermutet, der Martin hätte ihren Franz erschlagen«, sagte Melanies Mutter.

*Und jetzt ist auch er tot. Was bedeutet das?*

»Aber was hat das alles mit Harald zu tun?«, fragte Isabella.

»Er hat irgendeinen Streit mit dem Ebner gehabt, das sagt zumindest Ebners Frau«, antwortete die Mutter.

»Aber Harald kann doch niemandem etwas zuleide tun! Und schon gar nicht Onkel Franz!« Melanie war außer sich.

*Zwei Mostbarone sind tot und Harald wird befragt! Zwei Tote. Und die Morde hängen irgendwie zusammen.*

Melanies Mutter starrte geradeaus, sie schien mit ihren Gedanken woanders zu sein, dann schaute sie ihre Tochter an. »Ich wünschte, dein Vater würde noch leben, er hätte gewusst, was wir jetzt tun sollen.«

»Das kann ich dir auch sagen«, erwiderte Melanie. »Das kriegen wir ohne Papa hin! Harald hat nichts getan, er wird befragt und wieder freigelassen.«

»Und falls nicht?«

»Dann besorgen wir ihm morgen einen Anwalt.«

Melanies Mutter starrte wieder geradeaus.

»Alles wird gut, mach dir keine Sorgen!«

»Nichts wird je wieder gut! Dein Vater ist tot! Er wird nicht wieder lebendig.«

*Haralds und Melanies Vater lebt nicht mehr. Es ist so traurig! Und mein Vater befragt Harald. Soll ich es den beiden sagen? Ich bin die Tochter des Ermittlers. Irgendwann muss ich es ihnen beichten, aber nicht jetzt.*

»Am besten bringe ich dich gleich ins Hotel«, meinte Melanie an Isabella gewandt.

Sie nickte.

»Ich kann dich kurz allein lassen?«, fragte Haralds Schwester ihre Mutter.

Auch die Mutter nickte.

## 62

**Amstetten**
**Sonntag, 23. August 2020**

Harald Haider trug ein oranges T-Shirt und kurze blaue Hosen, die auf Brandner wirkten, als wären sie Badeshorts, dazu Vans ohne Socken und eine Sonnenbrille im Haar. Gesicht, Arme und Beine waren dunkel gebräunt, fast gerötet.

*Er hat den Sonntag sichtlich genossen. Sieht so ein Doppelmörder aus? Sicher nicht auf den ersten Blick, aber das Äußere sagt normalerweise wenig darüber aus, wozu eine Person fähig ist. Wichtiger ist, was mir seine Augen, seine Gesten und Worte erzählen werden.* »Herr Haider, danke, dass Sie sich bereit erklärt haben, so kurzfristig mit uns zu reden«, begann Brandner das Gespräch.

»Ihre Polizisten haben mir kaum eine Wahl gelassen. Die haben mich behandelt wie einen Schwerverbrecher.«

Brandner, Reitbauer und Haider befanden sich im Besprechungszimmer der Polizeiinspektion.

»Die Kollegen sind nervös«, entgegnete Brandner. »So wie wir alle. Ich kann es ihnen nicht verübeln, zwei Morde sind in kurzer Zeit begangen worden, da können wir nicht auf alle Befindlichkeiten Rücksicht nehmen.«

»Aber ich habe damit nichts zu tun.«

»Nehmen Sie erst einmal Platz, dann reden wir in Ruhe.«

Brandner versuchte es bewusst mit der netten Masche und zeigte auf einen der beiden Stühle, die im Raum verblieben waren. Die anderen hatte er zuvor hinausgetragen. Reitbauer würde stehen oder den Raum verlassen müssen. Brandner konnte mit beidem leben. Wichtiger war ihm, dass ihn Direktor Böck diesmal bei seiner Befragung nicht vom Nebenraum durch eine Glaswand beobachten konnte. Allein dadurch fühlte sich Brandner weniger angespannt, obwohl der Druck durch den zweiten Mord innerhalb kurzer Zeit natürlich größer geworden war. *Heute, am Sonntagabend, wäre Böck wahrscheinlich ohnehin nicht im LKA, aber so ist es trotzdem besser.*

Haider setzte sich, Brandner blieb vorerst stehen. »Wollen Sie ein Wasser?«, fragte er den Verdächtigen.

»Das wäre nett.«

»Ich besorge es sofort«, sagte Reitbauer. Der Inspektionskommandant schritt pflichtbewusst aus dem Raum.

»Wo waren Sie gestern?«, wollte Brandner wissen.

»Am Nachmittag mit Freunden bei den Auseen in Blindenmarkt, danach sind wir bei uns daheim gewesen. Gegen 20 Uhr bin ich wieder kurz nach Blindenmarkt gefahren, habe unsere Freunde zurückgebracht, danach bin ich eine Runde über Amstetten und Euratsfeld gefahren und habe einen Stopp an der Ybbs gemacht, die Beine ins Wasser hängen lassen und nachgedacht. Gegen 22 Uhr bin ich wieder daheim gewesen.«

»War zwischen 20.30 Uhr und 22 Uhr jemand bei Ihnen?«

»Nein, ich war allein, wollte den Kopf freibekommen.«

»Martin Ebner ist gestern gegen 21 Uhr ermordet worden, beim ›Mostbirnhaus‹ in Stift Ardagger«, stellte Brandner fest. »Seine Frau sagt, dass Sie am Montag vor einer Woche heftig mit Martin Ebner vor seinem Hof gestritten hätten. Worum ging es dabei?«

Harald Haider schaute zu Brandner hoch, der seine Hände auf der Tischplatte abstützte.

»Also heftig gestritten haben wir sicher nicht. Ich habe ihm nur gesagt, dass er keinen Radau bei Onkel Franz' Heurigen machen soll, denn das schadet uns allen. Von Streit, also einem richtigen Streit, kann keine Rede sein.«

»Ebners Witwe sagt, Sie hätten ihrem Mann gedroht.«

»Sie lügt! Glauben Sie nicht alles, was die von sich gibt. Wahrscheinlich hat sie ihren Mann selbst ermordet.«

»Davor auch Ihren Onkel?«

»Warum nicht? Sie hat genauso darunter gelitten wie ihr Mann, dass Onkel Franz und Tante Maria ihren Mostheurigen so oft aufhatten. Jetzt hat sie vielleicht zwei Fliegen mit einer Klatsche geschlagen. Sie wird den Konkurrenten im Nachbarort los und ihren Mann auch noch. Für beides schiebt sie mir die Schuld in die Schuhe, damit wäre sie schön aus dem Schneider!«

*Das hat er sich sehr schlüssig zusammengereimt. Das passt zu gut und er ist zu schnell auf diese Lösung gekommen.* »Entschuldigen Sie mich einen Augenblick.«

Reitbauer kam mit dem Glas Wasser zurück, Brandner nutzte die Gelegenheit und verließ seinerseits den Raum, um mit Elfriede Auer zu telefonieren.

»Schlechte Nachrichten«, sagte die Kriminaltechnikerin sofort. »Diesmal haben wir keinerlei brauchbare Spuren an der Flasche, keine Fingerabdrücke, DNA nur vom Opfer.«

»Ebners Telefon?«

»Wir haben den Anruf kurz vor seinem Tod rückverfolgen können. Er ist von einem Prepaidhandy erfolgt. Das andere Telefon hat sich mitten in Amstetten ins Mobilnetz eingewählt. Jetzt ist es ausgeschaltet.«

»Wenn wir dieses Wertkartenhandy sicherstellen, kannst du dann anhand der SIM-Karte eindeutig beweisen, dass der Anruf von diesem Telefon erfolgt ist?«

»Ja.«

»Gut, danke! Jetzt mach Feierabend, sonst musst du vielleicht gleich zum zweiten Mal heute in den Amstettener Bezirk.«

»Das würde mir nichts ausmachen.«

*Seit der Sache mit Huber scheint sie kein Privatleben mehr zu haben.*

Brandner verabschiedete sich von ihr, danach wählte er Böcks Nummer. Sonntag hin oder her, sein Vorgesetzter musste ihm einen Durchsuchungsbeschluss für den Bauernhof der Haiders in Ferschnitz und für Harald Haiders Auto besorgen. Brandner wollte alles unternehmen, was in seiner Macht stand, um das Handy zu finden, mit dem Martin Ebner in der Mordnacht angerufen worden war. Solange Harald Haider hier war, konnte er das Handy nicht verschwinden lassen.

*Das wäre auch zu einfach gewesen. Ich werde Böck bitten, Untersuchungshaft für Harald Haider zu beantragen. So unschuldig wie er tut, ist er sicher nicht.*

»Sie wollten ja möglichst schnell einen Ersatz für Stefan Heiligenbrunner als Verdächtigen«, begann Brandner sein Gespräch mit Böck. »Ich hätte da einen.«

»Das sind ja fantastische Nachrichten! Erzählen Sie!«

Brandner nahm sich die nötige Zeit, um Böck die Einzelheiten zu erklären.

»Ich kümmere mich sofort darum. Sie hören umgehend von mir!«, sagte Böck zum Schluss und legte auf.

# 63

**Blindenmarkt**
**Sonntag, 23. August 2020**

Eva hatte genug davon, im See zu planschen und im Schatten einer Birke das nächste Buch zu lesen. Das hatte sie zwar bisher genossen, aber jetzt reichte es ihr. Sie brauchte Abwechslung.

Vor der Reise hatte sie im Internet recherchiert, natürlich konnte sie aus mehreren Sehenswürdigkeiten im Mostviertel auswählen, die von ihrem Hotel aus rasch zu erreichen waren.

»Morgen Nachmittag will ich einen Ausflug unternehmen. Kommst du mit?«

Selina saß ihr beim Abendessen auf der gut gefüllten Terrasse des Hotels gegenüber. Die Hausherrin schlenderte am anderen Ende der Terrasse von einem Tisch zum nächsten und plauderte mit den Gästen.

»Kommt darauf an«, erwiderte Evas jüngere Tochter. »Wo soll es hingehen?«

»Da bin ich noch unsicher.« Eva griff nach ihrem Smartphone und öffnete den Browser. Sofort widmete sich auch Selina ihrem Telefon.

Eva tippte »Sehenswürdigkeiten Mostviertel« in die Suchmaske ein.

»Hallo.« Unbemerkt hatte Isabella die Terrasse betreten. Sie stand nur einen Meter entfernt, ihre Badetasche hing um ihre Schulter.

»Du bist schon da!«, stellte Eva das Offensichtliche fest. »Wir warten gerade auf die Hauptspeise. Willst du auch etwas essen? Setz dich zu uns!«

»Ich bin müde, ich gehe gleich aufs Zimmer.« Isabella schaute zu Selina. »Weck mich nicht, falls ich schlafe, wenn du kommst.« Sie wartete die Antwort ihrer Schwester nicht ab, sondern drehte sich um und ging schnellen Schrittes in Richtung Hoteleingang davon.

»Schlaf gut!«, rief Eva ihr hinterher, ihre Tochter reagierte nicht.

»Was ist denn mit ihr los?«, wollte Selina wissen.

*Liebeskummer, was sonst?* »Ich weiß es nicht«, erwiderte Eva. »Vielleicht braucht Isabella nur etwas Freiraum, den lassen wir ihr besser.«

»Okay«, entgegnete Selina.

*Gott sei Dank ist wenigstens eine pflegeleicht.*

»Mosthendl auf Estragonrahm!« Die Kellnerin servierte die Hauptspeise. Die Hendlbrust lag auf Bandnudeln und Wurzelgemüse. Auch bei diesem Gericht wurde der Soße Most hinzugefügt, wie die Kellnerin bei der Bestellung erklärt hatte.

Selina war dabei, die Nudeln um die Gabel zu wickeln. Eva schnitt ein Stück Hühnerbrust ab, tunkte es in die Soße und führte die Gabel zum Mund. Der würzige Geschmack und das feine Hühnerfleisch waren herrlich.

»Ich hoffe, es schmeckt?«, fragte die Hausherrin, die nun bei ihrem Tisch angekommen war.

»Sehr gut!«, rief Selina sofort.

Eva sah, dass ihre Tochter den Mund voll hatte, doch das schien Elisabeth Furtner nicht zu stören. »Das freut mich!«, erwiderte sie mit einem Lächeln.

Rasch schluckte Eva das Hühnchen in ihrem Mund hinunter. »Es schmeckt wirklich hervorragend«, bestätigte sie. »Ein Kompliment an die Küche!«

»Das leite ich gerne weiter! Kann ich sonst noch etwas für euch tun?«

*Soll ich sie fragen?*

»Nur zu, raus mit der Sprache!«, ermutigte Furtner, die bemerkt haben musste, dass Eva zwar etwas fragen wollte, aber zögerte.

*Also gut.* Eva richtete sich auf. »Wir wollen morgen am Nachmittag einen Ausflug machen. Unser Ziel sollte nicht allzu weit entfernt sein, kannst du uns da etwas empfehlen?«

Elisabeth Furtner nickte. »Aber sicher, da gibt es mehrere Möglichkeiten. Lasst euch erst einmal euer Essen schmecken, ich komme nachher beim Dessert noch einmal vorbei. Dann reden wir in Ruhe darüber und ihr entscheidet.«

Der Klingelton von Evas Handy unterbrach die Hotelbesitzerin.

»Entschuldige, mein Mann, da muss ich rangehen.«

»Kein Problem.«

Elisabeth Furtner zog sich zurück und Eva nahm das Gespräch an.

*Vielleicht kommt Leo ja heute auch noch vorbei!*

# 64

**Ferschnitz**
**Sonntag, 23. August 2020**

»Hallo, Schatz!«

»Hallo, Leo!«

Brandner saß in seinem Auto unmittelbar vor dem Vierkanthof der Haiders in Ferschnitz. Er hatte den Motor ausgeschaltet und telefonierte nicht mehr über die Freisprecheinrichtung, sondern direkt über das Handy.

»Kommst du heute noch zu mir?«, fragte Eva.

*Nur zu gerne, aber leider …* »Wir starten gerade mit einer Hausdurchsuchung«, ließ er seine Frau wissen. »Es kann richtig spät werden, also rechne heute nicht mehr mit mir.«

»Schade! Ich habe mich auf dich gefreut!«

Brandner konnte sich gut vorstellen, wie sie ihm den Abend versüßt hätte. Eva war seit mehreren Tagen im Urlaub. Sie hatte keinen Arbeitsstress und war daher entspannt. Das regte meist ihre Libido an.

»Tut mir leid, aber wir sind nahe dran, den Fall zu lösen. Das spüre ich.«

»Hoffentlich hast du recht!«

*Das wünsche ich mir auch!* »Was habt ihr heute gemacht?«, wechselte Brandner das Thema.

»Das Übliche«, antwortete Eva. »Am Vormittag waren die Mädels reiten, am Nachmittag sind wir bei den Auseen baden gewesen.«

»Das hört sich gut an!«

Reitbauer trat aus dem Vierkanthof ins Freie und kam auf Brandners Auto zu.

»Ja, sicher, aber langsam wird es langweilig, morgen machen wir einen Ausflug!«

»Wohin?«

»Weiß ich noch nicht.«

»Seid vorsichtig!«, ermahnte er sie.

»Sind wir immer.«

Reitbauer klopfte ans Seitenfenster der Fahrertür. Brandner öffnete sie.

»Sie werden nicht glauben, was wir gerade entdeckt haben!« Reitbauer strahlte übers ganze Gesicht. »Das müssen Sie sich ansehen.«

Brandner nickte und stieg aus. »Schatz, ich muss Schluss machen.«

»Passt! Ich mache mich jetzt über das Abendessen her. Selina ist schon fast fertig.«

»Gib ihr einen Kuss von mir.«

»Mache ich.«

Brandner wusste, dass sie das natürlich nicht tun würde, dafür war auch ihre jüngste Tochter viel zu erwachsen, aber Eva würde Selina Grüße von ihm ausrichten. Nachdem er das Gespräch beendet hatte, folgte er Reitbauer zur Eingangstür des Hofes.

*Hoffentlich haben sie das Handy gefunden. Weswegen sonst sollte Reitbauer extra zu mir herauskommen? Wo ist eigentlich Isabella gewesen? Eva hat sie gar nicht erwähnt.*

# 65

**Blindenmarkt**
**Montag, 24. August 2020**

Eine schlaflose Nacht lag hinter Isabella. Mit Melanie hatte sie am Vorabend vereinbart, dass sie sich auch heute wieder treffen würden, mit oder ohne Harald.

Als sie beim Hotel angekommen waren, hatte Melanie nach Isabellas Telefonnummer gefragt und sie hatte ihr die Nummer bereitwillig diktiert. Auf dem Zimmer war Isabella in den Sinn gekommen, dass sie selbst keinerlei Möglichkeit hatte, die beiden Geschwister zu kontaktieren.

Sie kannte die beiden nun schon mehrere Tage, aber sie hatte mit ihnen nicht die Nummern getauscht und sie auch nicht über die sozialen Medien kontaktiert. Das könnte sie zwar jederzeit tun, und sie war die halbe Nacht versucht gewesen, aufzustehen und nach Harald im Internet zu suchen, doch sie hatte es bleiben lassen.

Nach dem Frühstück und ihren Reitstunden würde sie wieder bei den Auseen sein und die beiden, Harald und Melanie, würden dort hinkommen. Das hatte ohne Probleme an den vorangegangenen Tagen geklappt und dieser Montag würde daran nichts ändern. Nur weil Harald am Vorabend wie ein Verbrecher von der Polizei mitgenommen worden war, hieß das nicht, dass er am nächsten Tag nicht zu den Seen kommen konnte.

*Falls Harald doch nicht da ist, mache ich mir eben*

*einen schönen Tag mit Melanie und erfahre von ihr mehr über ihren Bruder.*

Endlich rührte sich Selina im Bett neben Isabella. Sie streckte ihre beiden Arme nach hinten, bis sie die mit Holz verkleidete Wand berührte, ehe sie die Augen öffnete.

»Ich liebe unseren Urlaub!« Selina strahlte schon am frühen Morgen eine Zufriedenheit aus, die Isabella kaum jemals in ihrem Leben verspürt hatte. Ein ganz kleines bisschen war sie neidisch auf ihre jüngere Schwester. *Immerhin muss unser Zwerg noch ein oder zwei Jahre warten, bis unsere Eltern sie mit einem Jungen am Abend allein lassen.*

»Mir gefällt unser Urlaub auch besser, als ich erwartet habe.«

»Was war gestern los? Warum bist du gleich aufs Zimmer und wieso warst du so früh zurück?«

Isabella richtete sich im Bett auf. »Nicht viel war los«, sagte sie. »Alle waren nur müde und Max muss heute arbeiten, daher war früher Schluss. Ich treffe mich am Nachmittag aber wieder mit Harald und Melanie.«

*Von der Polizei muss niemand wissen, zum Schluss verbietet mir Mama noch, dass ich mich mit den beiden treffe.*

Selina sprang voller Energie aus dem Bett. »Wegen mir musst du dir heute keine Gedanken machen. Ich störe dich nicht. Ich unternehme mit Mama am Nachmittag einen Ausflug zur Basilika Sonntagberg. Willst du nicht mitkommen?«

»Eine Kirche? Nein danke!«

# 66

**Wien**
**Montag, 24. August 2020**

Brandner musterte sich selbst im Badezimmerspiegel. Leider sah er noch immer so aus, wie er sich fühlte, und das, obwohl er kalt geduscht, sich die Zähne geputzt und sich rasiert hatte.

Vergangene Nacht war er zu Beginn bei der Hausdurchsuchung in Ferschnitz dabei gewesen. Hausdurchsuchung war natürlich untertrieben, es war eine Vierkanthof-Durchsuchung gewesen. Dabei hatte er mit eigenen Augen gesehen, wie Elfriede Auer den versperrten Schrank mit der Glock im Innern geöffnet hatte. Deswegen hatte Reitbauer ihn ins Haus geholt.

»Die Glock hat meinem Mann gehört, jetzt ist sie meine«, hatte Harald Haiders Mutter angegeben, als sie der Kriminaltechnikerin den Schlüssel für den Schrank ausgehändigt hatte.

Wenige Minuten später hatten die Kollegen die Fakten gegengeprüft und es stimmte: Frau Haider hatte eine entsprechende Waffenbesitzkarte. Sie durfte die Handfeuerwaffe besitzen und die Pistole war entsprechend den Vorschriften sicher verwahrt gewesen. Es gab daran rein gar nichts zu bemängeln.

Elfriede Auer hatte die Glock wieder im Schrank versperrt und der Mutter den Schlüssel im Beisein der Tochter übergeben. Keines der beiden bisherigen Mordopfer war mit einer Feuerwaffe getötet worden, der oder die Mörderin machte es sich nicht derart einfach.

Franz Haider war mit Martin Ebners Mostflasche der Hinterkopf eingeschlagen worden. Martin Ebner hatte man mit Elisabeth Furtners Birnenschaumweinflasche den Kopf samt dem halben Gesicht zertrümmert.

*Nach dem Gesetz der sich abzeichnenden Reihe ist Elisabeth Furtner das nächste Opfer. Harald Haider hat Martin Ebner bedroht. Franz Haider und Martin Ebner sind tot, Elisabeth Furtner lebt. Sie muss etwas wissen! Ist sie auch von Harald Haider bedroht worden? Ich muss noch einmal mit ihr reden.*

Brandner sprühte sich Parfum aufs Hemd, dann ging er in den Vorraum. Dort nahm er sein Diensthandy von der Ladestation, entriegelte es und rief seine Nachrichten auf.

Elfriede Auer hatte ihm um 3 Uhr morgens geschrieben.

»Prepaidhandy nicht gefunden. Scheibenkleister! Der ganze Aufwand war umsonst!«

Brandner schlüpfte in seine Schuhe, nahm seine Tasche und verließ das Haus. Ihm war bewusst, dass er sich die doppelte Autofahrt zwischen Amstetten und Wien hätte ersparen können, wenn er bei Eva im Hotel übernachtet hätte. Mitten in der Nacht hatte er Eva jedoch nicht aus dem Schlaf reißen wollen. *Außerdem war ich zu aufgewühlt, ich hätte mich im Bett hin und her gewälzt. Eva hätte mich zu Recht verflucht.*

Als Brandner die Stadtausfahrt erreichte, schaltete er die Klimaanlage auf 18 Grad und das Radio auf eine für ihn angenehme Lautstärke. Manchmal war es gut, eine längere Strecke mit dem Auto zurückzulegen, das führte zu einer ganz speziellen Art von Entspannung, und es klärte die Gedanken, wenn keine Anrufer störten. Darauf hoffte er.

Im Kopf malte Brandner sich aus, wie er vor der neuerlichen Befragung Furtners auf der Terrasse des Hotels mit Eva und den Mädchen ein Frühstück mit Kaffee und einem Croissant genießen würde. Kurz vor Sankt Pölten wurde seine Illusion abrupt zerstört.

Zwei Lkw waren miteinander kollidiert und blockierten laut Verkehrsfunk alle drei Spuren der Autobahn. Der Stau hatte sich rasch aufgebaut. Zwar könnte Brandner das Blaulicht aktivieren und in der Rettungsgasse an den stehenden Fahrzeugen vorbeifahren, aber er befand sich in keinem akuten Einsatz, der dies rechtfertigen würde. Daher wartete er ab, reihte sich in die Kolonne ein und machte den Platz frei für Einsatzfahrzeuge.

Nach eineinhalb Stunden passierte er die Unfallstelle. Die Feuerwehr hatte es gemeinsam mit der ASFINAG geschafft, zwei der drei Spuren wieder für den Verkehr befahrbar zu machen. Er kam deutlich schneller voran, sodass er mitten am Vormittag auf dem Parkplatz des Hotels Furtner in Blindenmarkt einparken konnte.

Eva würde er leider nicht mehr antreffen, seine drei Damen waren bereits bei der gebuchten Reitstunde.

*Ist vielleicht besser so, ich muss mich ohnehin auf den Fall konzentrieren.*

Brandner stieg aus und betrachtete die Anlage. Elisabeth Furtner hatte in seinen Augen ein kleines Paradies für ihre Gäste erschaffen. *Hoffentlich bleibt das so.*

Diesmal verzichtete Brandner auf Reitbauers Begleitung. Den Weg zum Hotel kannte er bestens und mit

Furtner konnte er allein reden. Er stellte sich an der Rezeption vor. Da er zuvor angerufen hatte, brauchte er der Dame sein Anliegen nicht mehr zu erklären. Sie führte ihn umgehend in einen menschenleeren Seminarraum, der für 20 bis 30 Personen Platz bot.

Mehrere Tische waren zu einer großen Tafel zusammengestellt worden. Durch die Fensterfront erkannte Brandner einen Schwimmteich, der idyllisch wirkte, jedoch von keinem Gast genutzt wurde.

»Herr Brandner, haben Sie den Täter? Bin ich wieder sicher?«

Brandner drehte sich um. Elisabeth Furtner trug ein blutrotes Dirndl und ihre blonden Haare waren zu einem Zopf geflochten. Auf ihren Wangen befand sich mehr Rouge als bei ihrem letzten Aufeinandertreffen.

»Wir haben einen jungen Mann in Untersuchungshaft genommen«, informierte Brandner die Hotelbesitzerin. »Jetzt brauche ich Ihre Unterstützung«, fügte er hinzu.

»Wie kann ich helfen?«

Elisabeth Furtner trat näher und schaute Brandner fragend an. Ihm stieg der blumige Duft ihres Parfums in die Nase, er unterdrückte den aufkeimenden Niesreiz und machte einen Schritt zurück.

»Bei dem Verdächtigen handelt es sich um Harald Haider, Franz Haiders Neffen. Harald hat für seinen Onkel im Mostheurigen in Neuhofen gearbeitet und er hat das zweite Mordopfer, Martin Ebner, nur wenige Tage vor der Tat bedroht. Das hat uns Ebners Witwe berichtet.«

Elisabeth Furtner nickte. »Harald ist es also gewesen, interessant.«

»Zumindest nach derzeitigem Ermittlungsstand ist

er unser Hauptverdächtiger, aber er leugnet die Tat und wir kennen das Motiv nicht. Ebner hat seiner Frau nicht gesagt, worüber er sich mit Harald Haider gestritten hat.« Brandner machte eine Pause. Da Furtner nichts sagte, erklärte er weiter: »Franz Haider und Martin Ebner sind tot, die beiden können uns nicht mehr weiterhelfen.«

Elisabeth Furtner verschränkte ihre Arme vor der Brust und drehte sich von Brandner weg. Sie schaute durch die Fensterfront hinaus auf den verwaisten Badeteich. »Sie glauben, ich weiß, worum es geht, weil Martin mit einer meiner Flaschen erschlagen worden ist und ich das logische nächste Opfer bin.«

»Ich hoffe darauf, ja«, bestätigte Brandner.

Die Hotelbesitzerin wandte sich zu ihm um und sah ihm in die Augen. »Da muss ich Sie leider enttäuschen«, antwortete sie. »Ich habe keine Ahnung, worum es dabei gehen könnte. Mit mir hat Harald Haider nicht gesprochen.« Sie hielt einen Atemzug inne. »Aber ich freue mich, dass Sie ihn aus dem Verkehr gezogen haben. Jetzt bin ich wieder sicher!«

»Noch ist er nicht überführt, bleiben Sie vorsichtig!«, ermahnte Brandner.

»Das mache ich, versprochen!« Furtner ging Richtung Tür.

»Wenn das alles ist, ich muss ein Hotel leiten, und am Nachmittag habe ich mir ausnahmsweise freigenommen. Davor habe ich viel zu erledigen.«

Brandner folgte ihr zum Ausgang. »Ich halte Sie nicht länger auf.«

»Tut mir leid, dass ich Ihnen nicht weiterhelfen konnte.«

*Konnte sie wirklich nicht oder wollte sie nur nicht? Verheimlicht sie etwas?* »Kann man nichts machen.« Brandner war klar, dass er von Furtner derzeit nicht mehr Informationen erhalten würde. »Danke für Ihre Zeit. Falls Ihnen etwas einfällt …«

»Lasse ich es Sie sofort wissen.«

Brandner verabschiedete sich endgültig und fuhr von Blindenmarkt nach Neuhofen.

Als er die Birnbaumallee passierte, die ihn zum Mostheurigen des ersten Opfers führte, fragte er sich, ob es nicht besser gewesen wäre, wenn er seinen Besuch angekündigt hätte.

*Ich hätte Nina Haider nach Amstetten zur Polizeiinspektion bestellen können. Jetzt ist es zu spät, wird schon klappen.*

Auf dem großen Parkplatz standen zwei Autos, sowohl die Tochter als auch Maria Haider schienen daheim zu sein.

Die Eingangstür war unversperrt, trotzdem betätigte Brandner die Klingel.

Nina Haider öffnete ihm und führte ihn in den großen Gästesaal. Offiziell war der Mostheurige wegen des Trauerfalls in der Familie noch immer geschlossen, daher befand sich Brandner mit Maria Haider und ihrer Tochter Nina allein in dem großen Raum, in dessen Mitte der Kachelofen stand.

»Wann wird der Leichnam vom Franz endlich zur Bestattung freigegeben?«, wollte Maria Haider wissen, als Brandner den Raum betrat.

*Keine Ahnung, das ist wirklich nicht meine Zuständigkeit.* »Ich werde, wenn ich hier fertig bin, gleich in der Gerichtsmedizin anrufen und gebe Ihnen dann Bescheid«, antwortete Brandner. *Besser, ich zeige etwas Entgegenkommen, vielleicht helfen sie mir dann.*

»Danke, das ist sehr nett von Ihnen«, sagte Nina Haider. »Nehmen Sie doch Platz! Kann ich Ihnen etwas anbieten?«

»Vielen Dank, aber ich bleibe nicht lange. Ich habe nur ein paar Fragen.«

»Noch mehr Fragen und keine Festnahmen! Das alles führt doch zu nichts!«, griff ihn Maria Haider an.

*Es war keine gute Idee hierherzukommen. Ich hätte Nina Haider vorladen und allein mit ihr reden sollen. Jetzt habe ich den Schlamassel mit der keifenden Witwe.*

»Ihr Neffe, Harald Haider, ist mein derzeitiger Hauptverdächtiger«, fuhr Brandner fort, ohne auf Maria Haiders Anfeindungen einzugehen. »Er hatte Streit mit Martin Ebner und er hat für beide Morde kein Alibi. Außerdem hat er für Sie gearbeitet und somit eine sehr enge Verbindung, die nicht nur familiär ist.«

»Ihre Ermittlungen! Jetzt glauben Sie auch noch, dass Harald meinen Franz erschlagen hat! Harald kann keinem was tun! Sie sind so was von auf dem Holzweg!«, schimpfte Maria Haider.

»Ich kann mir das auch nicht vorstellen«, pflichtete Nina Haider ihrer Mutter bei. »Ich kenne Harald, seit wir Kinder waren.«

»Hat es bei ihm vor Kurzem irgendeinen auffälligen Vorfall gegeben, irgendetwas Ungewöhnliches?«, wollte Brandner wissen.

Nina Haider dachte angestrengt nach, das konnte Brandner deutlich sehen.

»Nichts hat es gegeben!«, tat Maria Haider Brandners Frage sofort ab, ohne sich damit auseinanderzusetzen. »Rein gar nichts! Der Harald war es nicht!«

»Welchen Zusammenhang gibt es zwischen Ihrem verstorbenen Mann beziehungsweise Ihrem Vater, Martin Ebner und Elisabeth Furtner, außer dass sie alle drei Mostbarone waren?«, fragte Brandner. »Da muss es einfach mehr geben!«, beharrte er.

»Nichts gibt's da! Nur die Mostbarone verbinden sie! Die drei sind sogar immer gemeinsam zu den Treffen der Mostbarone gefahren, damit nur einer nüchtern bleiben musste. Früher war noch der Thomas dabei, Haralds Vater, Gott hab ihn selig!«

»Mein Gott!« Nina Haider bedeckte mit beiden Händen ihr Gesicht.

»Nina, was ist denn?«

Langsam nahm Nina ihre Hände herunter und sah ihre Mutter und anschließend Brandner unsicher an.

»Nun sag schon! Zier dich nicht so!«, drängte Maria Haider. »Was ist los?«

Nina schluckte und begann zu reden.

»Herr Brandner hat vorhin gefragt, ob es bei Harald einen ungewöhnlichen Vorfall gegeben hat, und da habe ich gleich an Katharina denken müssen.«

»Geh! Warum denn das?«, fragte ihre Mutter.

»Das hat den Harald damals völlig aus der Bahn geworfen, und jetzt, als du gesagt hast, dass der Papa, Onkel Thomas, Martin Ebner und die Elisabeth Furtner immer eine Fahrgemeinschaft gebildet haben, da ist es mir eingefallen!«

»Was denn?«

»In der Nacht, als das mit Katharina passiert ist, da war Papa bei einem Treffen der Mostbarone.«

# 67

**Ferschnitz**
**Donnerstag, 12. Juli 2018**

Warme Luft strömte durch das gekippte Fenster ins Zimmer. Harald pfiff vergnügt zum Vogelgezwitscher, das von draußen hereindrang. Er öffnete die Tür des Kleiderschranks und beförderte die dunkelblaue Badehose zur Sonnencreme in den Rucksack. Danach warf er noch ein dünnes Handtuch dazu. Schon war er bereit, den freien Tag mit seiner Verlobten am See zu verbringen. *Sehr lieb von Melanie, dass sie heute Mama und Papa beim Heuen hilft und ich Zeit für Kathi habe.*

Das Vogelgezwitscher wurde vom Motorenlärm eines Autos übertönt. Der Motor verstummte, Türen wurden zugeschlagen, danach hörte Harald die Türklingel.

*Mama oder Papa werden schon aufmachen, ich rufe Kathi an und frage, ob ich sie etwas früher abholen kann.*

Kathi nahm seinen Anruf nicht entgegen, stattdessen wurde er auf ihre Mobilbox weitergeleitet. Gerade als er ihr eine Nachricht hinterlassen wollte, klopfte es an der Tür.

»Herein!«

Sein Vater streckte den Kopf zur Tür herein.

»Harald, komm bitte mit, Kathis Eltern sind da.«

»Warum, was wollen sie?«

»Komm bitte mit.«

Erst jetzt fiel Harald auf, wie blass sein Vater im Gesicht war. Er folgte ihm. »Ist etwas mit Kathi?«, rief er ihm nach, erhielt aber keine Antwort. *Was ist da los, warum sagt er nichts?* Sein Vater führte ihn in die Küche.

»Unsere Kathi ist tot, überfahren, liegen gelassen zum Sterben!« Kathis Mutter schluchzte mehr, als dass sie die Worte sagte.

Haralds Beine gaben nach, er sank einfach auf den Boden.

»Fahrerflucht!«, hörte er die Frau sagen, die seine Schwiegermutter hätte werden sollen. »Wenn der Lenker die Rettung gerufen hätte, könnte Kathi noch leben, hat der Arzt gesagt, aber sie ist tot!«

Harald schlug sich mit der flachen Hand gegen die Wange, er schüttelte seinen Kopf, dann knallte er seinen Hinterkopf gegen die Wand. Er spürte nichts, sah aber, wie seine Mutter entsetzt auf ihn zugelaufen kam. Noch einmal stieß er seinen Kopf mit aller Wucht gegen die Wand. *Ich muss irgendwie aus diesem Albtraum aufwachen!*

# 68

**Blindenmarkt**
**Montag, 24. August 2020**

Eva saß im Schatten des Stalls, es roch nach Pferd und Stroh, hin und wieder musste sie eine lästige Fliege verscheuchen. Während ihre Töchter im Stall mit den Pferden zugange waren, las sie in ihrem Roman »Die Zeuginnen« von Margaret Atwood über Frauen, die in einem Staat mit Namen »Gilead« lebten und nichts zu lachen hatten. *Uns geht es gut,* dachte sie. *Wir können unseren Beruf frei wählen, wir können entscheiden, ob wir überhaupt eine Religion ausüben wollen und wenn ja, welche das sein soll. Auch das Coronavirus wird vorbeigehen, das Übel, das den Menschen in Gilead aufgrund der Unfruchtbarkeit der Frauen und Männer blüht, ist da weit schlimmer. Und vor allem müssen wir Frauen nicht unseren Männern gehorchen.* Bei der Vorstellung, dass sie alles, was Leo ihr auftrug, nach seinen Wünschen genau erfüllen müsste, schüttelte sie lächelnd ihren Kopf, so absurd war die Vorstellung.

»Selina und Isabella wollen wieder ausreiten.«

Eva löste den Blick von dem Buch. Karoline Unger streckte ihren Kopf aus einer der Pferdeboxen.

»Dürfen wir? Bitte sag ja!« Auch diesmal war es Selina, die darauf drängte. Ihr Kopf tauchte neben dem der Reitlehrerin auf. »Bitte, bitte!«

»Das muss Karoline entscheiden«, antwortete Eva und schaute Karoline fragend an.

»Gestern hat es gut funktioniert«, stellte die Reitlehrerin fest. »Von mir aus können wir das gerne wiederholen.«

»Yippie!«

»Isabella, passt das für dich heute auch wieder?«, rief Eva in Richtung Pferdebox.

»Ja-a! Geht klar!«, kam die prompte Antwort aus dem Innern des Stalls.

»Gut, aber seid pünktlich wieder da. Wir haben am Nachmittag noch was vor!«

»Was unternehmt ihr denn später?«, fragte Karoline.

»Mama und ich gehen in die Kirche. Sonntagberg oder so.«

»Basilika Sonntagberg, schön!«, sagte Karoline. »Da bin ich fast ein bisschen neidisch! Das wird euch sicher gefallen. Und was machst du?«

»Isabella trifft ihren Freund!«, antwortete Selina anstelle ihrer Schwester.

»Aua!«

»So«, sagte Karoline, »genug geredet und herumgealbert, jetzt satteln wir die Pferde, damit jede von euch den Nachmittag so genießen kann, wie sie es will.«

»Jawohl!«

»Machen wir!«

*Karoline hat meine beiden Wildfänge gut im Griff, schon fast so wie die Pferde …* Beruhigt senkte Eva ihren Blick, um weiter in ihrem Buch zu lesen.

# 69

**zwischen Amstetten und Sankt Pölten**
**Montag, 24. August 2020**

Brandner raste mit 150 Kilometern in der Stunde auf der Autobahn Richtung Sankt Pölten. Linker Hand erkannte er den eindrucksvollen Bau des Stifts Melk, der jedes Mal seinen Blick auf sich zog, wenn er diesen Teil der Autobahn entlangfuhr.

Brandners Müdigkeit hatte sich in Luft aufgelöst. Zwar hatte die Kriminaltechnik das Wertkartenhandy, mit dem Martin Ebner von seinem Mörder angerufen worden war, bei der Haus- und Hofdurchsuchung in Ferschnitz nicht sicherstellen können, aber es hatte sich im Gespräch mit Nina Haider ein klares mögliches Mordmotiv herauskristallisiert, das sowohl Franz Haider als auch Martin Ebner und Elisabeth Furtner einschloss. Mit diesem Motiv wollte Brandner Harald Haider möglichst bald konfrontieren.

Immer wieder musste Brandner sich bewusst zurückhalten und den Fuß vom Gaspedal nehmen, um nicht noch schneller zu fahren. Schließlich stellte er den Tempomat des Audi auf 140 Stundenkilometer, um in keine Radarfalle zu tappen. Außerdem wollte er natürlich keine anderen Verkehrsteilnehmer gefährden.

*Einige Minuten hin oder her machen keinen Unterschied*, versuchte er sich einzureden, trotzdem klopfte er nervös mit seinem Zeigefinger auf das Lenkrad ein.

Schon bei der Abfahrt vom Bauernhof in Neuhofen hatte er Böck angerufen und ihn gebeten, den verspiegelten Verhörraum für ihn freizuhalten. Natürlich war der Direktor hocherfreut gewesen über die neueste Entwicklung im Fall der Mostbaron-Morde.

»Die Presse sitzt mir im Nacken! Das können Sie sich gar nicht vorstellen«, hatte Böck zuerst gejammert.

*Kann ich sehr wohl.* »Die zwei toten Mostbarone sind auf dem Cover der heutigen Ausgabe der Mostviertler Zeitung abgebildet«, informierte Brandner seinen Vorgesetzten. Er hatte sich nach Elisabeth Furtners Befragung die Lokalzeitung, die wöchentlich erschien, an einer Tankstelle besorgt. Reitbauer hatte ihn zuvor am Telefon darauf hingewiesen.

»Diese Lokalzeitungen bereiten mir weniger Kopfzerbrechen als die drohende landesweite Berichterstattung, falls ein dritter Mord passiert.«

»Wenn Harald Haider unser Mörder ist, wird es keinen weiteren Mord geben«, hatte Brandner festgestellt.

»Sind Sie sicher, dass er es war?«

»Er steckt da irgendwie mit drin, dafür spricht alles, aber ob er auch der Mörder ist, das kann ich nicht sagen. Dafür ist noch zu vieles unklar.«

»Spätestens morgen müssen wir vor die Presse. Sie wissen, wie das läuft. Am besten zaubern wir einen Täter hervor, erst dann lässt uns die Meute in Ruhe unsere Arbeit machen.«

»Ist klar.«

Brandner hatte das Gespräch beendet und versucht, sich durch Böcks Angst vor der negativen Berichterstattung der Presse seine Zuversicht nicht nehmen zu lassen, und das war ihm geglückt. Seine Ungeduld brachte er jedoch nicht unter Kontrolle, das schaffte diesmal nur der Tempomat.

Endlich erreichte er die Autobahnabfahrt Sankt Pölten. Der Stadtverkehr hielt sich am frühen Nachmittag in einem erträglichen Rahmen, sodass Brandner bald vor dem LKA einparken konnte. Er verzichtete auf ein warmes Mittagessen, stattdessen ließ er Harald Haider sofort in den Verhörraum bringen.

Diesmal hatte er den verspiegelten Raum selbst angefordert, obwohl der ihm eigentlich verhasst war. Das Zimmer würde jedoch nicht nur Brandners Stimmung drücken, sondern auch die des Verdächtigen. Brandner baute darauf, dass der triste Raum in Kombination mit der Erinnerung an die verunglückte Verlobte Harald Haider dazu bringen würde, sich den Frust und eventuell auch die Schuld von der Seele zu reden.

Während Harald Haider im Verhörraum von zwei Uniformierten bewacht wurde, ließ Brandner sich ein Kornweckerl vom Automaten auswerfen, das mit Käse, Tomaten und Salat belegt war. Er aß es in seinem Büro und las gleichzeitig den Bericht zum Fahrerflucht-Fall der Toten Katharina Zaungast.

Seine Kollegen hatten vor zwei Jahren routinemäßig ihre Arbeit getan. Vorwerfen konnte man ihnen nichts, außer dass sie nicht die Extrameile gegangen waren, um den Fall eventuell doch aufzuklären. Stattdessen war er ungelöst zu den Akten gelegt worden.

Brandner trank noch ein Glas Leitungswasser, bevor er sein Büro verließ. Er ging zum Verhörraum und trat ein.

Harald Haider trug dasselbe orange T-Shirt wie am Vorabend, in seinem Gesicht zeichneten sich graue Schatten vom Bartwuchs ab. Er saß am Tisch und stand nicht auf.

»Guten Tag, Herr Haider«, sagte Brandner. »Ich hoffe, man behandelt Sie gut?« Der Major setzte sich gegenüber von Haider auf den harten Stuhl.

Die beiden Polizisten verließen wie vereinbart den Raum, sie würden jederzeit eingreifen, falls Gefahr für Brandner drohte, da sie alles vom Nebenraum mitverfolgen würden.

»Kann ich jetzt endlich gehen?«, fragte Haider, anstatt auf Brandners Frage zu antworten.

»So schnell ist das nicht möglich.«

»Aber Sie haben nichts gefunden, was mich belastet!«, sagte Haider. »Sie können nämlich gar nichts gefunden haben, weil da nichts ist!«

»Das zu beurteilen, müssen Sie schon mir überlassen«, erwiderte Brandner. »Ich verstehe aber, dass Sie aufgebracht sind und Franz Haider, Martin Ebner und Elisabeth Furtner den Tod wünschen!«

Harald Haider legte beide Hände auf die Tischplatte und beugte sich nach vorn. Brandner hatte seine volle Aufmerksamkeit.

»Wenn die drei meine Frau oder eine meiner Töchter überfahren und sie dann liegen gelassen hätten, obwohl sie noch am Leben war, ich wüsste nicht, wie ich reagieren würde.«

Harald Haider starrte an Brandner vorbei und presste seine Lippen aufeinander. Sein rechtes Augenlid zuckte mehrmals.

»Wenn man die Liebe seines Lebens verliert, dann bricht einem das Herz, aber man findet irgendwann eine neue«, sagte Brandner.

»Sie wissen gar nichts! Die Kathi, die war einzigartig! So eine finde ich nie mehr!«

»Und dann lässt sie Ihr Onkel einfach liegen und zum Sterben zurück, obwohl man ihr hätte helfen können. Deshalb haben Sie ihn umgebracht.«

»Verdient hat er es, das können Sie mir glauben!«

»Wie haben Sie davon erfahren? Wie konnten Sie sicher sein, dass die drei etwas mit dem Tod Ihrer Verlobten zu tun hatten?«, fragte Brandner.

# 70

**Ferschnitz**
**Freitag, 23. September 2019**

Harald Haider hielt mit beiden Armen die dünne Holzstange fest, er schaute nach oben und schlug kraftvoll auf den Ast des Birnbaumes ein, den er anvisiert hatte.

Er hörte, wie mehrere der Dorschbirnen auf dem Wiesenboden landeten. Als sich keine Früchte mehr lösten, schlug er noch stärker zu und zwei weitere Birnen fielen herab.

Harald bewegte das Ende der Holzstange weiter nach rechts zum nächsten Ast, die Sonne schien durch die Blätter und blendete ihn, er kniff die Augen zusammen und hämmerte los.

»Harald, du sollst zu Papa kommen!«

Er hatte Melanie nicht bemerkt, so sehr war er auf seine Arbeit konzentriert gewesen. *Bitte nicht!*

»Er ist bei Sinnen, vollkommen klar im Kopf und will mit dir reden.«

Melanie hatte offenbar erkannt, dass er nicht wollte, doch da musste er durch. Einen Sterbenden ließ man nicht warten, das würde er ewig bereuen. »Ich gehe ja schon«, antwortete er.

Harald legte die Stange neben den Stamm des Birnbaumes und schaute auf den halb gefüllten Korb.

»Ich mache hier für dich weiter, nimm dir Zeit für Papa.«

Harald konnte sich gut vorstellen, dass seine Schwester froh war, einmal dem Haus zu entrinnen. Sie und seine Mutter kümmerten sich abwechselnd um seinen Vater, der nur mehr zum Sterben aus dem Krankenhaus nach Hause gekommen war. Den Kampf gegen den Krebs hatte er aufgegeben. Wenn er es nicht mehr aushalten würde oder die Betreuung daheim nicht mehr möglich wäre, würde er am Ende auf die Palliativstation ins Krankenhaus zurückkehren, derzeit war er daheim bei seiner Familie.

Harald ging den Feldweg zurück zum Hof. Immer wieder umschwirrten ihn Fliegen und auf der Wiese tummelten sich auch um diese Jahreszeit noch Bienen und Hummeln.

*Viele von euch werden in einigen Wochen nicht mehr leben, so wie Vater. Ihr werdet tot sein, wie Vater … und wie Katharina.*

Eine Wolke schob sich vor die Sonne und ihn fröstelte. Automatisch ging er schneller.

»Er ist wach, komm herein«, sagte seine Mutter, als er vorsichtig die Schlafzimmertür seiner Eltern aufschob. »Harald ist hier«, erklärte sie ihrem Mann. »Ich lasse euch allein.«

Im Zimmer roch es nach Krankenhaus und die Luft war verbraucht. Harald setzte sich ans Bett seines Vaters.

Thomas Haiders Gesicht war aschfahl und die Knochen traten hervor. Nur wenige Monate zuvor war er zehn Kilo zu schwer gewesen, mittlerweile war er stark untergewichtig. Mit Bauchspeicheldrüsenkrebs hatte es begonnen, mittlerweile waren auch andere Organe von bösartigen Geschwüren befallen.

»Harald, Sohn!«, sagte er. »Ich liebe dich!« Die Stimme seines Vaters war leise, das Sprechen strengte ihn hörbar an.

Harald nahm seine Hand und drückte sie. »Ich habe dich auch lieb.«

Eine Träne löste sich und lief über die rechte Wange seines Vaters. »Harald, es tut mir so leid, aber ich habe etwas getan, wofür du mich hassen wirst. Ich muss es dir sagen, bevor ich sterbe, sonst wird es mich nach dem Tod verfolgen.«

*Ihn hassen? Wofür? Warum?*

Harald wurde bewusst, dass er die schlaffe Hand seines Vaters fest zusammengedrückt hatte. Er ließ sie los.

»Katharinas Unfall letztes Jahr, das waren wir! Der Franz, der Martin und die Elisabeth. Mein Gott! Wir haben sie einfach liegen gelassen, weil wir geglaubt haben, es sei sowieso zu spät, doch sie hat noch gelebt! Das werde ich mir nie verzeihen.«

Harald saß da, sein Körper war zu keiner Reaktion fähig und sein Gehirn hatte Probleme, das Gehörte zu verarbeiten. Nur ganz langsam drang die Information zu ihm durch.

*Mein Vater hat Kathi getötet, meine große Liebe!*

»Ich bin nicht gefahren an dem Abend, aber ich habe sie auch nicht aufgehalten. Es war finster, ich habe nicht einmal gewusst, dass es Katharina gewesen ist, erst am nächsten Tag habe ich es erfahren. Es tut mir so leid!«

*Vater, Onkel Franz, Martin Ebner und Elisabeth Furtner. Die vier haben Kathi einfach zum Sterben zurückgelassen. Sie könnte noch leben, wären sie nicht solche Feiglinge!*

»Wer war der Fahrer?«, fragte Harald.

# 71

**Blindenmarkt**
**Montag, 24. August 2020**

*Sehr gewagtes Rot, jetzt kommt sie zu unserem Tisch, war auch nicht anders zu erwarten. Ein bisschen aufdringlich ist die Furtner schon, aber bitte, es ist ihr Hotel, sie kann tun und lassen, was sie will. Außerdem genießt Mama ihre Aufmerksamkeit, also ist sie offenbar nicht ganz so nervig, wie sie mir vorkommt.*

Isabella versuchte wegzusehen, als Elisabeth Furtner näher kam. Ihre Mutter und Selina schauten der Hotelbesitzerin wohlwollend entgegen.

»Ich hoffe, es hat gemundet!«, sagte Furtner und lächelte sie an.

»Es war wieder einmal vorzüglich, oder, Mädels? Es ist doch eine gute Entscheidung gewesen, diesmal gemeinsam im Hotel zu Mittag zu essen«, stellte Isabellas Mutter fest.

»Morgen sind wir um diese Zeit aber schon wieder am See!«, stellte Selina klar.

Elisabeth Furtner lächelte weiterhin. »Das spezielle Flair eines Sees können wir nicht bieten, ich verstehe nur zu gut, dass du lieber dort wärst!«

»Heute machen wir einmal etwas anderes. Einen Ausflug«, erklärte Eva.

»Stimmt, wir haben ja gestern darüber gesprochen«, sagte Furtner. »Wofür habt ihr euch nun entschieden, wenn ich fragen darf?«

»Für die Basilika Sonntagberg«, antwortete Eva.

»Eine gute Wahl! Es wird euch dort garantiert gefallen.«

»Das hoffe ich«, sagte Isabellas Mutter und griff nach Selinas Hand.

»Eine Kirche, wir werden sehen.«

*Meine kleine Schwester ist also nicht mehr so begeistert, wie sich das am frühen Morgen angehört hat.*

»Die Basilika ist nicht die einzige Attraktion, dort oben wird den Besuchern einiges geboten.«

»Was denn?«, wollte Selina wissen.

»Der Ausblick vom Panoramahöhenweg ist unglaublich schön, außerdem gibt es nicht weit entfernt ein Haus mit lauter Klangschalen, die man ausprobieren kann.«

»Toll, da will ich hin!«

»Ist das auch einfach zu finden?«, fragte Isabellas Mutter.

»Ja, das ist nicht allzu schwer, soweit ich mich erinnere.« Die Hotelbetreiberin zögerte einen Augenblick, dann fuhr sie fort: »Wisst ihr was, ich war schon sehr lange nicht mehr am Sonntagberg, und ich habe mir den heutigen Nachmittag freigeschaufelt, sodass ich nicht arbeiten muss. Wenn ihr wollt, spiele ich für euch die Fremdenführerin!«

»Das würdest du machen?«

Isabella sah das Strahlen in den Augen ihrer Mutter. »Das wäre wunderbar, oder, Mädels?«

Das Display von Isabellas Smartphone leuchtete kurz auf. Sie hatte eine neue Nachricht von einer unbekannten Nummer erhalten.

Isabella entriegelte das Handy und las.

»Ich hole dich in einer halben Stunde vom Hotel ab, okay? Melanie.«

Erleichtert atmete sie aus, auf die Gesellschaft der Hotelbetreiberin konnte sie gerne verzichten.

»Hört sich super an«, antwortete Isabella ihrer Mutter, »aber ich habe schon was anderes vor.« *Gott sei Dank!*

Rasch tippte Isabella »Okay« und schickte die Antwort ab.

»Von mir aus kannst du gern mitkommen«, meinte Selina und das Lächeln in Elisabeth Furtners Gesicht wurde breiter.

»Dann ist es fix! Ich begleite euch heute!«

Isabellas Mutter, Selina und Furtner unterhielten sich ein wenig über den bevorstehenden Ausflug und vereinbarten, sich in 20 Minuten in der Hotellobby zu treffen. Unterdessen drehten sich Isabellas Gedanken um Melanies SMS.

*Sie hat Harald nicht erwähnt. Hat das einen Grund oder ist es nur Zufall, weil man SMS-Nachrichten eben kurz hält? Ich würde so gerne Zeit mit ihm verbringen! Wenn er noch von der Polizei festgehalten wird, dann mache ich eben mit Melanie das Beste draus. Oder ich rufe Papa an und befehle ihm, er soll Harald sofort freilassen, sonst bekommt er Probleme mit mir! Natürlich werde ich das nicht tun. Vor ein paar Jahren, ja, da hätte ich mich so verhalten, aber jetzt nicht mehr …*

# 72

**Sankt Pölten**
**Montag, 24. August 2020**

»Kann ich bitte ein Glas Wasser haben?«

Die Erinnerung an seine Verlobte, deren Unfalltod und an das Geständnis seines vom Krebs zerfressenen Vaters hatten Harald Haider sichtlich mitgenommen. Sein Gesicht war gerötet und im rechten Mundwinkel klebte Speichel.

Brandner wollte zwar das Verhör nicht unterbrechen, jetzt, da Haider gerade am Reden war, aber nach allem, was er gerade gehört hatte, brachte er es nicht übers Herz, ihm den Wunsch abzuschlagen. »Einen Augenblick«, sagte er, stand auf und verließ den Verhörraum.

Im Gang kam ihm Direktor Böck entgegen. Sein Vorgesetzter hakte seine Daumen in beide Hosenträger und stellte sich auf die Zehenballen. »Sehr gute Arbeit, Major Brandner!«, lobte er. »Das Motiv ist glasklar! Jetzt bringen Sie ihn dazu, die beiden Morde zu gestehen! Machen Sie weiter, das Wasser bringt Ihnen ein Kollege.«

*Böck hat natürlich alles durch die verglaste Wand mitverfolgt.*

Sofort drehte Brandner um und betrat wieder den Verhörraum. Erwartungsvoll schaute Harald Haider ihm entgegen.

»Das Wasser kommt gleich«, ließ Brandner ihn wissen.

Entgegen Direktor Böcks Vorgabe beschloss er, mit der Fortsetzung der Befragung zu warten, stattdessen klopfte er mit seinen Fingern in einem selbst erfundenen Rhythmus auf die Tischplatte. Harald Haider fuhr sich mehrmals mit der Zunge über die Lippen.

Nach einer knappen Minute servierte Böcks Sekretärin eine Wasserkaraffe und zwei Gläser auf einem Tablett. Sie verschwand aus dem Zimmer, ohne ein Wort zu verlieren. Nicht einmal auf Brandners »Danke schön!« erwiderte sie etwas.

Brandner füllte eines der Gläser und reichte es Haider. Der Verdächtige trank, als wäre er am Verdursten. Als das Glas leer war, stellte er es auf den Tisch.

»Mir ist jetzt klar, weswegen Sie es getan haben«, sagte Brandner. »Ihr Onkel, Martin Ebner und Elisabeth Furtner haben den Tod Ihrer Verlobten Katharina Zaungast verschuldet. Deshalb haben Sie Ihren Onkel und Martin Ebner ermordet. Als Nächstes wäre Elisabeth Furtner an der Reihe gewesen, aber daraus wird nun nichts mehr.« Brandner wartete einige Augenblicke. *Jetzt sag schon, dass du es gewesen bist. Du hast die beiden erschlagen! Es hat doch keinen Sinn, weiterhin zu leugnen.*

»Ich war es nicht!«

*Verdammt! Er hofft noch immer, hier heil herauszukommen.* »Machen Sie es sich nicht so schwer! Erleichtern Sie Ihr Gewissen, dann geht es Ihnen besser. Sie werden sehen!«

»Von einem Geständnis wird Kathi auch nicht wieder lebendig.«

*Das stimmt leider.* »Verstehen Sie doch, wir haben Sie praktisch überführt, da kommen Sie nicht mehr raus. Ersparen Sie uns unnötigen Aufwand! Ein Geständnis würde sich strafmildernd auswirken. Wer außer Ihnen hätte ein Motiv, Ihren Onkel, Martin Ebner und Elisabeth Furtner zu ermorden?«, fragte Brandner.

»Ich bin so ein Depp!« Harald Haider schlug sich mit der flachen Hand gegen die Stirn. »Die ganze Zeit frage ich mich schon, wer Onkel Franz und den Martin umgebracht haben könnte, dabei ist die Lösung klar!«

*Es war Elisabeth Furtner! Wenn Harald Haider es nicht war, dann muss sie es gewesen sein. Natürlich! Sie ist gefahren und die Männer haben sie gedeckt, sie hat sie um den Finger gewickelt, sie manipuliert.*

»Ich habe Monate gebraucht, fast ein Jahr, bis mir klar geworden ist, dass ich das, was mir Vater anvertraut hat, nicht für mich behalten kann. Zuerst wollte ich das Andenken meines Vaters nicht beschmutzen, es hat mich aber zerfressen. Kathi ist tot, die Verantwortlichen müssen zur Rechenschaft gezogen werden, das bin ich ihr schuldig. Daher habe ich Onkel Franz, Martin Ebner und schließlich auch die Furtner mit meinem Wissen konfrontiert.« Haider holte Luft, dann sprach er weiter: »Zuerst wollte keiner reden, aber nach und nach habe ich gemerkt, dass Onkel Franz und Martin Ebner vielleicht doch bereit gewesen wären, die Wahrheit ans Licht zu bringen.«

»Elisabeth Furtner war dagegen«, stellte Brandner fest.

»Ja, da habe ich auf Granit gebissen.«

*Mir hat sie erzählt, Harald Haider hätte bisher nicht mit ihr geredet, ihr nicht gedroht.* »Sie hat auch am meisten zu verlieren.«

»Das stimmt!«, bestätigte Haider.

»Weil sie gefahren ist!«, folgerte Brandner.

Harald Haider nickte.

# 73

**Blindenmarkt**
**Montag, 24. August 2020**

Isabella warf ihre Badetasche auf die Rückbank und ließ sich anschließend auf den Beifahrersitz fallen. »Du bist meine Rettung!«, rief sie.

»Warum denn?«, fragte Melanie Haider, die hinter dem Lenkrad saß.

»Stell dir vor, meine Mutter und meine Schwester machen einen Ausflug zum Sonntagberg und gerade eben hat sich die Furtner förmlich aufgedrängt, die Fremdenführerin zu spielen.«

»Elisabeth Furtner, die Hotelbesitzerin selbst?«, fragte Melanie ungläubig.

»Ja, die verstand sich schon von Anfang an gut mit meiner Mutter, dabei nervt sie einfach nur. Die ist so aufdringlich!«

»Ich kann sie auch nicht leiden.«

»Dann sind wir ja schon zwei!«

Isabella lachte, Melanie lächelte nicht einmal, sie schaute ernst nach vorn durch die Windschutzscheibe, als wäre sie mit ihren Gedanken woanders.

»Fahren wir zu uns!«, schlug Melanie nach einigen Augenblicken vor. »Heute sind zu viele Wolken am Himmel, da wird einem beim Baden leicht kalt.«

Isabella stimmte dem Vorschlag zu, die Badetasche würde eben unbenützt im Auto bleiben. Soeben wollte sie die Frage stellen, die sie beschäftigte, seit sie Melanies SMS erhalten hatte, doch Melanie war schneller.

»Andreas Gabalier! Kennst du ihn?«, fragte sie.

»Nein, nicht wirklich«, antwortete Isabella.

*Wo ist Harald? Was ist los mit ihm?*

Melanie drückte auf einen Knopf am Autoradio. »Ich liebe seine Musik!« Sie drehte lauter und aus den Boxen ertönte der Song »I sing a Liad für di«.

*Harald hat jedenfalls einen besseren Musikgeschmack. Nicht meckern, ich sollte froh sein, dass Melanie sich mit mir abgibt.*

Die Musik war sehr laut, daher war an eine Unterhaltung nicht zu denken, und Isabella musste sich mit den Fragen gedulden, die sie Melanie über deren Bruder stellen wollte. Melanie hatte einen rasanten Fahrstil und der Weg vom Hotel zum Bauernhof in Ferschnitz war nicht weit, sodass Isabella bald erlöst wurde.

»Dir hat die Musik nicht gefallen, oder?«, fragte Haralds Schwester, als sie ausstiegen.

»War das so offensichtlich?«, fragte Isabella.

»Du hast nicht gerade gestrahlt vor Freude«, stellte Melanie fest.

*Du tust das so gut wie nie! Also beschwer dich nicht, wenn ich mal nicht übers ganze Gesicht grinse wie eine Katze.* »Ich wollte nicht unfreundlich sein. Du bist so nett zu mir, da kann ich mir auch ein paar Minuten deine Lieblingsmusik anhören.«

»Kathi hat Gabalier auch geliebt.«

*Wer ist Kathi?*

»Kathi war Haralds Verlobte«, beantwortete Melanie Isabellas unausgesprochene Frage.

*Seine Verlobte? Was ist zwischen ihnen passiert?*

»Komm, setzen wir uns rüber zur Feuerschale und ich erzähle dir von ihr.«

Isabella folgte Melanie und setzte sich auf denselben Baumstamm, den sie sich vorgestern mit Harald geteilt hatte.

»Sollen wir das Feuer anzünden?«

»Nein, nicht nötig.«

»Möchtest du etwas trinken?«

»Wo ist Harald?«

»Das erzähle ich dir gleich, aber vorher musst du alles über Kathi erfahren.«

»Warum?«

»Sie ist der Grund dafür, dass Harald nicht hier ist.«

*Ist er bei ihr?* »Erzähl!«

»Die Kathi und ich sind beide in die Fachschule Gießhübl gegangen. Wir haben uns dort kennengelernt. Sie stammt aus Neuhofen und ich aus Ferschnitz. Wie es der Zufall so wollte, sind wir nebeneinandergesessen. Ich bin öfter zu ihr mit nach Neuhofen und sie zu mir hierher auf den Hof. Kathi, Harald und ich sind oft hier bei der Feuerschale gesessen und haben uns über Gott und die Welt unterhalten. Ich hatte noch nie eine Freundin wie sie, mit keiner anderen habe ich mich derart verbunden gefühlt. Irgendwann hat es gefunkt zwischen Kathi und Harald. Sie wäre die perfekte Schwägerin gewesen, aber es hat nicht sollen sein.«

»Wer von den beiden hat Schluss gemacht?«

Isabella merkte, wie sich Melanie versteifte. »Die beiden haben nie miteinander Schluss gemacht.«

»Aber sie sind nicht mehr zusammen?«

»Nein.«

»Was ist passiert? Und was hat das damit zu tun, dass Harald gestern von der Polizei abgeholt wurde?«, wollte Isabella wissen.

Melanie erzählte ihr von Katharinas Unfalltod und dass der oder die Schuldige Fahrerflucht begangen hatte und nie gefasst worden war.

»Ich verstehe den Zusammenhang nicht. Warum wurde Harald gestern von der Polizei abgeholt und wo ist er?«

»Er ist in Untersuchungshaft. Wir erfahren nicht viel, aber ich glaube, die Polizei denkt, dass er sich an denen gerächt hat, die Kathis Unfall verschuldet haben. Mein Onkel und ein weiterer Mann sind tot.«

»Mein Gott!« *Das darf doch nicht wahr sein! Wo bin ich da nur hineingeraten? Habe ich wirklich mit einem Doppelmörder geflirtet? Konnte ich mich so in Harald täuschen?* »Hat er die beiden wirklich getötet?«

Melanie zuckte mit ihren Achseln. »Ich weiß es nicht, möglich wäre es.«

*Sie glaubt wirklich, Harald könnte es getan haben.* Isabella lief es kalt über den Rücken. »Kannst du mich bitte zurück zum Hotel bringen«, bat sie. »Ich muss in Ruhe darüber nachdenken.«

Melanie nickte, dann antwortete sie: »Ich weiß nicht, ob das so eine gute Idee ist, im Hotel bist du ganz allein mit deinen Gedanken. Deine Mutter und deine Schwester sind doch am Sonntagberg. Wenn du willst, bringe ich dich dorthin. Ich habe sowieso nichts anderes vor und brauche auch Ablenkung.«

»Das würdest du tun? Bist du sicher?«

»Ja, und du wirst es nicht bereuen«, antwortete Melanie. »Es ist schön dort oben. Der Ausflug wird dir den Kopf freimachen, wirst schon sehen!«

»Okay, dann machen wir das so«, stimmte Isabella zu. Die beiden standen gleichzeitig von ihren Baumstämmen auf.

»Geh du schon mal zum Auto. Ich hole meinen Rucksack und nehme etwas zu trinken mit. Am Sonntagberg kann man gut wandern.« Mit diesen Worten verschwand Melanie im Innern des Vierkanthofes.

*Nach Wandern ist mir zwar nicht zumute, aber vielleicht lenkt es mich wirklich ab. Harald – ein Doppelmörder? Hätte ich etwas erkennen können? Gab es irgendwelche Warnzeichen, die ich übersehen habe? Es hat keinen Sinn, darüber nachzudenken, geschehen ist geschehen und in Wahrheit ist gar nichts passiert. Zwischen uns. Soll ich Mama anrufen und ihr Bescheid geben, dass ich nachkomme? Nein, besser ich melde mich, wenn wir dort sind, falls ich die beiden nicht gleich finden sollte.*

# 74

**Sankt Pölten**
**Montag, 24. August 2020**

»Kann das wirklich stimmen?«

Böck stand wieder auf seinen Zehenballen, nervös wippte er auf und ab, der Geruch seines herben Parfums wurde von Schweiß überlagert. Brandner trat einen Schritt zurück.

»Bei der Art zu töten habe ich zuerst an einen Mann gedacht«, stellte Brandner fest. »Aber ich habe gerade mit Elfriede Auer gesprochen, sie hat bereits am Computer einige Simulationen laufen lassen. Die Wucht der gefüllten Glasflaschen reicht aus, um den Schädel wie bei den beiden Opfern zu zertrümmern. Das würde auch eine Frau schaffen, und sie könnte durchaus kleiner als Harald Haider gewesen sein, meint Auer. Nicht einmal übermäßig stark muss der oder die Täterin sein.«

Böck nickte, gleichzeitig zupfte er mit seinen Fingern an seinen Hosenträgern. »Gut«, sagte der Direktor. »Haider behalten wir weiter hier und Sie finden so rasch wie möglich diese Furtner und bringen sie zum Reden. Ich sorge für die Formalitäten.«

»Und ich fahre sofort nach Amstetten.«

»Tun Sie das.«

Damit hatte Brandner das erhoffte grüne Licht. Er stürmte förmlich aus dem LKA und sprang in sein Auto. Als er den Parkplatz verließ, erklärte er Reitbauer am Telefon die Situation. Der Inspektionskommandant versprach ihm, selbst mit zwei seiner Polizisten zu Furtners Hotel zu fahren, um die Betreiberin zur Befragung mitzunehmen.

»Gehen Sie diskret vor«, ermahnte Brandner Reitbauer. »Wir wissen nicht, ob die Anschuldigungen stimmen. Böck versucht, eine Untersuchungshaft und einen Durchsuchungsbeschluss bewilligt zu bekommen.«

»Wir machen, was wir tun müssen, auf unsere Art«, erwiderte Reitbauer als Reaktion auf Brandners Belehrung und legte auf.

*Ich sollte ihm noch sagen, dass sich die Furtner den Nachmittag freinehmen wollte und nicht im Hotel sein wird, aber dann wird er sich noch mehr bevormundet fühlen. Es ist keine Gefahr im Verzug, Reitbauer wird es selbst herausfinden, eben ein paar Minuten später.*

Brandner nahm die Autobahnauffahrt in Richtung Linz und beschleunigte, bei 140 fixierte er den Tempomaten, da er bemerkte, wie ungeduldig er war und dass er unbewusst das Gaspedal durchdrückte. Das war zu gefährlich. Vor allem waren viele Lkw unterwegs, die sich immer wieder gegenseitig überholten.

Er konnte nichts tun, als sich auf das Autofahren zu konzentrieren, außerdem versuchte er, Eva zu erreichen. Sein Anruf wurde nach einigen Freizeichen auf die Mobilbox weitergeleitet. Brandner wollte seiner Frau keine Nachricht hinterlassen, zum aktuellen Fall durfte er ihr ohnehin nichts sagen, daher legte er auf.

Nach 40 Minuten rief Reitbauer zurück.

»Elisabeth Furtner befindet sich nicht im Hotel!«

Reitbauer klang aufgeregter, als es eigentlich dem Anlass entsprach.

*Was ist da los?*

»Sie ist mit zwei Hotelgästen unterwegs«, fügte Reitbauer hinzu.

»Wissen Sie, wo genau sie sich aufhält und wer sich bei ihr befindet?«, fragte Brandner.

»Das ist es ja. Laut der Dame an der Rezeption hat sie sich mit einer Eva Brandner und deren Tochter in der Lobby getroffen. Die drei haben gemeinsam das Hotel verlassen.«

*Scheiße! Das darf doch nicht wahr sein! Wie konnte ich nur so blöd sein und nicht mitbekommen, dass sich Eva anscheinend mit der Furtner angefreundet hat!*

»Ist das Ihre Frau?«, fragte Reitbauer.

*Ja, und ich habe sie vorhin nicht erreichen können! Verdammt! Verdammt! Verdammt!*

# 75

**Gemeindegebiet Sonntagberg**
**Montag, 24. August 2020**

Schon als sie auf der Bundesstraße durch das Ybbstal fuhren, sah Eva die Basilika eindrucksvoll hoch oben auf dem Sonntagberg thronen.

*Beeindruckend und so schön! Kein Wunder, dass die Kirche als Wahrzeichen des Mostviertels gilt.*

»Wow! Sieht toll aus!« Auch Selina, die auf dem Rücksitz mitfuhr, war vom Anblick der Basilika begeistert.

Elisabeth Furtner setzte den Blinker ihres Autos, bog links ab und überquerte einen Bahnübergang, danach lenkte sie ihr Fahrzeug durch den kleinen Ort Rosenau. Ein Hinweisschild mit dem Schriftzug »Basilika Sonntagberg« zeigte ihnen den weiteren Weg. Bald führte eine Straße den Berg steil hinauf. Links und rechts befanden sich Wiesen, Eva öffnete das Seitenfenster einen Spaltbreit, sofort roch sie den angenehmen Duft des getrockneten Heus, das darauf wartete, vom Bauern in den Stadel transportiert zu werden.

Die Straße wurde noch einmal steiler, Furtner hielt sich links, sie passierten ein Wirtshaus. Etwas weiter vorn, knapp unterhalb der Basilika, befand sich der Besucherparkplatz für Wallfahrer. Dort stellte die Hotelbetreiberin ihr Auto ab.

»Später können wir etwas im Gasthaus trinken, und wenn ihr wollt, gibt es auch etwas zu essen«, erklärte Furtner. »Zuerst zeige ich euch aber die Kirche und den Ausblick. Kommt, wir machen einen Spaziergang.«

Eva und Selina waren noch gestärkt vom Mittagessen, daher hatten sie nichts gegen Furtners Vorschlag einzuwenden. Die drei marschierten die schmale Straße zur Basilika hinauf, rechter Hand standen zwei Souvenirläden.

»Im Winter ist es hier ziemlich gefährlich, man muss aufpassen, dass man nicht ausrutscht, mir ist das schon einmal passiert!«, erklärte Furtner.

»Kann ich mir gut vorstellen«, erwiderte Eva.

Sie stiegen die Stufen bis zur Ebene hinauf, auf der sich der Eingang in die Kirche befand.

»Hier hat man einen herrlichen Ausblick! Dahinten liegt Amstetten, dort Waidhofen und das Hochkar ist auch zu sehen!«, schwärmte Furtner. »Aber kommt erst einmal mit hinein in die Basilika!«

Sie öffnete die schwere Tür und führte die Brandners ins Innere der Kirche. Die Wandmalereien beeindruckten Eva, sie strahlten eine Erhabenheit aus, die lange in ihren Gedanken nachwirken würde.

»Zünden wir eine Kerze an!«, schlug Selina vor.

*Wie früher, als sie noch ein kleines Mädchen war.* Eva seufzte. *Ach, wären Isabella und Leo nur hier, dann wäre es der perfekte Ausflug.*

Selina entzündete eine echte Kerze, keine der rein elektrischen, die ebenfalls angeboten wurden. Eva liebte den Geruch von Wachs und Kerzenrauch. Einige Augenblicke verweilten sie andächtig bei den Opferlichtern, ehe Furtner die beiden zum Taufbrunnen führte.

»Stellt euch vor, ich bin hier getauft worden, ist aber schon ein paar Jährchen her.«

»So lange kann das gar nicht zurückliegen«, gab Eva mit einem Schmunzeln zurück.

Furtner berührte Evas Unterarm. »Danke! Du bist zu lieb!«

Eva sah, wie Selina damit rang, auch einen Kommentar abzugeben, doch sie schwieg.

*Gutes Mädchen.*

»Jetzt zeige ich euch den sogenannten Türkenbrunnen und die Kapelle. Wir müssen ein Stück laufen, aber es ist ein schöner Waldweg, ihr werdet sehen, das zahlt sich in jedem Fall aus.« Offenbar genoss Furtner die Rolle der Fremdenführerin.

»Du kennst dich aus, wir richten uns ganz nach dir!«, entgegnete Eva.

»Ein Waldweg, das hört sich gut an!«, meinte Selina.

*Mit Selina ist alles so unkompliziert, vielleicht ist es doch besser, dass Isabella nicht dabei ist, die würde uns vielleicht nur den Spaß verderben.*

Mehrere dunkle Wolken am Himmel kündigten ein Gewitter an, allerdings hatten sie sich noch nicht vor die Sonne geschoben. Nach der Kühle im Innern der Basilika wirkte die Hitze draußen umso drückender. Furtner führte Eva und Selina um das beeindruckende Bauwerk herum, sodass sie ein weiteres Mal die Aussicht genießen konnten. Dann folgte sie einer breiten Straße bergab, die einem Auto oder einem Lastwagen die Zufahrt zur Kirche ermöglichte.

Auf der linken Seite ging es zurück zum Parkplatz, aber Elisabeth Furtner führte sie nach rechts. Ein kurzes Stück marschierten sie auf einer Straße, dann bogen sie auf einen Waldweg ein. Sofort wurde es dunkler, die

Sonne beleuchtete die Blätter der Bäume, sodass sie von unten hellgrün zu leuchten schienen.

»So schön!«, rief Selina.

Der Weg verlief leicht abfallend und Evas Tochter beschleunigte ihre Schritte, sodass Eva mit Elisabeth zurückblieb.

»Ich wollte etwas mit dir allein besprechen«, sagte Elisabeth Furtner, als Selina sie nicht mehr hören konnte.

»Ja? Was denn?«, fragte Eva.

»Es ist mir etwas unangenehm.«

»Nun sag schon!«

»Dein Mann ist doch bei der Kriminalpolizei.«

*Wie hat sie denn das herausbekommen? Darüber haben wir bisher nie gesprochen! Leugnen hat keinen Zweck.*

»Ja, warum?«

»Er hat gestern und heute Vormittag mit mir gesprochen. Ich bin eine Mostbaronin und im selben Verein aktiv wie die beiden Mordopfer in seinem aktuellen Fall. Er war der Meinung, dass ich in Gefahr sei.«

*Werden wir verfolgt? Schweben wir in Gefahr? Selina!*

Eva wollte nach ihrer Tochter rufen, doch Furtner legte die Hand auf ihre Schulter.

»Keine Angst!«, sagte sie. »Der Täter ist gefasst, darum geht es nicht.«

»Worum dann?«, wollte Eva wissen.

»Der Täter behauptet, einer der Mostbarone hätte seine Verlobte überfahren und dann Fahrerflucht begangen. Er wird aussagen, dass ich dabei gewesen sei.«

»Warst du dabei?«

»Natürlich nicht! Ich hätte so etwas nie zugelassen!« Furtner legte auch die zweite Hand auf Evas Schulter.

»Eva, ich schwöre, ich habe damit nichts zu tun! Das musst du mir glauben!«

Eva schüttelte Furtners Hände ab. »Ich weiß nicht, was ich davon halten soll.« Sie ging langsam den Waldweg vorwärts und folgte Selina, die sie kaum noch sehen konnte. Furtner lief ihr hinterher.

»Warum erzählst du mir das überhaupt?«, forschte Eva nach, als Furtner sie wieder eingeholt hatte.

»So ein Gerücht schadet dem Geschäft«, erklärte die Hotelinhaberin. »Der Täter ist gefasst, sein Motiv ist klar. Ich wollte dich daher bitten, bei deinem Mann ein gutes Wort für mich einzulegen. Es hilft niemandem, wenn ich da jetzt noch mit hineingezogen werde, aber mich kann es ruinieren!«

*Was denkt sich Elisabeth dabei? Wir kennen uns ein paar Tage, haben uns nett unterhalten, mehr nicht, und jetzt will sie, dass ich mich in Leos Ermittlungen einmische? Da stimmt etwas nicht. Am besten rufe ich gleich Leo an und gebe ihm Bescheid.*

Furtner hielt Eva am Arm fest. »Was wirst du tun?«, fragte die Hotelbesitzerin.

Eva spürte, wie es in ihrer Handtasche vibrierte. Sie hatte ihr Handy am Vorabend beim Zubettgehen stumm geschaltet. *Vielleicht ist das ja Leo.* »Mein Telefon.« Eva öffnete den Verschluss der Tasche und nahm ihr Smartphone heraus. »Da muss ich rangehen.« Sie drehte sich weg von Furtner, die ihren Arm losließ. »Hallo, Isabella.«

»Hallo, Mama, wo seid ihr?«

»Am Sonntagberg, das weißt du doch.«

»Ich meine, wo genau? Ich bin nämlich am Parkplatz unterhalb der Kirche und will euch finden.«

*Hat sie uns also doch vermisst!* »Wir gehen gerade einen Waldweg entlang, der von der Basilika zum sogenannten Türkenbrunnen führt.« Eva hörte, wie Isabella mit jemandem sprach, sie konnte die Worte ihrer Tochter jedoch nicht verstehen.

»Mama, bist du noch dran?«

»Ja.«

»Wir kommen nach, bis gleich!«

Isabella hatte das Gespräch beendet. Erst jetzt sah Eva, dass ihr Mann sie zweimal angerufen und ihr auf die Mobilbox gesprochen hatte.

# 76

**Basilika Sonntagberg**
**Montag, 24. August 2020**

»Hier entlang!«

Melanie zeigte Isabella den Weg. Über ihnen stand eindrucksvoll die Basilika, aber die beiden liefen vom

Parkplatz eine Straße entlang, die weg von der Kirche in Richtung eines Wäldchens führte.

»Ich rufe meinen Vater zurück«, erklärte Isabella. »Er hat mehrmals angerufen, während wir hierhergefahren sind, anscheinend hat Andreas Gabalier so laut gesungen, dass ich es nicht gehört habe.«

Melanie verzog ihr Gesicht. »Tut mir leid, aber ich muss ihn einfach richtig laut singen hören!«

»Schon okay.«

Melanie bog auf einen Waldweg ab, Isabella folgte ihr. Sie tippte am Display auf »Papa« und danach auf »Anrufen« und stellte wie meist auf Lautsprecher, da sie es hasste, das Smartphone an ihr Ohr zu halten. Nur in der U-Bahn oder an viel besuchten öffentlichen Plätzen nahm sie auf andere Rücksicht.

»Hallo, Papa!«

»Hallo, Isabella, ist Mama bei dir?«

*Er klingt gestresst, hat sicher mit dem Fall zu tun.* »Noch nicht, aber bald.«

»Was heißt das genau?«

»Ich bin gerade am Sonntagberg angekommen und treffe mich in einer Minute mit ihr und Selina bei so einem Türkenbrunnen.«

»Weißt du, ob Elisabeth Furtner bei ihr ist?«

»Die Hotelbesitzerin?«

»Ja, genau die.«

»Ich denke schon, ja.«

»Verdammt! Isabella, hör mir gut zu! Elisabeth Furtner ist vielleicht gefährlich. Extrem gefährlich!«

*Was!? Hat das etwas mit Harald zu tun? Ist er gar nicht der Mörder?*

Isabellas Vater machte eine Pause, scheinbar überlegte er, was er ihr erzählen durfte und was nicht. Unterdessen trat Melanie näher heran. Isabella hielt ihr Handy so, dass sie beide gut hören konnten.

»Es ist zwar geheim«, fuhr er fort, »aber du musst wissen, dass unser derzeitiger Verdächtiger …«

»Harald Haider, oder?«, unterbrach Isabella ihren Vater.

»Ja, so heißt er, woher weißt du das? Aber das tut nichts zur Sache. Harald Haider behauptet jedenfalls, Elisabeth Furtner hätte die beiden Mostbarone erschlagen, weil die beiden sie vor zwei Jahren nach einer Fahrerflucht mit tödlichem Ausgang gedeckt hätten und jetzt an die Öffentlichkeit gehen wollten.«

Melanies Augen weiteten sich. Sie formte mit ihrem Mund stumm den Namen »Kathi«.

»Stimmt das denn?«, fragte Isabella ihren Vater.

»Ich weiß es nicht! Ihr müsst euch aber unbedingt von Elisabeth Furtner fernhalten! Wir sind in wenigen Minuten da. Du hast gesagt, sie sind beim Türkenbrunnen, richtig?«

Isabella schaute Melanie fragend an, um sich noch einmal zu vergewissern, dass sie die richtige Information weitergab. Melanie hielt beide Daumen nach oben.

»Ja, so heißt der Platz, Türkenbrunnen«, bestätigte Isabella.

»Gut, mein Kollege weiß, wo das ist, wir kommen direkt dorthin. Du hältst dich am besten fern und gehst nicht zu ihnen! Verstanden?«

»Ich lasse doch Selina und Mama nicht allein mit einer Psychopathin!«

»Isabella, du gehst da nicht hin!«

»Ich passe auf mich auf.« *Ich bin auch nicht unbewaffnet.*

Isabella beendete das Gespräch und schaltete ihr Smartphone stumm. »Komm, wir müssen meine Familie beschützen!«, forderte sie Melanie auf.

Haralds Schwester nickte, dabei presste sie ihre Handtasche gegen ihre Brust, als wäre darin ihr wertvollster Besitz und sie fürchte, dass er ihr jederzeit gestohlen werden könnte.

»Geh du voran«, schlug Melanie vor. »Dich erwarten sie, mich nicht. Ich komme nach und unterstütze dich, falls du Hilfe brauchst!«

*Sie fürchtet sich! Kein Wunder, sie hat alles mit angehört. Ihre Familie ist nicht in Gefahr, warum sollte sie also etwas riskieren?*

»Okay«, sagte Isabella, »ich muss einschreiten, das verstehst du doch?«

»Sicher.«

Isabella lief los. Ihr Blick war geradeaus gerichtet, die Bäume links und rechts beachtete sie nicht. Während sie rannte, griff sie in ihre Handtasche.

*Es ist noch da. Wenn ich es brauche, werde ich es einsetzen.*

Weiter entfernt hörte sie Donnergrollen, ein Gewitter näherte sich.

Der Wald wurde lichter, Isabella verringerte ihr Tempo. Sie vernahm vor sich Stimmen und hinter sich Schritte.

*Melanie ist doch nicht so feige, wie ich gedacht habe.*

Isabella trat auf die Lichtung. Das Gras wuchs hoch, es war sicher länger nicht gemäht worden. Zuerst stachen Isabella die verblühten Löwenzahnblumen ins Auge. Gegenüber ließen die Bäume Platz für einen Feldweg, den ein Auto benutzen konnte, um auf die Lichtung zu fahren.

Rechts befand sich eine alte Kapelle, deren Eingang mit einem Eisengitter geschützt war. Links vor dem steinernen kleinen Brunnen standen Isabellas Mutter, Selina und Elisabeth Furtner. Isabellas Mama hielt ihr Handy in ihrer Hand, Isabella ging auf die Dreiergruppe zu.

»Mein Mann sagt, dass du die zwei Männer erschlagen hast!«

*Das war sicher nicht Papas Absicht, dass Mama die Furtner damit konfrontiert, er wollte ja nicht mal, dass ich in ihre Nähe komme. Wir sollten die Furtner im Ungewissen lassen und nicht unnötig aufregen! Damit wird es wohl erst mal nichts.*

Isabella griff in ihre Tasche und nahm das Klappmesser heraus, das sie zu ihrem Schutz immer bei sich trug, wenn sie allein in Wien unterwegs war. Sie klappte es jedoch nicht auf.

*Verzeih mir, Papa, aber wenn die Furtner durchdreht, muss ich unsere Familie beschützen!*

»Ich habe damit nichts zu tun! Ich habe die beiden nicht erschlagen, das schwöre ich dir!«

*Lügen, nichts als Lügen, sie will alles Harald in die Schuhe schieben, dabei ist sie die böse Hexe!* »Die Polizei wird gleich hier sein«, rief Isabella und ging auf die Gruppe zu, »dann wird sich alles aufklären!«

Erst jetzt nahmen die Versammelten Isabella wahr.

Die zwei Frauen und Selina starrten Isabella entgegen. Sie wirkten regelrecht entsetzt. Isabella schaute auf ihre Hand.

*Was soll die Aufregung? Die Klinge ist nicht zu sehen, sie können nicht erkennen, dass ich ein Messer in der Hand halte.*

»Es muss nichts mehr aufgeklärt werden! Alles ist glasklar!«

*Melanie! Was hat das zu bedeuten?*

Isabella drehte sich um, nur drei Meter hinter ihr stand Haralds Schwester. Sie hatte eine Pistole auf sie gerichtet.

»Zur Seite, Isabella! Das geht nur mich und die Furtner etwas an!«, sagte sie.

Isabella hob beide Arme. »Melanie, mach keinen Unsinn, du hast es selbst gehört, mein Vater wird gleich hier sein. Sie kommt wegen ihrer Verbrechen ins Gefängnis!«

»Das macht Kathi nicht wieder lebendig!«

Isabella nahm langsam ihre Hände herunter und öffnete ihr Klappmesser.

»Mach dich nicht unglücklich! Wirf das Messer weg!« Melanie zielte mit ihrer Pistole auf Isabellas Brust.

»Tu, was sie sagt!«, rief Eva. Isabella hörte deutlich die Angst in ihrer Stimme.

Sie wandte sich zur Gruppe mit Selina, ihrer Mutter und Furtner.

»Haltet euch von der Furtner fern«, rief sie, »dann gebe ich Melanie den Weg frei!«

In diesem Moment raffte Elisabeth Furtner den Rock ihres roten Dirndls und lief in Richtung des Feldweges davon, weg von Selina und Isabellas Mutter.

»Ich schwöre, ich schieße!«, schrie Melanie aufgebracht.

»Ist schon gut!« Isabella ging in die Hocke, legte ihr Messer auf den Boden und trat drei Schritte zur Seite. Melanie sprintete los und rannte hinter Furtner her. Mit ihren Laufschuhen war sie klar schneller als die Hotelbesitzerin, die jedoch einen deutlichen Vorsprung hatte.

Furtner erreichte das Ende der Lichtung, sie lief den Feldweg nach oben. Melanie folgte ihr, in ihrer rechten Hand hielt sie die Pistole, doch sie war zu weit entfernt, um einen gezielten Schuss anbringen zu können.

Unterdessen liefen Selina und ihre Mama auf Isabella zu.

»Ich hatte solche Angst um dich!«, rief ihre Mutter.

»Ich auch um euch!«

Nachdem Furtner und Melanie aus ihrem Blickfeld verschwunden waren, umarmten sie sich kurz, ehe Isabella sagte: »Am besten gehen wir zurück zur Kirche. Das ist die entgegengesetzte Richtung und wahrscheinlich am sichersten.«

Ihre Mutter nickte. Dann ertönte ein Schuss. Alle drei zuckten zusammen.

# 77

**Basilika Sonntagberg**
**Montag, 24. August 2020**

Reitbauer lenkte sein Polizeiauto wie ein Rennfahrer den Sonntagberg hinauf. Brandner hielt es kaum neben ihm auf dem Beifahrersitz aus. Seine gesamte Familie schwebte in Gefahr! Immerhin stimmte die Auskunft der Hotelangestellten: Furtner befand sich mit seiner Familie am Sonntagberg. Gerade hatte er sein Gespräch mit Eva beendet, zuvor hatte er mit Isabella gesprochen.

*Hoffentlich hören sie auf mich und halten sich zurück. Macht bloß keine Dummheiten! Isabella ist auf dem Weg zu ihnen, sie hat nicht auf mich gehört und Elisabeth Furtner könnte sehr gefährlich sein.* »Wie lange dauert das denn noch?«

»Wir sind gleich da«, antwortete Reitbauer. »Ich schalte jetzt die Leuchte aus, um niemanden unnötig zu verschrecken.«

Im Innenspiegel erkannte Brandner, dass auch das Einsatzfahrzeug hinter ihnen das Blaulicht abstellte.

»Hier ist der Weg, den man nehmen kann, wenn man zu Fuß zum Türkenbrunnen will.«

Reitbauer wurde langsamer, er ließ sein Seitenfenster hinunter und zeigte zum Waldweg. Per Funk gab er den Beamten im nachfolgenden Fahrzeug die Instruktion, den Waldweg zu Fuß zu sichern und vorsichtig bis zum Türkenbrunnen vorzurücken. »Wir sichern den Zugang von der anderen Seite«, informierte er Brandner und die Kollegen.

Reitbauer fuhr die Straße geradeaus weiter, links und rechts war die Fahrbahn von Bäumen begrenzt. Bald endete der Wald an der rechten Seite und Brandner erkannte links einen Feldweg, der genug Platz für ein Auto bot. Reitbauer blinkte und wollte auf den Weg einbiegen.

Plötzlich stand Elisabeth Furtner vor ihnen, Reitbauer bremste abrupt, Brandner wurde in den Sicherheitsgurt gedrückt. Wenige Zentimeter vor der Frau im roten Dirndl stoppte das Polizeiauto.

Sie stützte sich kurz an der Kühlerhaube ab. Ihre Züge wirkten panisch, langsam drehte sie sich um und hob beide Hände. Sie schaute auf den Weg zurück und schien etwas zu sagen.

*Mit wem spricht sie? Von wem wird sie bedroht?*

Der Knall des Schusses ließ die Polizisten zusammenzucken. Furtner krümmte sich, sofort stieß Brandner die Beifahrertür auf, Reitbauer die des Fahrers. Beide suchten hinter den Türen Deckung und entsicherten ihre Waffen. Furtner war vor dem Auto zu Boden gegangen.

Wie in Trance ging Melanie Haider den Feldweg herauf und näherte sich dem Polizeiauto. Mit ihrer Pistole zielte sie auf die Hotelinhaberin. Brandner konnte nicht erkennen, ob Furtner bei Bewusstsein war oder nicht, da die Kühlerhaube seinen Blick einschränkte.

Bei der Waffe in Melanie Haiders Hand handelte es sich um die Glock, die bei der Hausdurchsuchung in Ferschnitz aufgefallen war.

*So viel zur sicheren Verwahrung! Was ist mit Eva, Selina und Isabella?!*

»Polizei! Waffe fallen lassen!«, schrie Reitbauer.

»Fallen lassen oder wir schießen!«, rief Brandner.

Melanie Haider war nur drei Meter von Furtner entfernt. Sie hielt die Waffe in der rechten Hand und stützte sie mit ihrer Linken ab. Nach zwei weiteren Schritten blieb sie stehen und schloss ihr linkes Auge.

Brandner drückte ab, sofort spürte er den Rückstoß. Neben ihm ertönte ein zweiter Schuss, auch Reitbauer hatte seine Waffe abgefeuert. Melanie Haider ließ die Glock fallen und brach zusammen.

Brandner stieg der vertraute Geruch von abgefeuerten Schusswaffen in die Nase, den er nur zu gut vom Schießstand kannte. Er sicherte seine Waffe und steckte sie in seinen Schultergurt.

»Rufen Sie die Rettung!«, instruierte Brandner Reitbauer, dann lief er um das Auto herum, um nach Elisabeth Furtner zu sehen. Gleichzeitig griff er nach seinem Handy.

Die Wolken über ihm waren dunkel, der Wind blies stärker und es donnerte.

*Ich muss Eva erreichen, sofort!*

Mit einem Mal schwankte er, die Unsicherheit drohte ihn umzuwerfen.

*Hoffentlich ist ihr und den Mädels nichts passiert! Das würde ich nicht verkraften …*

Erste Regentropfen fielen.

# 78

**Blindenmarkt**
**Mittwoch, 26. August 2020**

»Du siehst müde aus!« Eva gab Brandner mitten auf der Terrasse des Hotels einen Kuss. Im Hintergrund leuchtete der Sonnenuntergang blutrot.

»Kein Wunder, ich habe vergangene Nacht lange gearbeitet und heute war noch mal viel zu erklären und aufzuarbeiten, aber dafür ist der Fall jetzt abgeschlossen.«

»Wie lief die Befragung zum Gebrauch der Schusswaffe?«, wollte Eva wissen.

»Normal, die müssen sie nun einmal machen, aber Reitbauer und ich haben der Furtner das Leben gerettet, das hat sie auch ausgesagt. Wir bekommen daher keine Probleme, sondern eher einen Orden.«

»Gratuliere! Komm, setzen wir uns.«

Brandner und Eva nahmen an einem der Tische am Rand der Terrasse Platz.

»Danke«, sagte er, »zum Feiern ist mir trotzdem nicht zumute, ich habe vorgestern eine junge Frau erschossen.«

»Melanie hat dir keine andere Wahl gelassen.«

»Das stimmt, ein oder zwei Gläser Rotwein täten mir trotzdem gut.«

»Oder vielleicht ausnahmsweise heute noch mal Most?«

»Von den Mostbaronen habe ich zwar vorläufig genug, aber nach diesem Fall sollte ich wirklich in Ruhe einen Most genießen«, stimmte Brandner zu.

Isabella und Selina betraten die Terrasse, beide trugen knielange Sommerkleider. Isabella ein dunkelblaues, Selina ein gelbes mit roten Blümchen.

»Schau! Sie haben sich extra für dich hübsch gemacht!«

Eva lächelte ihn an und Brandner stand auf. Zuerst umarmte Selina ihn, dann schloss er Isabella in die Arme. Er wusste noch genau, wie er seine älteste Tochter am Sonntagberg so gedrückt hatte. Nachdem die Schüsse abgefeuert worden waren und die Rettungskräfte sich um die Verletzte Elisabeth Furtner gekümmert hatten, hatte er endlich zu seiner Familie gekonnt, die bei der Basilika auf ihn gewartet hatte. Zum ersten Mal seit Jahren hatte er Isabella in seine Arme geschlossen, und sie hatte nicht protestiert, sondern seine Umarmung erwidert. Es war ein unglaubliches Gefühl gewesen zu sehen, dass es allen dreien gut ging.

»Ich habe Harald Haider deine Handynummer gegeben«, sagte Brandner zu Isabella. »Ich hoffe, das war in Ordnung. Er hatte mit den Morden nichts zu tun.«

»Ist okay, Papa, er hat mich schon angerufen. Ich habe ihm mein Beileid ausgesprochen, zu Melanies Tod und auch zu dem seiner Verlobten und dem seines Vaters. Davon hatte ich gar nicht gewusst, als ich mit ihm Zeit verbracht habe. Ich will Harald aber nicht mehr wiedersehen. Es ist zu kompliziert und ich liebe ihn nicht.«

*Gott sei Dank! Ich habe seine Schwester erschossen. Immer wenn er mich sehen würde, würde er automatisch an sie denken und daran, dass ich sie getötet habe. Wenn ich ihn sehe, muss ich daran denken, wie sie dagelegen hat in ihrem Blut, getötet von mir und Reitbauer … Darauf verzichte ich gerne.* »Wie du meinst«, sagte Brandner.

»Setzt euch doch zu uns.« Er zeigte auf die beiden freien Stühle und setzte sich zeitgleich mit seinen Töchtern.

»Melanie Haider ist übrigens mit Sicherheit unsere Doppelmörderin. Wir haben in ihrer Handtasche das Prepaidhandy sichergestellt, mit dem sie das zweite Opfer Martin Ebner vor dem Mord angerufen hat. Den Schuss auf Elisabeth Furtner hat sie mit der Waffe ihrer Mutter abgefeuert. Die hat die Glock von ihrem verstorbenen Mann geerbt. Nach der Hausdurchsuchung haben wir den Schlüssel für den Waffenschrank wieder an die Mutter übergeben, den und die Pistole muss sich Melanie geholt haben, als sie kurz ins Haus gegangen ist, bevor ihr zum Sonntagberg gefahren seid. Spätestens zu diesem Zeitpunkt hat sie geplant, Elisabeth Furtner zu erschießen.«

»Wie ist Melanie dahintergekommen, dass die Mostbarone ihre beste Freundin überfahren haben?«, fragte Eva.

Brandner zuckte mit den Achseln. »Das können wir nicht mit Sicherheit sagen, entweder hat ihr Vater es nicht nur Harald am Sterbebett gebeichtet oder sie hat mitbekommen, wie Harald seinen Onkel oder Martin Ebner mit seinem Wissen konfrontiert hat.« Er schaute sich um. »Kaum ist die Chefin einmal nicht da, funktioniert der Service nicht mehr!«

Nirgendwo war eine Kellnerin zu sehen.

»Wie geht es Elisabeth?«, hakte Eva nach.

»Sie hatte Riesenglück! Ein glatter Durchschuss, ohne dass Organe verletzt wurden, aber sie muss mit einer Anklage wegen Fahrerflucht mit Todesfolge rechnen.«

»Gibt es dafür genug Beweise?«, forschte Isabella. »Melanie hat das wohl bezweifelt, daher wollte sie die Furtner selbst zur Rechenschaft ziehen.«

»Wir haben Harald Haiders Aussage darüber, was ihm sein Vater am Sterbebett erzählt hat. Außerdem besaß die Furtner ein Auto mit weißem Lack und so eine Farbe wurde am Moped von Katharina Zaungast festgestellt. Die Farbe ist aber derart üblich, dass die Kollegen damals keine Möglichkeit gesehen haben, alle Fahrzeuge im Umkreis zu untersuchen, die infrage kamen.«

»Sie war also wirklich die Todeslenkerin?«, fragte Eva.

»Davon gehe ich aus«, bestätigte Brandner.

Eva schüttelte den Kopf. »Ich frage mich, wie ich mich so in ihr täuschen konnte.«

»Sie war nett zu dir«, sagte Selina.

»Der Kontakt zu anderen hat uns in diesem Jahr einfach gefehlt«, fügte Isabella hinzu. »Mir ist es mit Harald und Melanie nicht anders ergangen.«

Eva umarmte ihre beiden Töchter. »Danke euch beiden! Das trifft es genau.«

*Hauptsache, wir haben uns vier! Da kann kommen, was will.* Brandner stand auf und umarmte seine drei Damen ein weiteres Mal. Schließlich löste er sich aus der Umklammerung und winkte der Kellnerin, die gerade die Terrasse betreten hatte. »Dürfen wir bitte bestellen?«

# 79

**Neuhofen an der Ybbs**
**Samstag, 15. August 2020**

*Redet Harald immer noch mit Onkel Franz?*

Melanie wollte nach Hause, sie war müde und am nächsten Tag würde sie früh aufstehen und ihrer Mutter im Stall helfen müssen. Diesmal waren sie nur mit einem Auto gefahren, da sie zur selben Zeit mit ihrer Arbeit beim Mostheurigen begonnen hatten und am Abend zusperrten. Die letzten Gäste waren vor einer Viertelstunde gegangen.

*Ich frage einmal nach, wie lange es noch dauert.* Melanie ging zur Moststube und drückte die Türklinke hinunter.

»Davon wird Kathi auch nicht wieder lebendig!«

*Kathi! Sie reden von Katharina?*

»Das nicht, aber sie hat Gerechtigkeit verdient, auch nach ihrem Tod!«

Die Stimme ihres Bruders hallte laut in Melanies Ohren wider. Sie öffnete die Tür nicht weiter und blieb wie angewurzelt stehen.

»Wenn ich es rückgängig machen könnte, ich würde es sofort tun!«

»Ihr alle, mein Vater, du, Martin und die Furtner, habt Kathi auf dem Gewissen! Ihr habt sie liegen lassen, zum Sterben!«

»Wir haben nicht gewusst, dass sie noch lebt, das musst du mir glauben!«

»Das ändert gar nichts! Ihr habt sie auf dem Gewissen und ihr müsst euch der Verantwortung stellen!«

»Wieso sollen wir auch noch unser Leben ruinieren? Das bringt doch nichts!«

*Diese Schweine! Sie waren es, sie haben Kathi nach einem Mostbaron-Treffen überfahren! Sie zurückgelassen! Kathi könnte noch leben, wenn sie nicht so feige gewesen wären!* Melanie schloss die Tür und ging zurück zur Bar. Heute brauchte sie nicht selbst zu fahren, daher genehmigte sie sich einen Obstler und überlegte, was sie unternehmen konnte. Der Schnaps brannte in ihrem Rachen und wärmte ihren Magen. *Soll ich mit Harald reden? Mich mit ihm verbünden und Druck auf die drei ausüben? Das macht er schon selbst, aber wohin führt es? Sie weigern sich, sogar Onkel Franz ist nicht bereit, seine Schuld einzugestehen! Das werden sie büßen, damit kommen sie nicht durch! Das verspreche ich dir, Kathi!* Sie schenkte sich noch einen Schnaps ein und kippte ihn hinunter.

ENDE

# DANKSAGUNG

Zuallererst bedanke ich mich bei Ihnen, liebe Leserinnen und liebe Leser, dass Sie sich für meinen Kriminalroman entschieden und sich mit Leopold Brandner auf die Suche nach dem Mörder gemacht haben.

Viele Menschen in der Buchbranche haben mich in den vergangenen Jahren unterstützt und zum Erfolg meiner Mostviertel-Krimis beigetragen, sodass nun bereits der vierte Band erscheinen konnte – ein herzliches Dankeschön dafür von meiner Seite.

Mein Dank gilt Hannes Scheiblauer und Josef Zeiner, die während der Entstehung des Krimis nacheinander Primus der Mostbarone waren, und allen Mostbaronen, die es mir ermöglicht haben, die fiktiven Mitglieder des Vereins in einen Mordfall in meinem Kriminalroman zu verwickeln. Sie alle leisten Hervorragendes für das Mostviertel!

Wer Lust auf Most oder eines der anderen unzähligen Produkte aus dem Mostviertel bekommen hat oder wer einfach mehr über unsere Streuobstwiesen und unsere Kultur erfahren will, der findet unter www.mostbarone.at sicher das Richtige.

Für meine Recherche habe ich natürlich zwangsläufig verschiedene Moste verkostet, das schwere Leben eines Autors …

Falls Sie bisher noch nicht auf den Geschmack gekommen sind, so kann ich Ihnen nur empfehlen, unseren hochwertigen Birnenmosten aus dem Mostviertel eine Chance zu geben.

Mein Dank gilt natürlich dem gesamten Team des Gmeiner-Verlages für das in mich gesetzte Vertrauen.

Meiner Familie und ganz besonders meiner Frau Silvana danke ich für ihre Unterstützung.

Ich würde mich sehr freuen, wenn Sie mich weiter auf meinem Weg als Autor begleiten. Gerne können Sie meine Facebook-Seite unter www.facebook.com/helmutscharnerkrimi besuchen oder auf meiner Website www.helmutscharner.com vorbeischauen.

Liebe Grüße aus dem niederösterreichischen Mostviertel

Helmut Scharner